CLAUDIA ROSSBACHER
Steirerwald

CLAUDIA ROSSBACHER
Steirerwald
SANDRA MOHRS 13. FALL

GMEINER

Immer informiert

Spannung pur – mit unserem Newsletter informieren wir Sie
regelmäßig über Wissenswertes aus unserer Bücherwelt.

Gefällt mir!

Facebook: @Gmeiner.Verlag
Instagram: @gmeinerverlag
Twitter: @GmeinerVerlag

Besuchen Sie uns im Internet:
www.gmeiner-verlag.de

© 2023 – Gmeiner-Verlag GmbH
Im Ehnried 5, 88605 Meßkirch
Telefon 0 75 75 / 20 95 - 0
info@gmeiner-verlag.de
Alle Rechte vorbehalten
1. Auflage 2023

Lektorat: Claudia Senghaas, Kirchardt
Umschlaggestaltung: U.O.R.G. Lutz Eberle, Stuttgart
unter Verwendung eines Fotos von: © Hannes Rossbacher
und iLUXimage / stock.adobe.com
Druck: GGP Media GmbH, Pößneck
Printed in Germany
ISBN 978-3-8392-0511-2

Personen und Handlung sind frei erfunden. Ähnlichkeiten mit lebenden oder toten Personen sind rein zufällig und nicht beabsichtigt.

VORWORT DER AUTORIN

Liebe Leserinnen,
werte Leser!

Nun ist es also passiert. Im vorliegenden 13. Steirerkrimi morde ich erstmals vor meiner Haustür. Denn Graz-Umgebung war der letzte steirische Bezirk, in dem Abteilungsinspektorin Sandra Mohr und Chefinspektor Sascha Bergmann noch nicht ermittelt hatten – sieht man von der Landeshauptstadt ab, die durch den Arbeitsplatz und Wohnort der beiden LKA Steiermark-Ermittler ohnehin in jedem Band ein wichtiger Schauplatz ist.

Die Wahl des Tatorts an meinem Wohnsitzort hat die Recherchen zwar um einiges bequemer gemacht, die Figurenentwicklung und das Plotten aber umso komplizierter gestaltet. Überall anders war ich als »Zuagroaste« so weit unverdächtig. Wo ich keine realen Personen kannte, konnte ich keine solchen verwenden oder tatsächliche Begebenheiten schildern und damit womöglich Persönlichkeitsrechte verletzen. Manch einer glaubte dennoch zu wissen, wen ich da und dort gemeint hätte, oder wähnte sich gar selbst in einer Figur wiederzuerkennen. Dem muss ich widersprechen.

Bis auf die eine oder andere Anekdote aus meinem Leben beziehungsweise Inhalte aus der öffentlichen Berichterstattung, die ich immer wieder gerne in meine fiktiven Geschichten einflechte, um das aktuelle Zeitgeschehen widerzuspiegeln, sind alle Figuren und Handlungen meiner Steirerkrimis frei erfunden – so auch in *Steirerwald*. Einzig die Schauplätze sind real, allerdings habe ich den einen oder anderen aus Diskretionsgründen umbenannt. Ortskundige werden diese dennoch erkennen.

Sollten Ihnen der eine oder andere steirische beziehungsweise österreichische Ausdruck, ein Wort aus der Jägersprache oder eine Abkürzung nicht geläufig sein, können Sie wie gewohnt im Glossar im Buch hinten nachschlagen. Falls Ihnen Erklärungen abgehen oder Sie Fehler im Text entdecken, dürfen Sie mir gerne ein E-Mail an office@claudiarossbacher.com schicken, damit ich etwaige Korrekturen und Ergänzungen für die nachfolgenden Auflagen veranlassen kann.

Noch ein Hinweis: Der Lesbarkeit zuliebe verzichte ich im Buch auf die gleichzeitige Verwendung der männlichen, weiblichen beziehungsweise diversen Sprachformen. Die Personenbezeichnungen gelten im Zweifelsfall für alle Geschlechter und sollen die Gleichberechtigung und Inklusion aller Menschen widerspiegeln.

Und nun wünsche ich Ihnen gute Unterhaltung und spannende Stunden im *Steirerwald*!

Herzlichst,
Ihre Claudia Rossbacher

Kumberg, im Mai 2023

PROLOG

Den Geist des Waldes,
du hast ihn beschwor'n.
Es gibt kein Zurück mehr,
nur noch nach vorn.

Hörst du sie rascheln,
flüstern und lachen?
Gekommen,
um dir ein Grab zu machen.

Schlaf ein, mein Bruder,
geh hin in Frieden.
Die Schatten der Nacht
nun hinter dir liegen.

Schreit' tapfer ins Licht,
das dir beschieden,
ob Höllenfeuer,
ob ew'ger Frieden.

KAPITEL 1

Donnerstag, 10. August

1.

Der köstliche Duft des Rehragouts stieg Marlene in die Nase, als sie den Deckel vom Bräter hob. Stundenlang hatte das Fleisch im Steinguttopf auf der Holzkohle in der Feuerschale gegart. Jetzt war es perfekt, mürb und saftig, wie es sein sollte.

Den Nachmittag hatten die Jägerinnen im Wald verbracht, die Wasserstellen und Salzlecken kontrolliert und die beste Stelle für die *Blattjagd* erkundet. Nach dem Essen planten sie, abermals auf die Pirsch zu gehen und den kapitalen *Ier Bock* zu suchen, der ihnen am Morgen entwischt war.

»Das duftet himmlisch«, sagte Stella, die Marlene über die Schulter blickte.

»Du könntest schon den Wein für uns holen«, schlug Marlene vor.

Die Parson Russel Terrier-Hündin hinter ihnen kläffte auf einmal aufgeregt.

Sabrina kreischte auf.

Marlene ließ den Deckel auf den Bräter fallen. Was zum Teufel hatte ihre Bayerische Gebirgsschweißhündin da angeschleppt? Ein totes Tier? Bari saß vor einem vergammelten Fleischklumpen. An einem Fingerstumpf steckte ein Ring. Die zerfressene, halb verweste Hand eines Menschen lag im Gras.
»Pfui! Geh da weg, Sunny!« Sabrina zog ihren Terrier am Halsband weg.
Marlene drehte sich der Magen um. »Ruf die Polizei an, Stella!«

2.

Es war schwül an diesem Abend. Nicht das leiseste Lüftchen regte sich im ORF-Park. Der Landeshauptstadt stand eine weitere Tropennacht bevor. Bereits zum elften Mal in diesem Jahr würde es nachts nicht unter 20 Grad Celsius abkühlen. Ein neuer Rekord in Graz, und vermutlich nicht der letzte, der mit dem Klimawandel einherging.
Sandra Mohr schlug nach einer Gelse auf ihrem Unterarm. »Verdammtes Mistviech!« Etwas Mineralwasser schwappte aus ihrem Glas und ergoss sich auf ihren rechten Slingback.

Ein unschöner dunkler Fleck breitete sich auf dem sandfarbenen Wildlederschuh aus. Das Insekt war auf und davon. Bestimmt lauerten unzählige dieser Blutsauger im Schilfgürtel, der den Funkhausteich säumte. Spätestens in der Dämmerung würden sie sich gierig auf die Besucher stürzen, die sich zur Lesung zwischen Schilf und Seerosen eingefunden hatten. Mittlerweile breiteten sich hierzulande auch exotische Gelsenarten wie die Asiatische Tigermücke aus, die Zika-, Dengue- und Chikungunya-Viren übertragen und tropisches Fieber und andere unangenehme Symptome auslösen konnte. Der Einwanderer war jedoch auffällig schwarz-weiß gemustert, während die schlammbraune Stechmücke, die Sandra gerade entkommen war, vermutlich zu den rund 100 heimischen Hausgelsenarten zählte, die zumeist keine ärgeren Beschwerden verursachten als einen juckenden Gelsendippel. Der Gelsenspray steckte freilich in einer anderen Handtasche, die zu Hause geblieben war. Wie immer, wenn Sandra Taschen wechselte, fehlte etwas, das sie gerade benötigt hätte.

»Hast du sie erwischt?« Der gut aussehende Mann an ihrer Seite hatte den versuchten Totschlag beobachtet.

Sandra verneinte. »Dafür ist jetzt ein Fleck auf meinem neuen Schuh«, sagte sie, auf ihre Fußspitze blickend.

»Es ist doch nur Wasser«, beschwichtigte Hubert lächelnd. »Da bleibt bestimmt nichts zurück.« Er hob sein Weinglas und prostete ihr zu. Seine ozeanblauen Augen lächelten mit.

Wie lange kannten sie sich eigentlich schon, fragte sich Sandra. Das erste Mal war sie ihrem neuen Nachbarn vor neun Monaten im Stiegenhaus begegnet, rechnete sie nach, während Hubert einen Schluck Sauvignon Blanc trank. Kaum war er in ihr Wohnhaus eingezogen, lief er ihr ständig über den Weg – im Supermarkt, in der Tiefgarage, im Aufzug. Und zwar dermaßen häufig, dass sie ihn anfangs für einen Stalker hielt. Dass ein lediger, fescher, intelligenter, gebildeter, amüsanter Mann in den besten Jahren hinter ihr her war, kam der Abteilungsinspektorin des LKA Steiermark höchst verdächtig vor. Wäre er ein Verbrecher gewesen, den sie irgendwann überführt hatte und der sich, wieder auf freiem Fuß, an ihr rächen wollte, hätte sie seine Motivation ja verstanden. Aber so? Hubert Müllner konnte jede Frau haben. Weshalb wollte er ausgerechnet sie?

Dann wurde Sandra bei einem misslungenen Polizeieinsatz schwer verletzt, und Hubert wich noch immer nicht von ihrer Seite. Seither waren sie zusammen – mehr oder weniger. Es war kompliziert. Wie immer bei ihr. Mittlerweile kannte sie auch seine Schwächen. Insbesondere seine Bindungsangst ließ sie manchmal zweifeln, aber nicht verzweifeln. Schließlich war niemand perfekt. Auch sie nicht. Dass sie in Sachen Mord und Totschlag ermittelte, machte ein Leben mit ihr auch nicht unbedingt einfach. Und so nahmen sie ihre Beziehung hin, wie sie war – ohne Ansprüche zu stellen oder den anderen verändern zu wollen. Theoretisch war das sehr reif und vernünftig, praktisch aber nicht immer ganz einfach. Doch die Liebe war kein Wunschkonzert. Wer wusste das besser als sie, die früher oder später immer enttäuscht wurde.

Sandra richtete ihren Blick zu den Klappbänken, die vor der Bühne am Teich hintereinander aufgereiht waren. Einige Besucher hatten bereits Platz genommen. Andere standen plaudernd beisammen, die meisten mit einem Getränk in der Hand. Außer Hubert kannte sie hier niemanden persönlich. Allerdings hatte sie die blonde Frau im knöchellangen weißen Sommerkleid, die abseits für ein Interview vor der Kamera stand, schon einige Male in Zeitungen und Magazinen gesehen. Beatrice Franz würde in zwölf Minuten aus ihrem neuesten Roman lesen, verriet Sandra ein Blick auf die Uhr. Am Buch der Grazer Starautorin hatte sie sich selbst bereits mehrfach versucht, war jedoch immer wieder darüber eingeschlafen. Nach 30 Seiten hatte sie es endgültig aufgegeben und das Buch Andrea geschenkt. Ihre Freundin litt neuerdings unter Schlafstörungen.

»Die sind richtig gut«, riss Hubert sie aus ihren Gedanken. Er meinte das junge Damenquartett, von dem Sandra noch nie etwas gehört hatte.

Steirische Harmonika, Gitarre, Schlagzeug und Gesang verschmolzen zu progressiver Volksmusik, die Einflüsse von Blues und Jazz erkennen ließ. Einem stimmungsvollen Abend stand nichts im Wege, außer den lästigen Gelsen und ihrem Bereitschaftsdienst.

Sandra schob den Gedanken, dass sie jederzeit ein Anruf aus der Landesleitzentrale erreichen konnte, beiseite und trank noch einen Schluck Mineralwasser.

Im nächsten Moment machte Hubert sie mit dem charmanten Kulturredakteur des ORF Landesstudios Steiermark bekannt. Er sei kurzfristig für seine erkrankte Kollegin, die für die Veranstaltungsreihe zuständig war, eingesprungen, erklärte er und stellte ihnen die Praktikantin an seiner Seite vor. Ihr klobiges schwarzes Brillengestell erinnerte Sandra an den alten Fernsehapparat ihrer Großmutter. Was thematisch zwar zum Funkhaus passte, jedoch nicht zu den jugendlichen Zügen der Brillenträgerin, die vermutlich intellektueller, vielleicht auch älter wirken wollte, als sie war. Sonst hätte sie wohl zu einem schmeichelhafteren Modell gegriffen und nicht zu diesem Monstrum, das ihr fein gemeißeltes Näschen zu erdrücken drohte. Doch über Mode und Geschmack ließ sich bekanntlich streiten. Auch in der Literatur, selbst wenn sie aus der Feder einer hochgelobten Schriftstellerin stammte. Kaum hatte sich die Praktikantin auf die Toilette verabschiedet, steuerte Beatrice Franz schnurstracks auf sie zu.

Als Literaturübersetzer und Autor kannte Hubert die preisgekrönte Literatin freilich persönlich, wie die meisten Schriftsteller, die in der heimischen Szene Rang und Namen oder zumindest Talent hatten.

Die beiden Männer wurden mit Wangenküssen begrüßt. Für Sandra hatte Beatrice Franz nur ein simples »Hallo« übrig.

Die verkniff es sich, auf den respektlosen Gruß mit einem Spruch ihrer Volksschullehrerin zu antworten: ›Der *Hallo* ist schon gestorben und liegt gleich neben dem *Heast* am Friedhof.‹ »Guten Abend«, grüßte sie stattdessen zurück.

»Darf ich dir Beatrice Franz vorstellen?«, fragte Hubert förmlich. »Bea, das ist Sandra Mohr, meine Nachbarin.«

Wie jetzt? Bloß seine Nachbarin? Sandra rang sich ein Lächeln ab, das die Schriftstellerin gekünstelt erwiderte. Während sie sich eine goldblonde Locke aus dem Engelsgesicht strich, wanderten ihre wasserblauen Augen zum feschen Hubert zurück. Dort blieben sie kleben, ohne Sandra eines weiteren Blickes zu würdigen.

Hatte es das Liebkind des Feuilletons auf ihn abgesehen? Verhielt sie sich deshalb so abweisend Sandra gegenüber? Oder war sie bloß angespannt vor ihrem Auftritt? Sandras Abneigung gegen sie schien jedenfalls auf Gegenseitigkeit zu beruhen – wie die Vertrautheit zwischen Hubert und Bea.

Schweigend beobachtete Sandra, wie eine Gelse am Schwanenhals der Autorin saugte, bis der Tontechniker mit einem Headset an sie herantrat und ihr beim Aufsetzen half – ein ziemliches Gewurschtel mit den vielen Haaren.

Hubert sah ihrer anmutigen Gestalt hinterher, die im Schilf verschwand.

Hübsch war sie ja, außerdem auch noch klug und talentiert, musste Sandra zugeben. Ihr Charakter ließ jedoch zu wünschen übrig.»Was für eine Trutschn«, sagte sie.»Ist die immer so arrogant?«

»Aber geh«, beschwichtigte Hubert.»Du musst Bea nur näher kennenlernen.«

Nein, das musste sie nicht. Sandra spülte ihren Groll mit einem weiteren Schluck Mineralwasser hinunter. Ihre Lust, sich die Lesung anzuhören, tendierte gegen null.

»Kommst du jetzt?« Hubert nahm sie an der Hand und steuerte zwei freie Plätze an – ausgerechnet in der ersten Reihe.

Sollte Sandra unverhofft aufbrechen müssen, würde es jeder mitbekommen, auch die Autorin auf dem Floß direkt gegenüber. Kein Wunder, dass bei Lesungen die ersten Reihen meist am längsten oder – bis auf die reservierten Plätze für Ehrengäste – weitgehend frei blieben. Allerdings nicht bei diesem Andrang, der heute Abend herrschte. Entweder setzten sie sich ganz vorne hin oder sie blieben hinter den letzten Bankreihen stehen, was Sandra lieber gewesen wäre. Doch jetzt war es zu spät für einen unauffälligen Rückzug. Der Moderator hatte sich bereits in Position gebracht, um die Künstlerinnen und das Publikum zu begrüßen.

Artiger Applaus setzte ein.

Hubert zog Sandra zu sich auf die Bank.

Ihre Frage, weshalb er sie der Schriftstellerin bloß als seine Nachbarin vorgestellt hatte, verschob sie auf später. Immerhin verband sie beide doch mehr als nur die Tatsache, dass er im vergangenen Herbst die Wohnung unter ihrer bezogen hatte. Bindungsangst hin oder her. Gedankenverloren klatschte Sandra mit den anderen mit, während die Autorin auf hohen Keilabsätzen auf die Bühne stolzierte.

Sie warf ihre Lockenpracht in den Nacken, um sich anschließend maniriert auf dem Sessel niederzulassen. Ihr Buch legte sie vor sich auf das Holztischchen und klappte es bedeutungsschwer auf. Abermals strich sie sich eine Locke aus dem Gesicht, hauchte eine kurze Begrüßung ins Mikrofon und erzählte danach umso ausführlicher von der Entstehung ihres Romans, dessen Handlung der eigenen Familiengeschichte entsprang, wie sie betonte.

Sandra fand ihre Mikrofonstimme weitaus angenehmer als ihre herablassende Art. Dass alle Augen auf sie gerichtet waren, genoss die Autorin sichtlich. Zweifellos verstand sie es, ihr Publikum zu fesseln. Nur Sandra eben nicht. Gelangweilt lauschte sie den ausführlichen Schilderungen einer kargen Winterlandschaft in irgendeiner trostlosen Gegend und der Geschichte der Großmutter, die ihren Sohn – den Vater der Autorin – unter großen Schmerzen geboren und unter noch größeren Entbehrungen allein aufgezogen hatte. Am unterhaltsamsten fand Sandra, dass sich die Lesende zwischendurch immer wieder am Hals kratzte. Und nur sie wusste, warum. Während sie sich dem monotonen Sprachrhythmus hingab, driftete sie gedanklich immer weiter ab, bemüht, nicht zu gähnen. Beinahe wäre sie eingenickt, als ein Klingelton sie hochfahren ließ. Ausgerechnet aus ihrem Handy.

Beatrice Franz starrte entsetzt ins Publikum. Wenn sie nicht stark kurzsichtig war, würde sie den Störenfried erkennen.

Hubert zog leise stöhnend seinen Kopf ein.

Endlich fand Sandra das Handy in ihrer Tasche und stellte es auf lautlos. Ein Blick auf das Display verriet ihr, dass der Abend für sie gelaufen war. »Tut mir leid«, wisperte sie ihrem Begleiter zu, was nicht ganz der Wahrheit entsprach. Sie war froh, der langweiligen Lesung frühzeitig zu entkommen. Um den weiteren Verlauf des Abends und der Nacht tat es ihr wirklich leid. Hubert würde allein mit dem Taxi nach Hause fahren müssen. Im Aufstehen nahm Sandra den Anruf entgegen. »Warte kurz, Lubensky«, flüsterte sie hinter vorgehaltener Hand in ihr Handy und schlich in geduckter Haltung an den Bankreihen vorbei, verfolgt von mehr oder weniger bösen Blicken aus dem Publikum. Bis sie weit genug entfernt war, um sprechen zu können, ohne die Veranstaltung weiter zu stören.

Auf dem Weg zum Parkplatz gab ihr Lubensky die ersten Fakten zum Leichenfund durch. Ein männlicher Toter war mit einer Schussverletzung aufgefunden worden, die auf Fremdverschulden hinwies. Das Todesermittlungsverfahren war eingeleitet, die Tatortgruppe vor Ort, um die Spuren zu sichern.

Als Sandra das Gespräch beendete, war bereits eine Nachricht mit der Adresse des Einsatzortes auf ihrem Handy eingegangen, der nördlich von Graz im Schöcklland lag. Sie wählte die Nummer des Chefinspektors, den sie abholen sollte, und stieg in den zivilen Dienstwagen ein.

3.

Sascha Bergmann telefonierte an der Straßenecke, als Sandra den schwarzen Audi A6 in zweiter Spur abbremste. Mit einer Geste bedeutete ihr der Chefinspektor zu warten.

Konnte er nicht im Auto weitertelefonieren? Oder war sein Gespräch so geheim? Sandra stellte den Motor ab und damit auch die Klimaanlage. Die Sonne war ohnehin schon untergegangen. Zumindest musste sie diesmal nicht in die kurze Sackgasse abbiegen, um Bergmann direkt vor seiner Haustür einsteigen zu lassen, und anschließend wieder zurückschieben. Wobei er ganz bestimmt nicht aus Rücksicht auf sie hier stand, sondern aus irgendeinem anderen Grund, war sie überzeugt. Den obligaten Kaffeebecher hatte er heute auch nicht dabei. Dafür hing sein graues Leinensakko gewohnt schlampig über seinem rechten Unterarm, der Holster mit der Dienstwaffe an seinem Gürtel.

Sandra nahm einen Schluck aus ihrer Trinkflasche und verzog das Gesicht. Das Wasser war bacherlwarm.

Bergmann diskutierte noch immer angeregt und lachte.

Womöglich telefonierte er mit seinem Gspusi. Wenn man der Gerüchteküche des LKA Steiermark glauben durfte, handelte es sich um niemand Geringeren als die Vize-Landespolizeidirektorin. Dass Bergmann vor zig Jahren im LKA Wien mit Nicole Herbst zusammengearbeitet hatte, war allseits bekannt. Dass er mit der Fallanalytikerin sogar verlobt gewesen war, wussten nur die beiden, die es betraf. Und Sandra, der Bergmann sein Geheimnis anvertraut hatte. Selbstverständlich hielt sie dicht. Wiewohl sie beim besten Willen nicht nachvollziehen konnte, was eine intelligente, attraktive Akademikerin wie Nicole Herbst an einem Schwerenöter wie Sascha Bergmann fand. Aber sie musste es auch nicht verstehen.

Endlich beendete er sein Gespräch und kam auf den Dienstwagen zu.

Es war keine drei Stunden her, dass sie sich in ihrem Büro in der Landespolizeidirektion voneinander verabschiedet hatten. Zu jenem Zeitpunkt hatte Sandra noch gehofft, den

Chefinspektor erst nach dem Wochenende wiederzusehen. Seufzend startete sie den Motor, während er sein zerknittertes Sakko auf den Rücksitz warf. Diesen Abend hatte sie sich ganz anders vorgestellt. Hubert bestimmt auch. Sandra nahm an, dass er sauer auf sie war, zumindest aber enttäuscht. Wenngleich nicht sie die Spielverderberin war, sondern die Kriminellen, die sich nicht an die üblichen Bürozeiten hielten.

Bergmann öffnete die Beifahrertür und nahm neben Sandra Platz.

»Austelefoniert?«, fragte sie zur Begrüßung und legte den Gang ein.

Der Chefinspektor starrte auf ihr Dekolleté. Eine Augenbraue wanderte nach oben, dazu grinste er dreckig. »Grüß euch«, sagte er und sprach offenbar ihre Brüste an.

»Sag mal, hast du kein Privatleben?«, schnauzte Sandra ihn an, bevor er einen weiteren sexistischen Kommentar abgeben konnte. Irritiert tastete sie nach dem Gurt zwischen ihren Brüsten, die sich durch den feinen Bambusjersey ihres ärmellosen Jumpsuits stärker abzeichneten, als ihr unter den gegebenen Umständen lieb war.

Bergmann starrte sie weiterhin ungeniert an. »Seit wann interessierst du dich für mein Privatleben?«, fragte er zurück, als hätte ihre rhetorische Frage eine Antwort verlangt.

»Vergiss es, Sascha! Schnall dich an!« Sandra richtete ihren Blick in den Seitenspiegel und drückte den Blinkerhebel hinunter. Wieder einmal ärgerte sie sich über den unverbesserlichen Macho an ihrer Seite, was aber auch nichts änderte.

Bergmann griff über seine Schulter zum Sicherheitsgurt. »Und wie steht es um *dein* Privatleben?«, fragte er. »Für wen haben wir uns heute denn so aufgehübscht?«

Aufgehübscht. Wo hatte er diesen dämlichen Begriff wieder her? Sandra hatte bestimmt nicht vor, ihm zu antworten. Stattdessen verzog sie ihren Mund, den Blick in den Rückspiegel gerichtet. Den roten Lippenstift hatte sie extra abgewischt, ehe sie vom Parkplatz losgefahren war. Sie hatte auch die auffälligen Ohrgehänge und die Kette vor dem Einsatz abgenommen und bequeme Sneakers angezogen. Doch auch das verbliebene Make-up und ihre halblangen hellbraunen Haare, die sie offen trug, entsprachen nicht ihrer für gewöhnlich sportlich-legeren Aufmachung im Dienst. Ärgerlich wartete sie ab, bis der pastellblaue Cinquecento an ihnen vorbeigefahren war. Dann trat sie dermaßen forsch aufs Gaspedal, dass die Reifen quietschten.

»Jetzt sag schon ... für deinen *Huubert*, oder?«, stichelte Bergmann weiter. Er zog das U in die Länge, um sich über den Namen lustig zu machen, von dem er wusste, dass Sandra ihn nicht mochte.

Hubert hatte nämlich auch der alte »Hiasbauer« in der Steirischen Krakau geheißen, wo sie aufgewachsen war. Der Furcht einflößende Landwirt hatte ihr einmal sogar den Hintern versohlt, nachdem ihr eines seiner Hühner ins Fahrrad gelaufen war. Dass Sandra das Federvieh nicht absichtlich getötet hatte, zählte für ihn nicht. Ihre Mutter musste ihn auch noch finanziell entschädigen, wofür sich Sandra von ihr ein paar Detschn einfing – zur Gaudi ihres jüngeren Halbbruders. Mike war bereits bösartig auf die Welt gekommen und hatte später nicht nur sie krankenhausreif geprügelt. Sandra schob die unerfreulichen Erinnerungen an ihre Familie beiseite. Da war es ihr allemal lieber, sich über Sascha Bergmann zu ärgern. Aber das brauchte der nicht zu wissen. An der roten Ampel bremste sie sich hinter dem Fiat ein.

»Wie lange fahren wir zum Einsatzort?«, erkundigte sich Bergmann.

»Höchstens eine halbe Stunde«, antwortete Sandra mürrisch. Dass der Schöckl vor den Toren der steirischen Landeshauptstadt lag, hätte der zugezogene Wiener schon wissen können. Immerhin lebte er seit über einem Jahrzehnt in Graz. Möglicherweise hatte Lubensky den Grazer Hausberg aber gar nicht vor ihm erwähnt. Auch in der Landesleitzentrale war hinlänglich bekannt, dass der Chefinspektor sich nur im äußersten Notfall ans Steuer setzte. Wofür ihm alle anderen Verkehrsteilnehmer dankbar sein mussten. Sandra war ein einziges Mal mit ihm mitgefahren, was ihr für alle Zeiten reichte. Seither bestand sie sogar darauf, den Dienstwagen zu lenken. Außerdem kannte sie sich in der Steiermark viel besser aus als er. Sie wusste auch, wo der Einsatzort lag. Wenigstens ungefähr. Im nahen Freizeitpark war sie schon im Badesee geschwommen, hatte mit Freunden gekegelt, Minigolf oder Tennis gespielt und im Gastgarten des *See-Cafés* den einen oder anderen Eiskaffee oder Weiße Mischungen getrunken. Die Adresse des Tatorts in Kumberg sagte ihr allerdings nichts. Doch das Navi würde Schloss Abelsberg schon finden, hatte sie geglaubt und sich 33 Minuten später auf einem markierten Wanderweg im Wald wiedergefunden. Die Wegweiser bestätigten ihr zwar, dass dieser zum gesuchten Schloss führte, aber ob das auch für Pkws galt?

Inzwischen war es finster, und die Bäume standen immer dichter. Möglicherweise hätte sie an der letzten Abzweigung doch nicht in die Sackgasse abbiegen sollen, überlegte Sandra, während sie an einem Hof vorbeirollte, vor dem ein silberfarbener Golf und ein weißer Kleinbus ohne Kennzeichen geparkt waren. Ob sie aussteigen, anläuten und die Anwohner nach dem Weg fragen sollte? Der Straßenname entsprach jedenfalls der Adresse, die ihr Lubensky genannt hatte. Zudem bestärkte sie das Display des stumm geschalteten Navis in ihrer Entscheidung, dem holprigen Weg weiter zu folgen. Das gesuchte Schloss musste hinter den nächsten Kurven auftauchen. Ob der Weg bis dorthin befahrbar war, wagte sie allerdings nicht vorherzusagen. Navis waren auch nicht unfehlbar. Manch einer, der ihnen stur gefolgt war, hatte sich schon auf einen Radweg verirrt oder auf Bahngleisen wiedergefunden, war im Matsch versunken oder in einer engen Gasse stecken geblieben. Mit einem Polizeidienstwagen aus einer derart misslichen Lage geborgen werden zu müssen, wäre ihr mehr als peinlich gewesen. Sandra würde nicht nur für die Kollegenschaft zur Lachnummer werden. Heutzutage blieb ja so gut wie nichts mehr im Verborgenen. Und Polizisten wurden besonders gerne öffentlich an den Pranger gestellt. Vielleicht sollte sie doch lieber zurückfahren.

»Wo soll denn hier ein Schloss stehen? Mitten im Wald«, meldete nun auch noch Bergmann Bedenken an. Über den Rand seiner Lesebrille hinweg blickte er sich skeptisch um. Konnte er sich nicht weiterhin schweigend mit seinem Handy beschäftigen?

Ein Stück des Weges war von ihren Autoscheinwerfern ausgeleuchtet, ebenso die Sträucher und Bäume im Lichtradius ringsherum. Da und dort blitzte der abnehmende Mond durch das Blätterdach. Ansonsten war nicht viel zu sehen. Außer Insekten, die aufgeregt im Scheinwerferlicht tanzten.

Der Chefinspektor ließ sein Fenster hinunter, um mit der Taschenlampen-App seines Handys mehr Licht ins Dunkel zu bringen.

Sandra atmete indessen die frische Waldluft tief ein. Der Mischwald roch anders als der Nadelwald ihrer Kindheit, dessen würziger Duft sich in ihr Gedächtnis eingebrannt hatte. Sie hörte einen Waldkauz rufen. Balzzeit war zurzeit nicht. Der nachtaktive Vogel grenzte vermutlich sein Revier ab. Dem Volksaberglauben nach brachte sein Ruf den Tod.

»Jössas!«, fuhr Bergmann zusammen.

»Was ist denn?« Sandra wandte sich ihm zu.

»Dort drüben!«
Zwei kreisrunde gelbe Augen machten kehrt und verschwanden im Gebüsch.
»War das ein Raubtier?«, fragte der bekennende Stadtmensch neben ihr.
Sandra nickte. Die rötliche Fellfarbe und die weiße Schwanzspitze gehörten zweifelsfrei zu einem Fuchs. Vielleicht hatten ihn die Rufe des Waldkauzes, der auf der Speisekarte des Beutegreifers stand, angelockt. »Das war ein Wolf«, sagte sie mit regungsloser Miene.
»Im Ernst?« Bergmann schloss eilig sein Fenster und schaltete die Handytaschenlampe aus.
Glaubte er, dass der vermeintliche Wolf zu ihnen in den Wagen springen würde? Sandra zuckte betont gelassen mit den Schultern, bemüht, nicht loszulachen.
»In der Nähe von Graz wurden schon öfters Wölfe gesichtet«, erzählte sie. Allerdings nicht in dieser Region, sondern weiter westlich und nördlich. In Eisbach-Rein und in Pernegg an der Mur hatten Wildkameras einzelne Tiere aufgenommen, worüber in den Medien ausführlich berichtet worden war. In der Bevölkerung und unter den Landwirten hatte dementsprechend große Aufregung geherrscht. Doch waren weder Menschen noch Nutztiere zu Schaden gekommen. Die Wölfe waren weitergewandert, konnten sich aber jederzeit wieder blicken lassen – auch hier im Schöcklland.
Bergmann blicke sich bange um. »Ich hasse diese Wildnis. Bist du wirklich sicher, dass wir hier richtig sind?«
Sandra verdrehte die Augen. Nein, das war sie nicht. Während sie noch einmal überlegte, ob sie bis zur letzten breiteren Stelle zurückschieben, dort wenden und zurückfahren sollte, erblickte sie ein Fahrverbotsschild. »Ausgenommen Anrainerverkehr«, las sie vor. Demzufolge musste der Weg doch befahrbar sein.

Bergmann lehnte sich seufzend zurück. »Von wegen höchstens eine halbe Stunde«, maulte er.

»Hast du heute noch etwas anderes vor?«, fragte Sandra süffisant. In zwei Minuten sollten sie ihr Ziel erreichen. Sofern sie dem Navi vertrauen durfte. Der Audi holperte im Schritttempo um die Kurve.

»Ha! Dort oben brennt Licht«, verkündete Bergmann triumphierend.

»Na, siehst du.«

»Ja, ich sehe es. Aber das ist doch kein Schloss«, monierte er.

Zu früh gefreut, musste Sandra ihm insgeheim recht geben, während sie den Wagen über Stock und Stein an zwei am Wegesrand geparkten Autos vorbeilenkte. Das renovierte alte Steinhaus ging keinesfalls als Herrschaftshaus durch. An der Gabelung hielt sie an, um sich in der Dunkelheit neu zu orientieren. Rechter Hand führte die Wanderroute weiter, die nicht befahren werden durfte. Auch nicht von Radfahrern, verkündete eine weitere Tafel im Schilderwald.

»Dort müssen wir hinauf!« Bergmann deutete geradeaus.

Sandra beugte sich nach vorn, damit sie an ihrem Beifahrer vorbeisehen konnte. Tatsächlich wies der grüne Pfeil zum Schloss. Ihre Miene hellte sich auf. »Na bitte, auch ein blindes Hendl findet ab und zu ein Körndl«, kommentierte sie die hilfreiche Entdeckung ihres Co-Piloten. Das nächste Verbotsschild untersagte das Reiten. Der Aufforderung, Signal zu geben, gedachte Sandra nicht nachzukommen. Sollte ihnen im Dunkeln ein Fahrzeug begegnen, würde sie es frühzeitig an den Scheinwerfern erkennen. Auch durch das dichteste Dickicht. Umgekehrt würde sie wohl auch gesehen werden. Mit Spaziergängern oder Joggern rechnete sie eher nicht. Auf der Hut war sie dennoch. Man wusste ja nie, wer sich im finsteren Wald herumtrieb – abgesehen von Wildtieren und

Jägern. Der Mann, der vor einigen Jahren im nicht allzu weit entfernten Stiwoll zwei seiner Nachbarn erschossen und eine Frau verletzt hatte, war nach der Bluttat auch in den Wald geflüchtet. Jedenfalls hatte man seinen verlassenen Lieferwagen am Waldrand gefunden. Sonst gab es noch immer keine Spur von dem mutmaßlichen Täter, dessen Name auf der Fahndungsliste *Austria's Most Wanted Persons* der Europol ganz weit oben stand.

»Was ist? Willst du nicht weiterfahren?«, riss Bergmann sie aus ihren Gedanken.

Sandra trat sachte aufs Gaspedal. »Ich fahre ja schon.«

Nach wenigen Metern wandte sich der Chefinspektor wieder um. Auf der Anhöhe wollte er Lichter gesehen haben. Möglicherweise brannten sie beim oder im gesuchten Schloss. So genau konnte er es nicht sagen, weil Sandra zu schnell an der steilen Waldlichtung vorbeigefahren war.

»Soll ich nun weiterfahren oder zurückschieben?«, fragte sie genervt und hielt den Wagen an. Aus ihrer Position hatte sie keine Lichter wahrgenommen. Vielleicht hatte er ohne städtische Lichtverschmutzung die Sterne am Nachthimmel funkeln sehen.

»Fahr weiter«, knurrte er.

Sandra folgte dem Forstweg, der sich durch den Wald bergauf wand, als plötzlich Lichter vor ihnen auftauchten.

Als Erstes erkannte sie einen Eckturm mit einem Pyramidendach. Je näher sie dem Schloss kamen, desto mächtiger schien das historische Bauwerk mit drei Geschoßen und vier Ecktürmen auf der Anhöhe zu thronen. An seiner Frontseite ragte ein etwas höherer zentraler Glockenturm mit einem Laternendach schemenhaft in den Nachthimmel, dazwischen einige schlanke Schornsteine und Dachgauben. Etliche Fenster waren hell erleuchtet.

Auf dem Vorplatz parkten zwei Funkstreifen. Die beiden

grauen Vans ordnete Sandra dem Fuhrpark der Tatortgruppe zu. Sie richtete ihren Blick wieder auf die nähere Umgebung. Die Wanderroute vom Ortszentrum zum *Schöcklblick* kreuzte ihren Weg und führte linker Hand weiter in den Wald hinauf. Im Schritttempo rollte sie auf den offen stehenden Schranken zu, an dem ein uniformierter Polizist postiert war. Das Betreten des Privatgrundstücks war verboten, stand auf einer Tafel. Das zweite Schild warnte vor frei laufenden Hunden. Plötzlich von grellem Licht geblendet, kniff sie ihre Augen zusammen und trat auf die Bremse.

Bergmann fiel in den Gurt und wieder zurück. »Herrschaftszeiten!«, schimpfte er. Ob er sich über ihr harmloses Bremsmanöver oder das gleißende Licht aufregte, blieb dahingestellt. Wahrscheinlich meinte er beides.

Sandra legte die flache Hand an ihre Stirn und ließ blinzelnd das Fenster hinunter. »LKA Steiermark, Abteilungsinspektorin Sandra Mohr und Chefinspektor Sascha Bergmann«, stellte sie sich und ihren Beifahrer vor.

»Runter mit der Lampe! Das grenzt ja an Körperverletzung!«, schnauzte Bergmann den Uniformierten über Sandra hinweg an.

Augenblicklich senkte der Kollege die Handlampe, ließ sie jedoch eingeschaltet. »Tschuldigung. Woher soll ich denn wissen, dass Sie …« Vor lauter Schreck vergaß der Jungspund, dass Polizisten, egal welchen Ranges, sich im Einsatz üblicherweise duzten.

»Schon gut«, unterbrach Sandra sein Gestammel. »Dürfen wir passieren?«

»Ja, sicher. Fahrts bis zum Vorplatz auffi«, erklärte er. »Dann links umi, am Stallgebäude vorbei und beim Schuppen links zum Parkplatz zuwi.«

»Auffi, umi, zuwi«, äffte Bergmann ihn nach, während Sandra in die beschriebene Richtung blinzelte.

Linker Hand wuchs eine hohe Natursteinmauer aus der Böschung in den Sternenhimmel. Ein Stallgebäude ließ sich nur erahnen. Sie schloss das Fenster und fuhr weiter.

»Lapo«, stänkerte Bergmann, als der Landpolizist hinter dem Audi in einer Staubwolke verschwand.

Sandra folgte dem Kiesweg an blühenden Rosenstöcken, Sträuchern und einer Blumenwiese vorbei. Hohe Bäume säumten den Schlosspark, der einen gepflegten, aber keinen akkuraten Eindruck machte. Wildromantisch traf es eher. Genauso stellte sie sich ein Märchenschloss vor.

Das angekündigte Nebengebäude rückte immer weiter in ihr Blickfeld. Wie ein Stall sah es nicht aus, vielmehr wie ein schmuckes Wohnhaus. Hinter den Fenstern brannte allerdings kein Licht. Eine lavendelgesäumte Kurve führte am hübschen Vorgarten entlang. Hinter einem Sitzplatz kletterten dunkelrote Rosen an einem Spalier die Hausmauer empor. Die meterlange Fensterfront der Schleppgaube unter dem Dach war ebenfalls finster. Beim verwitterten Holzschuppen bog Sandra auf den Parkplatz ab.

»Jutta ist schon da«, murmelte Bergmann. Der weiße Jeep der Gerichtsmedizinerin aus Graz war zwischen einer Funkstreife und einem dunkelgrauen Volvo mit »GU«-Kennzeichen geparkt. »Gupferln« nannte Andrea die Lenker aus dem Bezirk Graz-Umgebung scherzhaft. Warum ausgerechnet diese als schlechte Autofahrer verrufen waren, konnte sie allerdings auch nicht erklären.

Sandra stellte den Wagen als letzten in der Reihe direkt vor der alten Steinmauer ab und stieg gleichzeitig mit Bergmann aus. Als die Wagentüren ins Schloss fielen, schlugen zwei Hunde in nächster Nähe an. Die Warntafel bei der Schrankenanlage kam ihr in den Sinn. Vorsichtig wandte sie sich um und blickte zum angrenzenden Grünstreifen hinüber, von wo das Bellen kam. Bissige Hunde hätten ihr gerade noch gefehlt, doch keiner stürmte auf sie zu. Die Tiere schienen sich bei den Gestalten aufzuhalten, die hinter den Sträuchern an einem Tisch saßen. Ob es sich um drei Frauen oder drei Männer handelte, war im Lichterschein der Kerzen und des Feuers, das etwas abseits loderte, nicht zu erkennen. Jetzt kläffte nur mehr ein Hund, der von kleiner Statur sein musste, sonst hätte sein Bellen tiefer geklungen.

»Aus, Sunny!«, befahl eine Frauenstimme.

Der Hund gehorchte.

Während Bergmann sein Sakko vom Rücksitz nahm, öffnete Sandra die Heckklappe, um ihre Polizeijacke herauszuholen, die sie über ihrem Jumpsuit anzog. Nicht nur, weil es hier spürbar kühler als in der Stadt war, sondern weil sich der Chefinspektor besser auf den Einsatz als auf ihr Dekolleté konzentrieren sollte. Die anderen Kollegen wollte sie gar nicht erst in Versuchung führen. In Gedanken versunken suchte sie in ihrer Handtasche nach einem Haargummi.

»Was ist jetzt? Kommst du endlich?«, drängte Bergmann.

Sandra gab die Suche auf und ließ die Heckklappe fester als nötig zufallen.

Wieder bellte der kleinere Hund, gefolgt von derselben Frauenstimme, die Sunny erneut zum Schweigen brachte. Die Grillen auf der nahen Wiese zirpten indessen munter weiter, und der Waldkauz rief: »Kuwitt!«

4.

Bergmann sprach die beiden uniformierten Polizisten an, die vor dem Stallgebäude postiert waren.

Der ältere, kleinere Mann mit grauem Haar und Schnurrbart stellte sich als Kommandant der örtlichen Polizeiinspektion vor. Er berichtete, dass kurz vor 17 Uhr ein Anruf von einer Jägerin eingegangen sei, nachdem in Abelsberg eine Hand aufgefunden worden war.

»Was denn für eine Hand?«, fragte Sandra. Lubensky hatte von einem erschossenen männlichen Toten gesprochen, rief sie sich den Anruf aus der Landesleitzentrale in Erinnerung. Eine Hand hatte er nicht erwähnt.

»A rechte Hand«, erläuterte der Kommandant, dessen Polizeihemd um die Leibesmitte spannte. »Männlich.« Sie sei zerfressen und schon ziemlich verwest gewesen, schilderte er das Fundstück, an dessen verstümmeltem Ringfinger ein Ring steckte.

Der konnte ihnen unter Umständen bei der Identifizierung der Leiche nützlich sein, ging Sandra durch den Kopf. Bevor sie sich nach der Identität des Opfers erkundigen konnte, ergriff der jüngere Landpolizist das Wort.

»Die Jagarinnen wollten am späten Nachmittag am Sitzplatz hinterm Schuppen essen, bevor s' zur Jagd aufbrechen. Aber dann hat der Bari die Hand ang'schleppt ...«

»Bari?«, fragte Sandra nach.

»Ein Bayerischer Gebirgsschweißhund«, erwiderte der Uniformierte.

»*Die* Bari«, korrigierte sein Vorgesetzter. Die Hündin sei eine der besten in der *Nachsuche*, erläuterte er. »Eigentlich

heißt s' ja Baronesse von der Soundso und stammt aus einer Kärntner Zucht.« Der Name der Zuchtstätte war ihm entfallen. Dafür konnte er ihnen den Namen der Hundebesitzerin nennen: »Lichtenegger Marlene. Sie ist die Tochter vom Jagdpächter, dem Lichtenegger Martin.«
»Bist du auch ein Jäger?«, erkundigte sich Sandra.
Der Kommandant nickte.
»War Herr Lichtenegger heute Nachmittag ebenfalls hier?«
Die Landpolizisten sahen einander an. Heute hatten sie Marlenes Vater noch nicht gesehen, waren sie sich einig.
»Sitzt die Zeugin hinter dem Schuppen?« Bergmanns Daumen wies über seine Schulter.
Abermals folgte Nicken. »Ich hab die Damen gebeten, auf euch zu warten.«
Sandra holte ihr Handy aus der Jackentasche, um die Namen der drei Jägerinnen aufzunehmen. Alles Weitere würde sie diese später persönlich fragen.
Der Kommandant fuhr mit seiner Schilderung der Ereignisse fort und erzählte, dass sie um 17.08 Uhr in Abelsberg eingetroffen seien, um die Hand sicherzustellen. Bari war kaum zu halten und zog wie verrückt an ihrer Leine, also folgten sie der Jägerin und ihrer Jagdhündin hinter das Schloss, wo sich die Hundeleine prompt im Gebüsch verhedderte. Bari musste abgeleint werden, damit sie sich nicht strangulierte. »Dann is' sie in Wald ab'poscht und direkt in Grab'n owi g'rennt.«
»Ich wollt' ihr noch folgen«, fuhr der jüngere Polizist fort. »Aber der Graben ist dort schon eher eine Schlucht.« Der steile Hang fiel geschätzte 20 Meter in die Tiefe hinab und endete in einem kleinen Bach.
»Dann habt ihr die Feuerwehr verständigt?«, fragte Sandra.
Die Männer nickten. Zwei Feuerwehrmänner waren in den Graben hinuntergeklettert, die die bellende Jagdhündin neben der Leiche fanden, die sie schließlich bargen.

Der jüngere Polizist nahm sein Smartphone zur Hand, um die Fotos vom Leichenfundort aufzurufen, die ihm einer der Feuerwehrmänner geschickt hatte. Die Bilder waren bereits über den Dienst-Messenger ans LKA übermittelt worden und sollten demnächst für alle im Ermittlungsteam zum Download bereitstehen.

Sandra fand es lobenswert, dass sich der Landpolizist der neuesten mobilen Polizeikommunikation bediente. Nicht alle Kollegen standen den 27.000 *iPhones* und über 3.000 *iPads*, die für Polizisten und Polizeistationen in ganz Österreich angeschafft worden waren, so aufgeschlossen gegenüber wie er. Selbst im Landeskriminalamt befürchteten manche, vom Dienstgeber über die Smartphones überwacht zu werden. Andere scheuten die technische Herausforderung der eigens entwickelten Apps, die den verschlüsselten Versand von Polizeidaten und den Zugriff auf die wichtigsten Datenbanken auch unterwegs ermöglichten. Zwar gab es eine Dienstanweisung, zu Dienstbeginn das Smartphone zu aktivieren und es im Außendienst jedenfalls mitzuführen, jedoch wurden disziplinarische Verstöße nicht geahndet, weshalb ein beachtlicher Teil der teuren Geräte in den Amtsstuben verstaubte.

Bergmann schaute Sandra über die Schulter, während sie sich durch die Fotos wischte. Für diese Distanz brauchte er seine Lesebrille nicht auszupacken.

Der Leichnam lag bäuchlings zwischen Steinen, Laub und Moos in einem Bächlein, das kaum Wasser führte. Das Gesicht ruhte im Farn, lediglich ein dichter, ergrauter Haarschopf war zu sehen. Der Kopf stand in einem unnatürlichen Winkel seitlich ab. Die Kleidung war zerrissen, das weiße Hemd verdreckt. Die rechte Hand der Leiche fehlte unterhalb des abgenagten Handgelenks. Die linke Hand war zerfressen, das verwesende Fleisch von Maden und Insekten befallen. Die Jeans wiesen ebenfalls Flecken auf, Blut war kaum zu erkennen. Der rechte Unterschenkel lag ähnlich verdreht da wie der Kopf und war offenkundig gebrochen. Beide Füße steckten in dunkelgrauen Hiking-Schuhen mit neonorangefarbenen Details.

»Ist der Tote schon identifiziert?« Sandra blickte auf und gab dem Kollegen das Handy zurück.

»Bei der Leich' handelt sich's um den Schneeberger Oskar. Geboren am 2.11.1956 in Graz. Er hat im Schloss Abelsberg g'wohnt.« Die Landpolizisten hatten den Mann wegen der Tierfraßspuren und der fortgeschrittenen Verwesung nicht gleich erkannt, seine Brieftasche aber in der Hosentasche gefunden.

Sandra kannte jemanden, der so hieß. In ihrem Kopf formte sich das Bild eines Mannes, dem sie im vergangenen Frühjahr bei der *Diagonale* im *Schubert Kino* begegnet war, als sie Hubert zu einer Filmpremiere im Rahmen des Grazer Filmfestivals begleitet hatte. »Oskar Schneeberger, der Regisseur?«

Der Kommandant bestätigte ihre Vermutung.

Auch Bergmann hatte diesen Namen schon gehört. Wenngleich sich sein Interesse für den heimischen Film in Grenzen hielt. »Hatte der Mann sonst noch etwas bei sich? Ein Handy vielleicht?«, fragte er.

Der Kommandant verneinte. Der Schlossbewohner hatte auch keine Schlüssel eingesteckt. Das Haupttor des Schlossgebäudes war durch ein elektronisches Türschloss mit Zugangscode gesichert, das mit der Alarmanlage verbunden war. Seine Wohnung war nicht versperrt gewesen.

»Hat der Mann allein gelebt?«, fragte Bergmann.

»Laut Melderegister und Auskunft des Vermieters, ja«, bestätigte der Kommandant. Die Polizisten hatten auch niemanden in der Wohnung angetroffen, als sie sich kurz darin umgeschaut hatten. Zurzeit befand sich die Tatortgruppe dort, um etwaige Spuren zu sichern, ehe die Räumlichkeiten behördlich versiegelt wurden.

»Gibt es Angehörige des Opfers, die wir verständigen sollten?«, fragte Sandra.

»Wir wissen nur von einer Schwester, die in Graz lebt.« Der jüngere Polizist wischte erneut auf seinem Handy herum. »Schneeberger-Leger Charlotte heißt s', geboren am 19.5.1955.«

»Anderthalb Jahre älter als ihr Bruder«, sagte Sandra.

Die Kollegen hatten die aktuelle Adresse und die Festnetznummer der Dame bereits ermittelt, aber sie noch nicht angerufen. Eine Handynummer war ihnen nicht bekannt.

Sandra warf einen Blick auf die Uhr. 21.42 Uhr. »Wir sollten ihr Bescheid geben, damit sie nicht aus den Nachrichten vom Tod ihres Bruders erfährt. Im Schloss wohnen ja noch andere Leute, die den Vorfall mitbekommen haben und darüber reden könnten, nicht wahr?«

Die Männer nickten.

Journalisten hatten sich noch keine blicken lassen, aber das war auch nur eine Frage der Zeit.

Sandra zückte ihr Diensthandy, trat ein paar Schritte zurück und tippte die Telefonnummer von Charlotte Schneeberger-Leger ein. Während sie das Freizeichen hörte, legte sie sich in Gedanken ihre Worte zurecht. Sie hätte ihr die Todesnachricht lieber persönlich überbracht, aber bis ihr Einsatz hier beendet war, würde es bestimmt Mitternacht werden.

Nach dem vierten Freizeichen sprang der Anrufbeantworter an. Eine Frauenstimme, die keinen Namen nannte, bat um eine Nachricht, falls der Anrufer zurückgerufen werden wollte. Die akzentfreie Sprache klang wie von einer Schauspielerin oder professionellen Sprecherin. Nach dem Piepton sprach Sandra ihren Dienstrang beim LKA, den Namen und ihre Telefonnummer aufs Band, ohne zu erwähnen, dass sie bei der Mordgruppe beschäftigt war. Sollte sie später nicht erreichbar sein, bat Sandra Frau Schneeberger-Leger, ihr eine Handynummer zu hinterlassen. Dann trennte sie die Verbindung und schloss sich wieder den Männern an. »Ich habe die Schwester nicht erreicht«, berichtete sie, was Bergmann nicht zu interessieren schien.

»Wie viele Parteien wohnen im Schloss?«, wollte er von den Kollegen wissen.

Der Kommandant kratzte sich an der Schläfe und rückte seine dunkelblaue Tellerkappe zurecht. »Vier«, sagte er.

»Und im Stallgebäude?« Bergmann und Sandra blickten zur Fensterfront unter dem Dach hinauf. »Wohnt hier auch jemand?«

Der Kommandant nickte. In dem ehemaligen Pferdestall und der Kutschengarage waren zwei Wohnungen und einige Garagen untergebracht, außerdem die Wildkammer, die hinter den Rücken der Kollegen lag. Im Waschhaus unterhalb des Schlosses gab es weitere Mietwohnungen. Damit meinte er das steinerne Haus, an dem sie vorhin vorbeigefahren waren. In früheren Zeiten war dort die Wäsche für das Schloss und seine Bewohner gewaschen worden. Etwas weiter oberhalb befand sich ein vermietetes ehemaliges Gärtnerhäuschen, das ihnen im Dunkeln nicht aufgefallen war.

»Und wer ist der Vermieter?«, erkundigte sich Bergmann.

»Der Herr Graf«, antwortete der Kommandant wie selbstverständlich.

»Herr Graf, und wie lautet der Vorname?«, hakte Bergmann nach.

»Friedrich Graf von Abel-Abelsberg, der Besitzer dieses Anwesens.«

»Ach, schau einer an, ein waschechter Graf ... Dass der Adel in Österreich abgeschafft wurde, gilt wohl nicht in der

Steiermark.« Die zwei steilen Falten über der Nasenwurzel des Chefinspektors gruben sich noch tiefer ein.

Der Kommandant zuckte mit den Achseln. Dass es in Österreich seit mehr als 100 Jahren unter Strafe verboten war, Adelstitel zu führen, war bestimmt auch ihm bekannt. Dennoch war es auf dem Land noch immer üblich, Adelige mit ihren Titeln zu benennen, wenn man über sie redete oder sie ansprach. Auch Sandras Mutter hatte es mit den Mitgliedern der Fürstenfamilie Schwarzenberg, zu deren Besitztümern unter anderem Schloss Murau gehörte, so gehalten, um sich hinterrücks das Maul über die »degenerierte Sippschaft« zu zerreißen. »Wohnen die Herrschaften auch selbst im Schloss?«, fragte sie.

»Ja, aber nicht ständig«, antwortete der Kommandant. Wenn sich der Graf und die Gräfin in Abelsberg aufhielten, bewohnten sie die oberen Etagen. Die meiste Zeit des Jahres verbrachten sie in Wien, wo der Graf für einen internationalen Industriekonzern tätig war.

»Da schau an, der feine Herr arbeitet für sein Geld«, meinte Bergmann lakonisch. »Mit ehrlicher Arbeit lässt sich ein solches Schloss aber nicht finanzieren.«

Der Kommandant grinste breit. »Mit unsrer Arbeit net.« Selbst mit dem deutlich höheren Salär eines Polizeipräsidenten oder eines Innenministers war das kaum möglich. Friedrich Abel-Abelsberg war im Vorstand des Konzerns und verstand es wohl, sein beachtliches Vermögen zu verwalten und zu vermehren, erfuhren die Ermittler. Er hatte den ursprünglichen Wehrbau aus dem 13. Jahrhundert, den seine Vorfahren im 16. Jahrhundert zu einem Renaissanceschloss aus- und umgebaut hatten, in einem recht desolaten Zustand übernommen und diesem nach und nach zu neuem Glanz und modernem Komfort verholfen. Dabei brachte die stilsichere Gräfin ihre Expertise besonders im Bereich der Innen- und Gartenarchitektur ein. Die Schlossbesitzer waren angesehene Leute in der Gemeinde, denen das Wohl ihrer Beschäftigten und der Bewohner am Herzen lag. »Sie lassen kaum a Sonntagsmess' aus, wenn s' in Abelsberg sind.« »Kerzerlschlucker«, meinte Bergmann geringschätzig. Sandra warf ihm einen mahnenden Blick zu. Nur weil er als ehemaliger Klosterschüler und Zögling eines Internats die katholische Kirche mied wie der sprichwörtliche Teufel das Weihwasser, musste er nicht bei jeder Gelegenheit den Atheisten heraushängen lassen. »Hat das Ehepaar Kinder?«, fragte sie.

»Drei erwachsene.« Alle lebten an unterschiedlichen Orten in Europa. In den Ferien traf sich die engste Familie regelmäßig auf ihrem steirischen Landsitz, zu dem auch Wald und ein Jagdrevier gehörten. Der Jagdpächter sorgte dafür, dass die jährlichen Abschusspläne der Behörde erfüllt wurden. Der Graf und sein Sohn gingen ebenfalls auf die Jagd, nicht zuletzt aus Interesse an ihrem Forstbesitz. »Der Jagdpächter hat ein Kammerl im Schloss, in dem er übernachten kann, wenn's später wird und er am nächsten Tag zeitig wieder außi muss«, fuhr der Kommandant fort. Nicht selten dauerte die Jagd bis zur Abenddämmerung. Somit blieben den Jägern im Sommer nur wenige Stunden Schlaf, ehe sie vor der Morgendämmerung wieder in den Wald aufbrachen.

»Und die Mieter, die hier wohnen? Was sind das für Leute?«

»Ehrlich g'sagt bekommen wir im Ort net viel von denen da oben mit«, sagte der Landpolizist und hob seinen Zeigefinger. Im Schloss und im Stallgebäude wohnten vorwiegend Künstler und Intellektuelle wie das Mordopfer. »Bessere Leut' und Studierte, die kaum Kontakt zur Bevölkerung hab'n. Höchstens zum Kaufmann im Ort, wo s' ihre Schmankerln und teuren Weine aus der Vinothek einkaufen. Geld hab'n s' ja.« Der Kollege war der Meinung, dass die Bewohner von Abelsberg von der Rekord-Inflation kaum betroffen waren. »Unser Ort ist nimmer das, was er einmal war«, fuhr er fort. »Kumberg war früher eine kleine bäuerliche Gemeinde, wo ein jeder einen jeden gekannt hat. Jetzt leben hier schon mehr Zuagroaste als Einheimische. Und es wer'n bestimmt noch mehr.«

»Ich bin ja auch einer von denen«, merkte der jüngere Kollege an.

»Du doch net. Du bist aus Eggersdorf und mit einer von uns verlobt. Ich mein' die Leut', die aus Graz oder von noch weiter weg herziehen.«

Sandra konnte dem ach so beschaulichen Provinzleben, nach dem sich der Kommandant anscheinend zurücksehnte, wenig abgewinnen. Dieses war sogar mit ein Grund gewesen, warum sie mit 18 auf die Polizeischule nach Graz geflüchtet war.

»Gibt es Konflikte zwischen den Schlossbewohnern und den Leuten aus dem Ort?«, erkundigte sich Bergmann.

»Mir ist nix bekannt.«

»Ist ein Schlossbewohner schon einmal mit dem Gesetz in Konflikt geraten?«

»Außer Verstößen gegen die Straßenverkehrsordnung wüsst' ich jetzt nix. Du?«, wandte sich der Kommandant an seinen Kollegen, der ebenfalls verneinte.

»Und was ist mit Dienstboten?«, wollte Bergmann wissen.

»Dienstboten gibt's in Abelsberg schon lang keine mehr. Das letzte Dienstmadl war die Mizl.« Das Dienstmädchen hatte sein gesamtes Leben auf Schloss Abelsberg verbracht, erfuhren die Ermittler. Ihren ersten Schrei hatte sie im selben Raum getan wie ihren letzten Atemzug. »Wie's mit der Mizl zu Ende gegangen ist, hat sie noch auf den Grafen gewartet.« Erst nachdem Friedrich Abel-Abelsberg angereist war und an

ihrem Sterbebett saß, schloss die Mizl für immer ihre Augen.
»Aber ihre Seele soll noch immer im Schloss geistern«, flüsterte der Kommandant geheimnisvoll.

»Du meinst, es spukt hier?«, fragte der jüngere Polizist ungläubig.

Der Ältere antwortete mit einem vielsagenden Schulterzucken, während Bergmann genervt die Augen verdrehte.

Dass der Chefinspektor nicht an übersinnliche Phänomene glaubte, wusste Sandra, seit sie in einem geisterhaften Mordfall im südsteirischen Sausal ermittelt hatten. Aber das war eine andere Geschichte.

»Dann wird die Arbeit hier also von Geisterhand erledigt«, sagte Bergmann süffisant.

»Net ganz«, entgegnete der Kommandant. Auf dem Anwesen waren einige Leute beschäftigt. Unter anderem sein Cousin, den er als guten Geist des Hauses bezeichnete.

»Noch ein Schlossgeist«, ätzte Bergmann.

Der Kommandant lachte. Simon Oswald war der Hausmeister und Gärtner von Schloss Abelsberg, klärte er den Chefinspektor auf. Er war das ganze Jahr über mal mehr, mal weniger im Schlosspark beschäftigt, der immerhin stolze 25.000 Quadratmeter maß. Für die Mieter war Simon der erste Ansprechpartner, auch in haustechnischen Belangen. Weitere Mitarbeiter waren im Wald und auf dem Friedhof tätig.

»Welcher Friedhof?«, hakte Bergmann nach. »Wird hier so viel gestorben? Steckt da auch die Mizl dahinter?«

Der Kommandant verneinte. Friedrich Abel-Abelsberg hatte einen Teil seines Waldes bereits vor zig Jahren als ersten Friedhof für Baumbestattungen in der Steiermark umwidmen lassen. Ein örtliches Bestattungsinstitut führte die Feuerbestattungen durch und setzte die Asche in biologisch abbaubaren Urnen bei den Bäumen bei. Der Waldfriedhof erfreute sich zunehmender Beliebtheit und wurde auch von Leuten aus weiter entfernten Regionen besucht, die sich bereits zu Lebzeiten einen Baum aussuchten, unter dem sie später ihre letzte Ruhestätte finden wollten.

»Dann liegen also eine ganze Menge Leichen offiziell in diesem Wald herum.«

»Weit über 1.000«, sagte der Kommandant.

»Fuchs und Hase lassen grüßen«, merkte Bergmann an.

»Die grüßen dich auch am Wiener Zentralfriedhof«, entgegnete Sandra. Vor einiger Zeit hatte sie eine interessante Dokumentation über die Wildtiere gesehen, die auf dem weitläufigen Friedhofsareal im 11. Wiener Gemeindebezirk lebten. Dort konnte man sich ebenfalls in Waldgräbern bestatten lassen.

Der Waldfriedhof in Abelsberg stehe jederzeit jedem auch für Waldspaziergänge offen, erklärte der Kommandant. Darüber hinaus bot die Diözese Graz-Seckau Begleiter an, mit denen Trauernde inmitten der Natur über Gott und die Welt, über die Verstorbenen und die eigene Trauer sprechen konnten. Das Schlossareal war hingegen nur an einigen wenigen Tagen im Jahr für die Öffentlichkeit zugänglich – bei den klassischen Kammerkonzerten, die jeden Sommer im Schlosshof stattfanden, oder bei den seltenen Schlossführungen, die der Graf höchstpersönlich, meistens für Schulklassen, abhielt.

»Weilen die Herrschaften zurzeit im Schloss?«, fragte Sandra. Bei ihrer Anfahrt waren etliche Fenster hell erleuchtet gewesen. Sommerferien waren auch.

Der jüngere Polizist bestätigte ihre Annahme. »Ich hab sie am Samstag beim Schlosskonzert gesehen. Die Gräfin ist die Schirmherrin der Konzertreihe, die im Schlosshof stattfindet, wenn's net regnet.« Zwei weitere Konzerte standen an den kommenden beiden Wochenenden auf dem Programm.

»Und wenn es regnet?«, fragte Sandra.

»Dann müssen sie in den *Cursaal* nach Radegund ausweichen.« Die empfindlichen Streichinstrumente reagierten bei Feuchtigkeit mit Verstimmungen, hatte ihm der Cellist erklärt, der im Schloss wohnte und bei den meisten Schlosskonzerten selbst mitspielte.

»Könnt ihr uns eine Liste der Schlossbewohner und Beschäftigten von Abelsberg mit ihren Kontaktdaten zukommen lassen?«, fragte Sandra.

Der Landpolizist versprach, ihr diese am nächsten Morgen zu schicken.

»Was machst du auf einem klassischen Konzert?«, wollte der Kommandant von seinem Kollegen wissen. »Du stehst doch auf die Melissa.«

»Ja eh, aber die Eltern von der Julia hab'n uns eing'laden«, erklärte ihm der Jüngere. »Sie hab'n g'meint, es wird Zeit, dass wir eine anständige Musik hören.« Wie das Streichquartett von Joseph Haydn und das Streichquintett von Franz Schubert, die am Samstagabend auf dem Programm gestanden waren. »Angeblich wirkt sich klassische Musik positiv auf die Entwicklung von Babys im Mutterleib aus. Ich werd' nämlich demnächst Papa«, erzählte er mit einem seligen Lächeln. »Mein erstes Kind.«

»Herzlichen Glückwunsch«, gratulierte Sandra ihm.

»Und wer bekommt jetzt das Baby? Melissa oder Julia?«, fragte Bergmann.

Der junge Mann schaute ihn verwirrt an. »Na, die Julia, meine Verlobte.«

»Aber du stehst doch auf die Melissa«, wiederholte Bergmann.

»Auf die Naschenweng Melissa«, klärte der werdende Vater das vermeintliche Missverständnis auf.

Wiewohl Bergmann längst verstanden hatte, dass der Mann ein Fan der blonden Volksschlagersängerin aus Kärnten war, wusste Sandra. Schließlich war sein Sohn ein viel beschäftigter Bassist und auch mit der Sängerin bekannt, die ihrerseits auf Bergbauernbuam stand – und auf Männer mit Traktorführerschein, sofern man ihren Liedertexten Glauben schenken durfte. »Ein wenig Naschen ist ja erlaubt«, zog er den Landpolizisten weiter auf, was zumindest dessen Vorgesetzter lustig fand.

»War Herr Schneeberger auch ein Jäger?«, beendete Sandra das Geplänkel.

Der Kommandant verneinte. »Höchstens ein Schürzenjäger.«

»Behauptet wer?«, hakte Bergmann nach.

»Na, die Leut' ...«

Der Chefinspektor, dem ein ähnlicher Ruf wie dem toten Regisseur vorauseilte, schürzte die Lippen. »Der Mann war doch nicht verheiratet, oder?«

»Geschieden.«

»Ja, dann?« Wo war das Problem, schwang in Bergmanns letzter Frage mit. Wenn Oskar Schneeberger alleinstehend war, konnte er verkehren, mit wem er wollte, ohne Rechenschaft ablegen zu müssen. »Mit 66 wird er vermutlich nicht mehr ganz so umtriebig gewesen sein«, fügte er hinzu.

»Warum denn net? Mit 66 fängt doch erst das Leben an«, scherzte der Kommandant. »Außerdem gibt's *Viagra*.«

»Sprichst du aus Erfahrung?«, fragte Bergmann nach.

»I net. Aber der Lugner ist mit 90 noch hinter seinen Katzerln, Mausis und was weiß ich welchen Viecherln her«, erwiderte der Kommandant.

Vermutlich aus PR-Gründen oder weil er nicht allein sein wollte, dachte Sandra. »Als Regisseur hatte Oskar Schneeberger andauernd beruflich mit Frauen zu tun«, kehrte sie zum Opfer zurück. »Da handelt man sich schnell den Ruf eines Schürzenjägers ein.«

Niemand widersprach ihr.

Sandra meinte sich erinnern zu können, dass der Regisseur früher mit einer wesentlich jüngeren Schauspielerin verheiratet gewesen war. Der Name fiel ihr allerdings nicht mehr ein. Ihr Interesse für Stars und Promis hielt sich in Grenzen. Für Klatsch und Tratsch hatte sie noch nie viel übriggehabt. Dafür wusste sie aus Erfahrung, dass die meisten Morde Beziehungstaten waren. Eifersucht, gekränkte Eitelkeit und Rache zählten seit Menschengedenken zu den häufigsten Tatmotiven. Dort ein bisschen zu wenig Liebe, da ein bisschen zu viel, und schon riss sie einen in den Abgrund – im aktuellen Fall in den Schlossgraben.

»Der Schneeberger war am Samstag auch beim Konzert«, setzte der jüngere Polizist seinen Bericht über den Konzertabend fort. »Ich hab ihn vor dem Beginn am Vorplatz gesehen.« Dort waren ein Buffet und Stehtische für die Konzertbesucher aufgebaut worden. »Er war in Begleitung einer blonden Frau. Anfang, höchstens Mitte 30, schlank und sehr hübsch. Die beiden sind mit dem Lichtenegger Martin, seiner Tochter und ihrer Freundin zammeng'standen.«

»Hast du diese Frau nach dem Konzert noch einmal gesehen?«, wollte Bergmann wissen.

Der Polizist überlegte kurz. »Beim Konzert ist sie neben dem Schneeberger in der Reihe vor der Gräfin und dem Grafen gesessen. Die sitzen immer ganz hinten, direkt an der Mauer.« Nach dem Konzert hatte er die blonde Schönheit und den Regisseur aus den Augen verloren.

»Ist dir ein Ring an seiner Hand aufgefallen?«, fragte Sandra.

Der Kollege hatte nicht darauf geachtet. Weshalb sollte er auch?

»Wissen Herr und Frau Abel-Abelsberg schon von dem Leichenfund?«, fragte Bergmann.

Die beiden Polizisten bestätigten seine Vermutung. »Die Herrschaften tät ich heut' aber lieber in Ruh' lassen«, riet ihm der Kommandant von einer späten Befragung ab. Der Tod des Mieters habe vor allem der Gräfin stark zugesetzt. Ihr besorgter Ehemann hatte den Leibarzt kommen lassen, damit sich die gnädige Frau beruhigte. Bestimmt schlief sie längst. Das Kriseninterventionsteam hatte der Schlossherr nicht bis in ihre Gemächer vordringen lassen. Jedoch hatte er sich bereit erklärt, der Kriminalpolizei morgen Früh zur Verfügung zu stehen.

»Hat er eine Uhrzeit genannt?«, fragte Sandra nach.

Der Kommandant verneinte. »Ab 8 Uhr könnts ihn bestimmt anrufen. Seine Handynummer findets dann auch auf der Liste.«

Bergmann stieg von einem Bein aufs andere. »Gut, dann lass uns jetzt nach der Leiche schauen, bevor Jutta sich aus dem Staub macht«, wandte er sich zuerst an Sandra, dann an die Provinzpolizisten. »Wo finden wir die Gerichtsmedizinerin?«

Der jüngere Polizist erklärte ihnen den Weg zum Eingang um die Ecke. »Wir halten hier einstweilen die Stellung, falls ihr noch was brauchts.«

5.

Die Tür der Wildkammer stand halb offen, jedoch verstellte das Türblatt den Ermittlern die Sicht. Bergmann stieß die Tür mit der Fußspitze weiter auf und blieb im Türrahmen stehen. Sandra blickte über seine Schulter hinweg in den *Zerwirkraum*, der mit Edelstahlmobiliar und einem grauen Epoxidharzboden ausgestattet war.

Die Gerichtsmedizinerin sah von ihrem Laptop auf, den sie auf der Arbeitsfläche neben dem Spülbecken platziert hatte. »Na endlich! Kommt herein. Ich wollte gerade meine Zelte hier abbrechen.« Sie klappte den Laptop zu. »Ist der Leichenwagen schon da?«

»Ist mir nicht aufgefallen.« Bergmann betrat die kleine Kammer, in der das Wild *aus der Decke geschlagen* und zu Wildbret verarbeitet, also vom Fell befreit, enthäutet und in küchenfertige Stücke zerteilt wurde.

Sandra blieb aus Platzgründen in der Tür stehen. »Mir auch nicht«, antwortete sie. Der Motor der Kühlanlage brummte leise. Die Temperaturanzeige auf der Nirosta-Tür zeigte 3,9 Grad Celsius an. Sie ließ ihren Blick nach oben schweifen. An den spitzen Haken, die in einer Schiene hingen, wurde das Wild zum Bearbeiten aufgehängt. Momentan baumelte dort eine Hängewaage, daneben ein Seilzug und ein Wasserschlauch. Wenngleich Sandra keinen Jagdschein besaß, war sie mit der Jagd doch von Kindesbeinen an vertraut. Ihr Vater hatte sie damals ab und zu zum *Ansitz* mitgenommen. Zu einer Zeit, in der die meisten Jäger – damals ausschließlich Männer – in erster Linie auf Jagdtrophäen aus gewesen waren, um sich selbst und ihre Häuser mit Zähnen,

Haaren, Fellen, Geweihen oder Tierpräparaten zu schmücken. Alles unter einem *Sechsender* war bei den Jägern vom alten Schlag unter ihrer Würde. Keiner von ihnen hätte sich mit dem Abschuss einer Rehgeiß begnügt. Das Wild wurde als Feind betrachtet, der eliminiert gehörte. Sandra konnte sich noch allzu gut an die verqualmte Stube im Dorfwirtshaus erinnern, wo die Jäger am Stammtisch zusammengesessen waren, um sich im Jägerlatein auszutauschen und lautstark ihre übertriebenen Jagderfolge zu feiern.

Seither hatte sich die Jagd grundlegend gewandelt, wusste sie von einem Freund, der Jäger war. Heutzutage gab es Abschusspläne, die festlegten, wie viel *Stück* zum Wohl des Wildbestandes in einem gesunden Lebensraum entnommen werden sollten.

Sandras Vater war damals schon mehr Heger als Jäger gewesen und hatte vorwiegend kranke, verletzte oder altersschwache Wildtiere geschossen, wenn er mit seiner Tochter unterwegs war. Freilich erlegte er auch gesunde Tiere, um die Familie, Freunde und Bekannte mit Wildbret zu versorgen. In aller Herrgottsfrüh lauschten sie dem Zwitschern der Vögel, beobachteten Hirsche, Rehe, Fasane und erlebten die wunderbarsten Sonnenaufgänge. Nirgendwo sonst empfand Sandra die Nähe zur Natur stärker als im Wald. Das war auch heute noch so. Allerdings stand sie nicht gern zeitig auf, wenn es nicht unbedingt sein musste.

»Und wo hast du die Leiche versteckt?«, holte Bergmann sie aus ihren Erinnerungen in die Gegenwart zurück. »Da drinnen?« Sein Kinn wies zur Kühlzelle.

Doktor Jutta Kehrer bestätigte seine Vermutung. »Herr Abel-Abelsberg hat mir gestattet, den Leichensack in der Kühlzelle zwischenzulagern, bis er abgeholt wird. Wegen der vielen Fliegen, die hier überall herumgeschwirrt sind. Und wegen des starken Verwesungsgeruchs.« Selbstverständlich war die Kühlzelle leer gewesen, nachdem der Fleischhauer die abgehangenen Böcke, die die Jäger nicht selbst verwerten oder in ihren Tiefkühltruhen unterbringen konnten, am Nachmittag abgeholt hatte.

»Was kannst du uns über den Todeszeitpunkt sagen?«, fragte Bergmann.

»Die Leiche muss etwa drei Tage lang im Wald gelegen sein, plus/minus ein Tag«, sagte die Gerichtsmedizinerin, die den Todeszeitpunkt nach der relativ langen Liegezeit nicht mehr genauer eingrenzen konnte. »Die Totenstarre hat sich so gut wie vollständig gelöst. Wildtiere und Insekten haben ein wahres Festmahl gefeiert. Füchse, Marder, Mäuse, Insekten, Maden und was weiß ich noch alles.«

Eine Rotte Wildschweine benötigte drei Tage, um einen ganzen Menschen mit Haut und Haaren aufzufressen, erinnerte sich Sandra an einen früheren Mordfall im Vulkanland, wo Schwarzwild stark verbreitet war. Das war hier wohl auszuschließen.

»Vielleicht hat auch der Wolf mitgenascht, der uns vorhin über den Weg gelaufen ist«, sagte Bergmann.

Die Gerichtsmedizinerin sah ihn verdutzt an. »Ihr habt einen Wolf gesehen?«

Sandra schüttelte den Kopf und grinste in sich hinein. »Das war ein Schmäh, Sascha«, gestand sie kleinlaut.

»Du hast mir einen Bären aufgebunden?« Der Chefinspektor stemmte empört die Arme in die Hüften.

»Das war auch kein Bär, sondern ein Fuchs«, erwiderte Sandra.

Jetzt grinste auch die Gerichtsmedizinerin.

»Sehr witzig.« Bergmann wandte sich beleidigt ab.

»Die Wolfssichtungen nördlich von Graz waren aber kein Witz«, sagte Sandra. »Die hat es wirklich gegeben – eine davon keine 30 Kilometer von hier entfernt.«

»Ob Waschbär, Wolf oder Goldschakal ist egal«, sagte die Gerichtsmedizinerin. »Wie üblich sind die Extremitäten und Körperöffnungen der Leiche am stärksten von postmortalem Tierfraß betroffen.« Augen, Nasen und Ohren, Finger, Penisse und Anus waren leichte Beute für Räuber. Zehen und Füße, die in festem Schuhwerk steckten, blieben meist länger verschont. »Die abgetrennte Hand dürfte von einem oder mehreren Beutegreifern abgerissen, verschleppt und dann liegen gelassen worden sein«, überlegte die Gerichtsmedizinerin laut.

»Oder der Jagdhund hat die Beute in einem Tierbau aufgestöbert und mitgenommen«, sagte Sandra.

»Das ist auch möglich«, stimmte Doktor Kehrer ihr zu.

Bergmann verschränkte die Arme vor der Brust. »Leider kann sich der Hund nicht dazu äußern.«

Die Frauen übergingen seinen schlechten Scherz.

»Kannst du denn mit Sicherheit sagen, dass die Hand zu dieser Leiche gehört?«, fragte Sandra und wies zur Kühlzelle. Es war ja nicht ausgeschlossen, dass sich eine weitere Leiche im Wald befand.

»100-prozentig bestätigen kann ich es nicht«, antwortete die Gerichtsmedizinerin. »Die Hand, die an der Leiche verblieben ist, ist zu stark beschädigt, um sie mit dem Fundstück vergleichen zu können. Aber die Todeszeichen passen. Sicher können wir es erst nach einem DNA-Abgleich sagen.«

»Der Ring könnte uns vorher schon Klarheit verschaffen«, warf Sandra ein. »Wenn uns jemand bestätigt, dass das Opfer diesen vor seinem Tod getragen hat. Ist er schon bei den Asservaten?«

»Jörg hat ihn sichergestellt«, bestätigte die Gerichtsmedizinerin, die das Schmuckstück vom Fingerstummel gezogen hatte, ihre Frage.

»Handelt es sich dabei um einen Ehering?«, fragte Sandra.

Die Ärztin zuckte mit den Achseln.»Wenn, dann um einen außergewöhnlichen. Er dürfte aus Weißgold sein und hat ein auffälliges Muster außen eingraviert.« Mehr konnte sie über diesen Ring nicht sagen.

Sandra nahm sich vor, jene Personen dazu zu befragen, die sich zuletzt in der Nähe des Mordopfers aufgehalten hatten, allen voran die geheimnisvolle Blondine. Irgendjemand kannte die Frau bestimmt. Wahrscheinlich war sie beim Konzert fotografiert oder gefilmt worden. Heutzutage wurde ja alles festgehalten und vieles davon in den sozialen Medien gepostet oder auf Online-Plattformen veröffentlicht. Umso mehr, als sie sich an der Seite des bekannten Regisseurs aufgehalten hatte, der die Aufmerksamkeit auf sich zog. Bestimmt gab es Fotos oder Videos von ihm, auf denen sie ebenfalls zu sehen war. Vielleicht war auch der Mörder darauf zu erkennen. Oder die Mörderin.

»Der Mann war nicht verheiratet«, sagte Bergmann. »Warum sollte er also einen Ehering tragen? Die Tatsache, dass er nach drei Tagen nicht vermisst wurde, bestätigt nur, dass er allein gelebt hat. Einer Lebensgefährtin wäre er sicherlich abgegangen.«

»Sie hätte ihn nur dann vermisst gemeldet, wenn sie ihn nicht getötet hat«, sagte Sandra.

»Wenn sie schlau ist, hätte sie trotzdem eine Abgängigkeitsanzeige erstattet, um sich nicht verdächtig zu machen«, entgegnete Bergmann.

»Sie könnte verreist sein«, erinnerte Sandra an die aktuelle Ferienzeit.

»Oskar Schneeberger wurde jedenfalls spätestens am Dienstag getötet«, rechnete Bergmann zurück.

»Frühestens am Samstag nach dem Konzert«, warf Sandra die Beobachtung des Landpolizisten ein. Möglicherweise gab es Zeugen, die den Regisseur danach noch gesehen hatten.

»Was kannst du uns über die Todesursache berichten?«, fragte der Chefinspektor.

»Die Leiche weist eine einzelne Schussverletzung im Thorax auf«, sagte Doktor Kehrer. »Es handelt sich um einen frontal zugefügten Steckschuss – keine Ausschusswunde. Schmauchhöhle, Schmauchhof und Pulvereinsprengungen fehlen ebenfalls.«

»Ein Fernschuss in die Brust also«, sagte Bergmann.

Die Gerichtsmedizinerin nickte.

»Er wurde von vorne getroffen, hat den Täter aber wohl nicht gesehen. Sonst hätte er sich wahrscheinlich abgewandt, um zu flüchten, und die Kugel hätte ihn seitlich oder von hinten getroffen«, überlegte Sandra laut.

»Oder die Täterin«, meinte Bergmann. »Immer schön gendergerecht sprechen, gell ja?«

Sandra überging seine Spitze. Außerdem hatte sie selbst schon eine Täterin in Betracht gezogen. »Er könnte vor Schreck erstarrt sein, als die Waffe auf ihn gerichtet war«, fuhr sie fort. »Oder er hat den Täter nicht gesehen, weil dieser zu weit entfernt von ihm gestanden ist oder hinter einem Baum oder Gebüsch in Deckung war.«

»Ob er ihn nun gesehen hat oder nicht, hilft uns momentan nicht weiter«, sagte Bergmann. »Wir können aber davon ausgehen, dass der Täter ein guter Schütze ist, dessen einziger Schuss auf den Mann vermutlich tödlich war. Wenn es kein Wilderer war, dann wohl ein Jäger.«

»Oder eine Jägerin«, genderte Sandra. Von einer Wilderin hatte sie noch nie gehört. Was nicht bedeutete, dass es keine gab.

Bergmann verzog den Mund. »Hast du noch etwas für mich?«, wandte er sich an die Gerichtsmedizinerin.

Doktor Kehrer nickte. »Multiple Frakturen an der Halswirbelsäule und am linken Schien- und Wadenbein.«

»Am Beinbruch ist er ganz bestimmt nicht gestorben«, sagte Bergmann. »Möglicherweise aber am Genickbruch?«
»Warten wir die Obduktion ab«, erwiderte die Ärztin.
»Er könnte durch den Treffer das Gleichgewicht verloren haben und in den Graben gestürzt sein«, versuchte Sandra, das Tatszenario zu rekonstruieren. »Dabei hat er sich diese Frakturen zugezogen.«
»Oder er war bereits tot, und der Täter wollte den Leichnam im Graben entsorgen«, spekulierte Bergmann. »Ohne den Schweißhund und die Hand wäre er vielleicht niemals gefunden worden«, fügte er hinzu.
»Oder erst später, wenn nur mehr seine Knochen und persönlichen Gegenstände übrig gewesen wären«, griff Sandra seinen Gedanken auf.
»Der Täter könnte sein Opfer auch lebendig in den Graben gestoßen und erst danach auf ihn geschossen haben, um sicherzugehen, dass er tot ist«, brachte Bergmann ein weiteres Szenario ins Spiel. »Das Opfer hätte sich totstellen und abwarten können, bis der Täter sich entfernt, um danach durch Schreie auf sich aufmerksam zu machen oder mit dem Handy Hilfe zu rufen.«
»Mit dem Handy, das er nicht bei sich hatte«, wandte Sandra ein.
»Das muss der Täter ja nicht gewusst haben. Außerdem könnte das Handy beim Sturz in den Graben verlorengegangen sein.«
»Dann sollten es die Kollegen dort finden.«
»Darf ich darauf hinweisen, dass der Mann auf dem Bauch liegend aufgefunden wurde?«, sagte die Gerichtsmedizinerin. »Demnach müsste er sich, nachdem ihn die Kugel in die Brust traf, im Graben umgedreht haben.«
»Und wenn er versehentlich getroffen wurde?«, fragte Bergmann.

»Du denkst an einen Jagdunfall?«, fragte Sandra zurück.
»Das kommt doch immer wieder vor.«
»Das Opfer war aber kein Jäger.«
»Vielleicht wurde er bei einem Spaziergang von einem Querschläger getroffen«, spekulierte Bergmann munter weiter.
»Einen Unfall hätte der Schütze doch bemerken müssen«, sagte Sandra. »Es ist aber keiner gemeldet worden.«
»Möglicherweise sollte er vertuscht werden«, erwiderte Bergmann. »Der Täter wäre ja nicht der Erste, der lieber unerkannt das Weite sucht, als der Polizei einen Unfall zu melden.«
Was ebenfalls als Straftatbestand galt.
»Warten wir die Spurenlage am Fundort ab«, sagte Sandra. Wenn der Regen nicht längst alle tatrelevanten Spuren vernichtet hatte. In den letzten Tagen waren in Graz schwere Gewitter niedergegangen, vermutlich auch im nahen Schöcklland.
Die Gerichtsmedizinerin hielt sich den Einweghandschuh vor den Mund. »Ich habe ein paar lange Nächte hinter mir«, entschuldigte sie sich für ihr Gähnen.
»Schön für dich.« Bergmann grinste anzüglich.
»Wenn du Leichen schön findest … Magst du dir deine jetzt anschauen?« Doktor Kehrer wandte sich der Kühlzelle zu, um die Tür zu öffnen.
»Nein, danke. Ich sehe sie mir morgen in der Gerichtsmedizin an«, hielt Bergmann sie von ihrem Vorhaben ab.
»Gewaschen sind sie mir lieber.«
Die Gerichtsmedizinerin ersparte sich einen weiteren Kommentar.
»Wann fängst du morgen mit der Leichenöffnung an?«
»8 Uhr«, sagte sie und zog ihre Handschuhe aus. »Komm aber besser erst eine halbe Stunde später ins Institut. Dann

ist er gewaschen, geschnäuzt und gekampelt. Einen schönen Anblick solltest du dir trotzdem nicht erwarten.«
Bergmann wandte sich Sandra zu. »Dann lass uns jetzt mit Jörg sprechen. Ich rufe ihn an und frage ihn, wo er ist.«
Sandra verabschiedete sich von der Gerichtsmedizinerin. Doktor Kehrer begleitete die Ermittler nach draußen, um nach dem Leichenwagen Ausschau zu halten.

6.

Die beiden Landpolizisten standen noch immer an der Hausecke.
»Wie war hier eigentlich das Wetter in den letzten Tagen?«, sprach Sandra sie noch einmal an, während Bergmann abseits telefonierte. »Hat es seit dem Konzert am Samstag geregnet?«
»Es hat am späten Montagnachmittag ein heftiges Gewitter gegeben«, erinnerte sich der jüngere Polizist. »Das war aber nur ein Tropfen auf dem heißen Stein. Wenn das so weitergeht mit dem Klimawandel, na dann pfiat di Gott«, zeigte sich der werdende Vater besorgt.
Dann hatte der Regen wohl die meisten Spuren im Wald zerstört, dachte Sandra.

Der Chefinspektor kam auf sie zu. »Wo finden wir die Mülltonnen?«, fragte er die Polizisten.
Der Kommandant wandte sich um. »Beim Tor hinterm Haus. Aber passts auf, dass net in' Grab'n owifallts.«
»Gebt den Jägerinnen Bescheid, dass wir in einer halben Stunde mit ihnen sprechen wollen«, erwiderte Bergmann. »Kommst du, Sandra? Jörg wartet auf uns.«
Sandra folgte dem Chefinspektor und seinem Handylicht um die Ecke. Als die Laterne an der Fassade des Nebengebäudes automatisch anging, fiel ihr ein Schotterweg auf, der in den Wald hinaufführte. Sie schlugen jedoch die entgegengesetzte Richtung ein, um über einen schmalen abschüssigen Wiesenstreifen zwischen der Hausmauer und dem Gebüsch zum Treffpunkt zu gelangen. Zu ihrer Linken wuchsen mächtige Bäume aus der Tiefe empor. Ferne Stimmen ließen sie zum gegenüberliegenden Hang blicken, wo Licht aus mehreren Lampen auf und ab tanzte. Das mussten die Kollegen der Tatortgruppe sein, die dort drüben nach Spuren suchten. Dazwischen tat sich ein steiler Graben auf, in den Bergmann hinableuchtete. Nach wenigen Metern verlor sich sein Handylicht im Gestrüpp. Es war unmöglich, bis zum Grund des Grabens zu sehen, allerdings konnte Sandra Wasser plätschern hören – wahrscheinlich das Bacherl, in dem die Leiche gelegen war.
Zu ihrer Rechten ragte ein überdachter Vorsprung aus dem alten Gemäuer. Darunter waren unzählige mehr oder weniger verwitterte Tonziegel fein säuberlich gestapelt, um jederzeit Dachschäden reparieren zu können. Erst vor Kurzem hatte Sandra eine Dokumentation über Schlösser in Österreich gesehen, die sich in Privatbesitz befanden. Alle Schlossherren hatten einhellig beteuert, wie wichtig ein intaktes Dach sei, um die denkmalgeschützten Häuser vor Niederschlägen zu bewahren, die im Nu massive Schäden an der histo-

rischen Bausubstanz anrichteten. Dabei verschlang die Sanierung dieser riesigen Dachflächen immense Summen. Nach einer Faustregel kostete ein Quadratmeter Dach den Ertrag von zehn Hektar Wald. Wie viel immer das auch sein mochte. Jedenfalls war es eine kostspielige und zeitraubende Lebensaufgabe, solche Anwesen instand zu halten. Irgendwo war immer eine Baustelle.

Ihr Smartphone signalisierte, dass eine Nachricht über den Dienst-Messenger eingegangen war, die Sandra vorerst nicht beachtete. Stattdessen gingen sie auf die beiden weiß gekleideten Gestalten im Licht der Scheinwerfer an der Schlossfassade zu, die bei den Mülltonnen neben dem offenen Tor standen, das zum Vorplatz führte.

Stefan Baumgartner sah die Ermittler auf sich zukommen und grüßte zuerst.

Der kleinere, untersetzte Leiter der Tatortgruppe wandte sich um, um sie ebenfalls zu begrüßen.

Bergmann stand am Rande des Abgrunds und leuchtete abermals mit dem Handy hinunter.

Jörg Schöffmann trat hinzu und spendete zusätzliches Licht aus seiner LED-Stablampe, die deutlich weiter strahlte als das Handy.

Auch Sandra starrte in die Tiefe. Der Graben verjüngte sich nach unten hin und endete in der Finsternis. Das Bacherl war hier etwas lauter zu hören, aber noch immer nicht zu sehen.

»Das ist die Stelle, an der die Feuerwehr hinuntergeklettert ist, um die Leiche zu bergen«, erklärte Jörg Schöffmann. »Der Hund weiter oben, wo ihr gerade hergekommen seid.«

»Dass das Viech da überhaupt hinuntergekommen ist, ohne sich den Hals zu brechen«, wunderte sich Bergmann, den Blick in den Abgrund gerichtet.

»Gebirgsschweißhunde tragen ihren Rassenamen nicht von ungefähr«, sagte Sandra. »Sie werden für die Jagd in alpinem Gelände gezüchtet und darauf trainiert, der Blutspur verletzter Wildtiere zu folgen, um diese möglichst rasch aufzuspüren.«

Bergmann wandte sich ihr zu. »Warum setzen wir diese Rasse nicht auch als Blut- und Leichenspürhunde ein?«

Sandra zuckte mit den Schultern. »Keine Ahnung.« Neben Dobermännern, Rottweilern und Riesenschnauzern waren nur Schäferhunde für den Polizeidienst zugelassen, die alle eine Grundausbildung durchliefen. Die Besten erhielten eine weitere Spezialausbildung, je nach Begabung zum Brand- oder Suchtmittelspürhund, Waffen-, Munitions- und Sprengmittelspürhund, Bargeld- und Dokumentenspürhund, Lawinenverschüttetensuchhund beziehungsweise Fährten- und Spezialfährtenhund. Oder eben zum Leichen- und Blutspurenspürhund, wobei die meisten dieser Tiere auf das Aufspüren von Lebendblut konditioniert waren, dessen Geruch sich von Leichenblut unterschied. Einige wenige konnten sowohl lebende als auch tote Menschen erschnüffeln, manche sogar Leichen oder Leichenteile in Gewässern von einem Boot aus aufspüren.

Bergmann wandte sich wieder dem Graben zu, als ein Ast knackend unter seinem Sneaker zerbrach.

»Pass bloß auf, dass du den Halt nicht verlierst!«, warnte Jörg Schöffmann ihn.

Sandra trat einen Schritt zurück. Zwar hatte sie keine Höhenangst, dennoch ein mulmiges Gefühl, direkt am Abgrund zu stehen, der beinahe kerzengerade in die Dunkelheit abfiel.

»Dort unten wurde die Leiche also gefunden?«, erkundigte sich der Chefinspektor beim Leiter der Tatortgruppe, der weiterhin in die Tiefe leuchtete.

»Etwa zehn Meter weiter rechts von dem Lichtkegel«, antwortete er und ließ die Taschenlampe langsam wandern.

»Von hier aus ist die Fundstelle vor lauter Botanik nicht zu sehen.«

Jedoch entdeckte Sandra das Rinnsal, das über einen Felsvorsprung talwärts plätscherte.

Stefan stand jetzt neben ihr. Der jüngere Kriminaltechniker hatte schon besser ausgeschaut, fand Sandra. Ob das am fahlen Licht der Lampe lag? Oder an den Zwillingen, die seine Frau vor 14 Monaten zur Welt gebracht hatte und die ihre Eltern seither auf Trab hielten? Vor zwei, drei Wochen hatte Sandra die karenzierte Kollegin zufällig im Supermarkt getroffen. Wonneproppen Benni wälzte sich lautstark tobend auf dem Boden, während sein blondes Schwesterlein Vicki seelenruhig ein Regal ausräumte und Mama Miriam vergeblich versuchte, den randalierenden Dreikäsehoch zu bändigen. Bei solchen Gelegenheiten war Sandra nicht unglücklich, dass sich ihr Kinderwunsch nicht erfüllt hatte, obwohl sie an ihrer Fehlgeburt eine Weile zu kiefeln hatte. Mittlerweile fühlte sie sich zu alt für Nachwuchs, und Hubert wollte sowieso keine Kinder in diese verrückte Welt setzen. Das hatte er von Anfang an klargestellt.

»Der Mann muss von der anderen Seite abgestürzt sein«, sagte Jörg Schöffmann. »Hier wäre er früher oder später zwischen den Bäumen oder in den Sträuchern hängen geblieben.« Alle Blicke folgten dem Licht seiner Lampe, das nun den Gegenhang hinaufwanderte. »Seht ihr den Fußpfad dort drüben? Er ist steil, aber ohne Kletterhilfen zugänglich. Höchstwahrscheinlich ist das Opfer dort drüben gestanden, als es von der Kugel getroffen wurde. Auf diesem Weg wurde auch die Leiche geborgen.«

Sandra spürte einen kühlen Luftzug aus dem Graben heraufwehen und durch den dünnen Stoff ihres Jumpsuits kriechen. Fröstelnd zog sie den Reißverschluss ihrer Jacke zu und starrte angestrengt hinüber, um dem Verlauf des Fußpfades zu folgen. Immer wieder flackerten die Lichter aus den LED-Lampen der Kollegen auf der anderen Seite auf und ab.»Wart ihr auch schon drüben?«

Stefan bejahte ihre Frage.»Es gibt Schuhabdrücke und Schleifspuren im zugänglichen Gelände, die jedoch vermutlich alle von der Leichenbergung stammen.«

»Es hat am späten Montagnachmittag starke Regenfälle gegeben«, gab Sandra die Information der Landpolizisten weiter.

Dasselbe hatte Stefan vom Feuerwehrkommandanten gehört.

»Wir werden morgen bei Tageslicht das gesamte Gelände um die Leichenfundstelle herum mit Metalldetektoren absuchen. Ich habe außerdem zwei Kollegen mit Alpinausbildung und eine Suchhundestaffel angefordert.« Der Leiter der Tatortgruppe schaltete seine Stablampe aus.

Stefan sah jetzt wieder gesünder aus, stellte Sandra fest.

»Herr Abel-Abelsberg hat den Jagdpächter gebeten, uns morgen bei der Spurensuche zu begleiten«, sagte er.»Martin Lichtenegger kennt nicht nur das Revier, sondern auch die Jäger, die hier zuletzt auf der Jagd waren.« Welche Schusswaffen sie besaßen, konnten die Ermittler dann anhand der Namen dem Zentralen Waffenregister entnehmen.

»Ihr seid dem Schlossherrn also auch schon begegnet?«, fragte Bergmann.

»Allerdings. Er war nicht zu überhören, als wir hier angekommen sind«, berichtete Jörg Schöffmann.

Stefan grinste.»Der Graf ist gehüpft wie Rumpelstilzchen.«

Bergmann zog die Augenbrauen hoch.»Warum das denn?«

»Weil die Feuerwehr ihn nicht über ihre Kletteraktion informiert hat. Er hätte den Männern gleich sagen können, dass sie über den Forstweg auf der anderen Seite in den Graben hinunterklettern sollen und nicht auf dieser Seite alles niedertrampeln. Seine nächste Spende können sie sich wohl aufzeichnen.«

»Der feine Herr wird sich mit unseren Ermittlungen auf seinem Anwesen wohl oder übel abfinden müssen«, sagte Bergmann. »Ein Mord ist schließlich kein Kavaliersdelikt. Auch dann nicht, wenn er auf seinem Grund und Boden stattgefunden hat. Er kann ja Schadenersatz für die Stauden fordern.«

»Die wachsen doch eh im Nu wieder nach«, glaubte Stefan. »Seine Frau ist eine Pflanzenliebhaberin«, erklärte Jörg Schöffmann. »Sie sucht jedes Gewächs und den Platz dafür im Schlosspark höchstpersönlich aus. Daher sein Unmut, denke ich.«

»Habt ihr euch schon in der Wohnung des Opfers umgesehen?«, wechselte Sandra das Thema.

Der Leiter der Tatortgruppe nickte. »Wir werden noch eine Weile damit beschäftigt sein. Die Wohnung ist ziemlich groß. Einen Laptop haben wir bereits sichergestellt, der biometrisch mit Fingerprint gesichert ist.«

»Leider sind dem Opfer die Fingerkuppen abhandengekommen«, sagte Stefan. »Aber ein brauchbarer Fingerabdruck aus seiner Wohnung sollte uns ebenfalls Zugang zum Rechner verschaffen können. Ansonsten werden wir den PIN-Code knacken«, meinte er zuversichtlich.

»Habt ihr ein Handy sichergestellt?«, erkundigte sich Bergmann.

Die Kriminaltechniker wussten nichts davon. »Ich erkundige mich noch einmal nach dem aktuellen Stand der Dinge, bevor wir nach Graz aufbrechen«, versprach Jörg Schöffmann.

»Habt ihr euch auch die Mülltonnen angesehen?« Das Kinn des Chefinspektors wies auf die Altpapier- und Restmülltonnen hinter den Rücken der beiden Männer.

»Ich werde den Inhalt in Graz überprüfen lassen«, sagte der Leiter der Tatortgruppe. »In den Altpapiertonnen ist kaum etwas drin. Die sind erst gestern ausgeleert worden.«

»Könnte ich mir den sichergestellten Ring einmal ansehen?«, fragte Sandra. Es war zwar noch gar nicht bewiesen, dass die Hand zur Leiche gehörte, aber sie hielt es für höchstwahrscheinlich.

Stefan bückte sich nach einer grauen Kiste, die vor einem Bretterverschlag stand, und reichte Sandra einen transparenten Beutel.

»Kann mir den jemand anleuchten?«, fragte sie.

Der Leiter der Tatortgruppe richtete seine Stablampe auf den Ring, damit Sandra die Ornamente betrachten konnte, die wie ineinander verschlungene Kettenglieder aussahen.

»Das ist ein keltisches Muster, oder?«

Die Kriminaltechniker waren sich auch nicht sicher und wollten einen Sachverständigen hinzuziehen.

Wahrscheinlich spielte dieser Ring ohnehin keine Rolle für ihre Ermittlungen. Außer, dass sich damit die Hand der Leiche zuordnen ließ – oder eben nicht. Sandra drehte den Beutel noch einmal herum und kniff die Augen zusammen, um die Innenseite des Rings zu inspizieren. »Da ist ein Name eingraviert«, stellte sie fest. »Rebekka.« Datum entdeckte sie keines, nur eine Punzierung: »585.«

»Weißgold«, erläuterte Jörg Schöffmann, was Sandra ohnehin wusste.

Sie gab Stefan den Asservatenbeutel zurück. »Sind euch Frauenkleidung, Damen-Toilettenartikel oder Schminkzeug in seiner Wohnung aufgefallen?«, erkundigte sie sich. »Oder irgendetwas anderes, das auf eine sporadische Mitbewohnerin oder eine Besucherin hinweist?«

»Es gibt nur ein bezogenes Bett«, berichtete Jörg Schöffmann. »Auch keine Spuren, die auf eine Gewalttat hinweisen. Aber wie gesagt, bitte um etwas Geduld. Die Wohnung misst an die 250 Quadratmeter.«

Auf denen Oskar Schneeberger allein gelebt hatte. Nicht schlecht, fand Sandra. Solange man seine Wohnung nicht selbst sauber halten und die hohen Kastendoppelfenster putzen musste. »Ich nehme an, er hat ein Auto besessen?«, fragte sie weiter.

»Sein Volvo steht auf dem hinteren Parkplatz«, sagte Stefan.

»Der dunkelgraue mit GU-Kennzeichen?«

Stefan bestätigte Sandras Frage. »Wir haben uns den Wagen angesehen, aber nichts Verdächtiges festgestellt.«

Bergmann blies Luft aus. »Na schön, es gibt also eine Menge zu tun. Kommst du, Sandra?« Zu fortgeschrittener Stunde wollte er noch die Jägerinnen befragen, falls die Damen nicht schon über alle Berge waren.

Sandra verabschiedete sich von den Kriminaltechnikern und folgte dem Chefinspektor durchs offene Tor auf den Vorplatz.

7.

Hinter dem stark verwitterten kleinen Schuppen beim Parkplatz saßen zwei Frauen, die sich eine graue Decke teilten, unter der sie eng zusammengerückt waren. Einige Holzscheite loderten in der Feuerschale. Die dritte Jägerin hatte sich anscheinend schon verabschiedet.

Auf dem Holztisch flackerten drei halb heruntergebrannte cremeweiße Stumpenkerzen in dekorativen Windlichtern aus Glas und Messing. Zwei Weingläser standen in Reichweite der beiden Frauen, ein weiteres leeres Glas neben dem Messing-Weinkühler, in dem eine Weinflasche steckte. Neben dem Tisch lag die Bayerische Gebirgsschweißhündin im Gras und hob ihren Kopf, als sich die fremden Leute näherten. Von dem kleineren Kläffer war nichts mehr zu hören oder zu sehen. Bari erhob sich, um die Ermittler zu beschnuppern.

»Bleiben Sie doch bitte sitzen«, sagte Sandra.

»Aus, Bari! Auf deinen Platz!« Die schulterlangen schokoladenbraunen Haare der Frau hatten dieselbe Farbe wie die Schlappohren der ansonsten rehbraunen Hündin, die sich gehorsam im Gras niederließ.

Sandra bedankte sich bei den Jägerinnen, die so lange ausgeharrt hatten, und stellte sich selbst und den Chefinspektor vor.

»An Schlafen ist heute eh nimmer zu denken«, sagte die platinblonde Frau mit dem Pixie-Haarschnitt.

»Setzen Sie sich doch bitte«, sagte die andere. Geschminkt waren beide Frauen nicht.

Die Ermittler nahmen auf der Bank gegenüber unter einem mächtigen Laubbaum Platz, den Sandra im Dunkeln nicht bestimmen konnte. Sie schaltete das Diktiergerät an ihrem Handy ein, um die Daten der Frauen aufzunehmen, die an einer gemeinsamen Adresse in Graz wohnten und arbeiteten.

Marlene Lichtenegger war 31 Jahre alt, Event- und Hochzeitsplanerin. Die blonde Stella Muchitsch war ein Jahr jünger, fotografierte und produzierte Videos. Die Dritte im Bunde, die zuvor bei ihnen gesessen war, hieß Sabrina Sokol, war Zahnärztin und Mutter eines vierjährigen Sohnes. Da die Babysitterin um 23 Uhr Dienstschluss hatte, war sie bereits nach Hause gefahren. Morgen Früh würde die Doktorin in ihrer Ordination im Gesundheitszentrum anzutreffen sein, das bei der Tankstelle an der Bundesstraße gelegen war.

»Haben Sie Oskar Schneeberger persönlich gekannt?«, fragte Sandra.

Beide Zeuginnen bejahten ihre Frage. Die Tochter des langjährigen Jagdpächters war dem Regisseur vor neun Jahren zum ersten Mal begegnet, als er die Wohnung in Schloss Abelsberg zusammen mit seiner damals frisch angetrauten Ehefrau Helene Kahr bezogen hatte. Die Ehe mit der wesentlich jüngeren Schauspielerin hatte keine zwei Jahre gehalten, erzählte Marlene.

»Hat der Scheidungsgrund einen Namen?«, meldete sich Bergmann zu Wort.

»So indiskret bin ich nicht, dass ich den Oskar danach gefragt hätte. Und mit der Helene bin ich nie so richtig warm geworden«, erzählte Marlene. Offiziell hatte sich das Ehepaar in aller Freundschaft getrennt. Hinter den Kulissen waren jedoch angeblich die Fetzen geflogen.

»Ist es zu Handgreiflichkeiten gekommen?«, fragte Bergmann.

Marlene zuckte mit den Achseln. »Möglich. Der Oskar war ein ziemlicher Choleriker. Aber fragen Sie besser seine Ex-Frau, was vorgefallen ist.«

Stella hatte die beiden ein Jahr früher kennengelernt, konnte aber auch nicht viel mehr sagen. Damals hatte sie als Kameraassistentin unter anderem für die Filmproduktion gearbeitet, die *Jagdschloss Wolfenau* produzierte – die Serie, in der Helene Kahr eine Hauptrolle spielte und Oskar Schneeberger Regie führte. »Die Idee dazu haben die beiden angeblich gemeinsam entwickelt. Aber in der nächsten Staffel ist die Helene nicht mehr dabei«, sagte sie ein wenig schadenfroh.

»Sie ist aus der Serie ausgestiegen?«, fragte Marlene überrascht.

»Oder ausgestiegen worden. Der Oskar hat sie eiskalt erschießen lassen«, sagte Stella.

In der Realität lebte die Schauspielerin hoffentlich noch, dachte Sandra. Dafür war der Regisseur dieser Serie erschossen worden. Hatte sich Helene Kahr für ihren Rausschmiss an ihrem Ex-Mann gerächt? Steckte sie hinter seiner Ermordung? Ortskundig war sie allemal, nachdem sie eine Weile in Abelsberg gelebt hatte.

»Oskar Schneeberger hat seine Ex-Frau erschießen lassen?«, fragte Bergmann nach.

»Nur in der Fernsehserie.«

Der Chefinspektor legte eine Kunstpause ein und fixierte die Blondine mit schmalen Augen. »Und wer war der Mörder?«

»Der Ex-Mann«, sagte Stella. »Schon ein seltsamer Zufall«, fiel ihr auf.

Marlene beugte sich nach vorne, um nach den Gläsern mit Orangewein zu greifen. Eines reichte sie ihrer Freundin, die ihr dieses lächelnd abnahm. Dabei rutschte die Decke so weit hinunter, dass ihre olivgrüne Weste zu sehen war, die sie über einem Hoodie in einem ähnlichen Farbton trug.

Stella zog die Decke wieder höher. »Danke, mein Schatz«, sagte sie.

Bergmann merkte auf.

»Vielleicht ist die Helene doch aus eigenem Antrieb aus der Serie ausgestiegen«, fuhr Marlene fort. »Es muss voll langweilig sein, jahrelang immer dieselbe Rolle zu spielen.«

»Ich habe den Oskar auf Helenes Abgang angesprochen, als er mir letztens zufällig am Parkplatz über den Weg gelaufen ist«, erzählte Stella.

Marlene warf ihr einen überraschten Blick zu. »Davon hast du mir gar nichts erzählt.«

»Es war auch nicht so wichtig. Du interessierst dich doch nicht für seine Schmonzette«, gab Stella die Meinung ihrer Freundin wieder. »Dabei hat er dafür sogar eine *Romy* bekommen.«

Aus Neugierde hatte Marlene selbst einmal eine Komparsenrolle als Jägerin in *Jagdschloss Wolfenau* gespielt, als einige Szenen in Abelsberg gedreht worden waren, und dabei Stella kennengelernt.

»Was hat Herr Schneeberger denn gesagt, als Sie ihn auf den Ausstieg seiner Ex-Frau aus der Serie angesprochen haben?«, fragte Sandra.

»Dass es mich überhaupt nichts angeht, wen er für welche Rolle engagiert oder feuert. Weil ich überhaupt keine Ahnung vom Film habe. Er war voll unfreundlich zu mir. Ich habe ihn wohl auf dem falschen Fuß erwischt«, sagte Stella.

Kopfschüttelnd blies Marlene Luft aus.

»Wann war das?«, fragte Sandra nach.

»Vor zwei, drei Monaten.«

»War Herr Schneeberger immer so aufbrausend?«, wollte Bergmann wissen.

»Nicht immer. Er konnte sehr charmant und witzig sein, solange man ihm nicht widersprochen hat«, sagte Stella.

Vielleicht hatte der Regisseur seine Aggressionen zuletzt an der falschen Person ausgelassen, die ihn kurzerhand erschoss.

Möglicherweise hatte sein Verhalten mit übermäßigem Alkohol- oder Drogenkonsum zu tun, überlegte Sandra. Aber das würden ihnen der Obduktionsbericht und der Laborbefund verraten. »Ist Frau Kahr auch eine Jägerin?«, fragte sie und strich sich eine Haarsträhne hinters Ohr. Wer immer diese Tat begangen hatte, konnte mit Schusswaffen umgehen. Nach einem Zufallstreffer sah der Todesschuss jedenfalls nicht aus. Wenngleich nicht ausgeschlossen werden konnte, dass weitere Schüsse ihr Ziel verfehlt hatten.

Die beiden Frauen lachten auf, als wäre ihre letzte Frage völlig absurd. »Die Helene ist eine militante Tierschützerin und Veganerin«, sagte Marlene.

»In ihren Augen ist jeder Jäger ein Mörder«, fügte Stella hinzu. »Mich hält sie außerdem für eine Verräterin, seit sie mitbekommen hat, dass ich als Vegetarierin den Jagdschein gemacht habe. Dabei habe ich früher bloß kein Fleisch gegessen, weil ich Massentierhaltung ablehne. Das tue ich auch als Jägerin noch. Ich esse ausschließlich Wildfleisch aus dem heimischen Wald. Die Tiere führen hier ein artgerechtes Leben in freier Natur, bis wir sie stressfrei erlegen. Ihr Fleisch ist weder antibiotika- noch hormonbelastet, hat einen geringen Fettgehalt und einen hohen Anteil an ungesättigten Fettsäuren. Abgesehen davon, dass es gesund und bekömmlich ist, schmeckt's mir natürlich auch.«

»Es gibt keinen nachhaltigeren und regionaleren Fleischgenuss«, stimmte Marlene zu. Die Tochter des Jagdpächters hatte zweifellos einen maßgeblichen Anteil daran, dass ihre Freundin begonnen hatte, sich für die Jagd zu interessieren und schließlich sogar den Jagdschein gemacht hatte. Seither gingen die beiden Frauen meistens gemeinsam auf die Jagd.

»Der Oskar hat auch sehr gern Rehfleisch gegessen. Einmal habe ich ihm die Leber eines *Jährlings* spendiert, den ich erlegt habe«, erzählte Stella weiter. Diese stand traditionell dem Jäger zu, der das *Stück* versorgte, also es *aufbrach* und aus dem Gelände barg.

»Er hat früher häufig Wildbret bei mir bestellt«, sagte Marlene, als ein Motor auf dem Parkplatz gestartet wurde. »Heuer aber noch kein einziges Mal.« Sie nippte an ihrem Glas, das sie noch immer am Stiel hielt.

Bergmann blinzelte, als das Scheinwerferlicht sein Gesicht streifte. Das Auto entfernte sich vom Parkplatz. »Und seit seiner Scheidung hat Herr Schneeberger allein gelebt?«, fragte er.

»Offiziell schon«, sagte Marlene.

»Und inoffiziell?«

»Das eine oder andere Gspusi wird er schon gehabt haben«, glaubte Marlene. »Warum auch nicht? Wahrscheinlich hatte er noch Bedürfnisse.«

»Aber nur, wenn die Frau zumindest ein Vierteljahrhundert jünger war als er«, sagte Stella. »Meistens hatte er was mit Schauspielerinnen. Ich bin schon gespannt, wer demnächst statt der Helene in *Jagdschloss Wolfenau* auftauchen wird. Die nächste Staffel nach ihrem Abgang müsste schon abgedreht sein.« Stella schloss nicht aus, dass sich die eine oder andere Dame gegen sexuelle Zuwendungen eine Rolle vom Regisseur erhofft oder diese sogar bekommen hatte. Toxische Abhängigkeitsverhältnisse und sexualisierten Machtmissbrauch gab es schließlich nicht nur in Hollywood, sondern auch in der heimischen Filmbranche. Nur wurden diese heute nicht mehr so einfach totgeschwiegen. »Im Zuge der *MeToo*-Debatte wurde auch hierzulande ein Ethikcode verfasst, der aber noch lange nicht in allen Köpfen angekommen ist«, sagte Stella, die der Branche zwar den Rücken gekehrt hatte, aber einige Kontakte von früher pflegte und einigermaßen auf dem Laufenden war.

»Ob es in der Literaturbranche auch einen Ethikcode gibt?«, fragte Marlene.

»Warum? Ach so, wegen Beatrice Franz, meinst du?«, antwortete Stella mit einer Gegenfrage.

»Beatrice Franz?«, wiederholte Sandra den Namen überrascht. Was für ein Zufall! Die Welt war wirklich ein Dorf. Die Steiermark sowieso und Graz erst recht.

»Wer ist diese Dame?«, fragte Bergmann.

»Sie ist Schriftstellerin und war letzten Samstag mit dem Oskar zusammen beim Schlosskonzert.«

Dann war Beatrice Franz die unbekannte blonde Schönheit, deren Gesicht der junge Landpolizist nicht erkannt hatte, vermutete Sandra.

»Die Marlene hat auch einen Roman geschrieben«, sagte Stella stolz.

Marlene winkte mit einer Geste ab. »Aber keinen Verlag gefunden, der ihn veröffentlicht.«

»Das wirst du schon noch. Die Beatrice hat dir doch versprochen, sich persönlich bei ihrer Verlegerin für dich einzusetzen.«

»Vorausgesetzt, mein Manuskript gefällt ihr«, dämpfte Marlene die Euphorie ihrer Freundin.

»Davon bin ich überzeugt«, sagte Stella.

»Herr Schneeberger war letzten Samstag also in Begleitung einer Schriftstellerin«, unterbrach Bergmann die Unterhaltung der beiden Frauen.

»Beatrice Franz«, wiederholte Marlene den Namen, der Sandra an diesem Abend verfolgte.

»Hatten Sie den Eindruck, dass die beiden ein Paar waren?«, wollte er wissen.

Marlene zuckte mit den Schultern, während Stella herumdruckste.

»Ja oder nein?«, hakte Bergmann nach.

»Ich habe die beiden nach dem Konzert zusammen in seiner Wohnung verschwinden sehen«, sagte Stella. Der Aufgang zur Wohnung lag direkt hinter einer Glastür im Durchgang zum Schlosshof.

»Das muss ja nichts heißen. Vielleicht musste Beatrice ihre Notdurft verrichten und wollte sich nicht bei der Toilette für die Konzertbesucherinnen anstellen.«

Stella verdrehte die Augen.

»Hat Herr Schneeberger auch versucht, bei Ihnen zu landen?« Bergmann blickte von einer Frau zur anderen.

Stella verschränkte die Arme vor der Brust, während Marlene ihr Glas leerte.

»Bei mir nicht«, sagte Stella. »Ich bin wohl nicht sein Typ.«

»Bei mir schon, als ich jünger war«, sagte Marlene. »Aber bei mir hat der alte weiße Mann auf Granit gebissen.«

Bergmann zuckte zusammen. In einem halben Jahr stand sein 50er an, was einer 30-Jährigen auch schon ziemlich alt vorkommen musste.

»Ist Ihnen in letzter Zeit sonst noch jemand an der Seite von Oskar Schneeberger aufgefallen?«, fragte Sandra.

Die Frauen dachten nach.

»Seine Schwester hat ihn zuletzt häufig in Abelsberg besucht«, fiel Marlene ein und nannte Charlotte Schneeberger-Legers Namen. »Eine sehr nette Frau.«

»Hatte Herr Schneeberger Streit mit anderen Schlossbewohnern?«, erkundigte sich Sandra.

Marlene und Stella sahen einander an.

»Erzähl es ruhig«, sagte Stella zu ihrer Freundin. »Früher oder später finden sie es ohnehin heraus.«

Marlene nickte. »Oskar hatte kürzlich Streit mit Adrian Szilagyi«, sagte Marlene. »Das ist der Cellist, der unter ihm im Schloss wohnt. Der Oskar hat ein altes, sehr wertvolles Cello besessen, das er dem Adrian zur Verfügung gestellt hat. So was wie eine *Stradivari*, aber von irgendeinem anderen berühmten Instrumentenbauer aus Frankreich. Angeblich klingt es noch besser. Hast du dir den Namen gemerkt?«

Stella verneinte.

»Der Name spielt keine Rolle«, sagte Bergmann. »Was ist mit diesem Cello?«

»Der Oskar wollte es nach dem letzten Schlosskonzert in zwei Wochen zurückhaben. Der Adrian war deshalb am Boden zerstört.«

Der drohende Verlust des wertvollen Instruments gab ein starkes Tatmotiv für den Cellisten ab. Zu einem Konflikt hatte er jedenfalls geführt. »Wissen Sie, warum Herr Schneeberger das Cello zurückgefordert hat?«, fragte Sandra.

»Vielleicht wollte er es verkaufen«, spekulierte Stella.

»Wird dieses Anwesen videoüberwacht?«, wechselte Bergmann das Thema.

Marlene erschrak. Warum auch immer.

»Es gibt insgesamt vier Wildkameras im Revier.« Stella streckte vier Finger ihrer rechten Hand aus.

»Mit Fernzugriff?«, fragte Bergmann.

Stella schüttelte den Kopf.

Dennoch hätten diese Kameras den Täter oder sogar die Tat aufzeichnen können, obwohl mit so viel Glück nicht zu rechnen war. Auf jeden Fall würden sie die Speicherkarten überprüfen.

»Haben diese Wildkameras schon einmal einen Wolf aufgenommen?« Bergmann bedachte Sandra mit einem vorwurfsvollen Seitenblick, den nur sie zu deuten wusste.

Marlene verneinte, befürchtete aber, dass sich auch in Abelsberg jederzeit Wölfe blicken lassen könnten. Obwohl diese Raubtierspezies längst nicht mehr vom Aussterben bedroht war, genoss sie nach wie vor einen hohen Schutzstatus in der EU und konnte sich weiterhin unkontrolliert vermehren. Dabei tauchten immer häufiger Risikowölfe in Siedlungsgebieten auf. Hunderte Nutztiere und noch mehr Wildtiere fielen in Österreich alljährlich Wolfsrissen zum Opfer, Tendenz steigend.»Im Vergleich zu anderen Bundesländern sind wir in der Steiermark bislang einigermaßen glimpflich davongekommen. Aber wenn wir nicht bald gegensteuern und Risiko- und Schadwölfe konsequent entnehmen, werden sich diese nicht aufhalten lassen.«

»Dürfen Problemwölfe denn nicht abgeschossen werden?«, fragte Bergmann.

»Theoretisch schon«, sagte Marlene.»Aber die Behördenverfahren für einen Wolfsabschussbescheid dauern viel zu lange, auch weil Beschwerden von Wolfsschützern diese hinauszögern. In anderen Bundesländern, die stärker von Wolfsrissen betroffen sind, sind Abschüsse von Risiko- und Schadwölfen anders als bei uns per Verordnung möglich, wogegen keine Beschwerde eingelegt werden kann. Gegen die EU-Gesetze können wir hier wenig tun, aber das Jagdgesetz in der Steiermark gehört dringend reformiert.«

Stella seufzte.»Solange mir nicht vollständige Anonymität zugesichert wird, würde ich mich so oder so nicht trauen, einen Wolf abzuschießen. Diese radikalen Tierschützer schrecken vor nichts zurück. Dagegen sind Klimakleber harmlose Zeitgenossen.«

»Gibt es noch andere Kameras im Schlossareal als diese Wildkameras?«, kehrte Bergmann zur Überwachung des Anwesens zurück.

Marlene zuckte erneut zusammen, während Stella unbeeindruckt wirkte.»Reden Sie am besten mit dem Hausmeister«, schlug sie vor.»Herr Oswald weiß bestimmt auch über die Haustechnik Bescheid.«

Marlene stellte ihr leeres Glas auf den Tisch zurück. Bari hob den Kopf und blickte zu ihr auf.

»Wo waren Sie beide zwischen Samstagabend nach dem Konzert und Dienstagabend?«, wollte Bergmann wissen.

Die Frauen zückten ihre Handys und gaben dann an, den fraglichen Zeitraum miteinander verbracht zu haben. Privat wie beruflich.

Bergmann nickte Sandra kaum merklich zu. Für ihn war die Befragung beendet.

»Eine letzte Frage noch«, sagte Sandra. »Ist Ihnen der Ring von der Hand, die Ihr Hund apportiert hat, schon einmal an Herrn Schneeberger aufgefallen? Oder an jemand anderem?«

Stellas Gesichtsausdruck ließ Ekel erkennen, den die Erinnerung an den Leichenteil bei ihr hervorrief. Weder sie noch Marlene wollten den Ring zuvor gesehen haben. Der Name Rebekka sagte ihnen auch nichts.

Vielleicht hatte Oskar Schneeberger den Ring erst nach dem Konzert gekauft oder geschenkt bekommen, überlegte Sandra. Möglicherweise von Beatrice Franz. Er konnte das Schmuckstück auch schon länger besessen, es jedoch nicht täglich getragen haben, sondern nur zu besonderen Anlässen. Oder die Hand gehörte doch zu einer anderen Leiche. Sandra zog eine Visitenkarte aus ihrer Jackentasche. »Sollte Ihnen noch etwas einfallen, rufen Sie uns bitte an.«

»Das machen wir«, versprach Stella, während Marlene den verbliebenen Wein aus der Flasche in die Gläser füllte. Die morgige Jagd war ohnehin abgeblasen. Die Jägerinnen wollten im Schloss übernachten und sich ausschlafen.

8.

In Gedanken versunken überquerte Sandra den Parkplatz. Marlene Lichtenegger stand zwar nicht unter Tatverdacht, jedoch hatte sie auf die Frage nach einer Kameraüberwachung auffällig reagiert. Als befürchtete sie, dass ihr etwas nachgewiesen werden könnte, von dem sie nicht wollte, dass jemand davon erfuhr. Wobei glaubte sie, fotografiert oder gefilmt worden zu sein? Hatte sie etwas Verbotenes getan? Oder etwas, das ihr peinlich war? Verheimlichte sie ein Tatmotiv? Was immer es war, Stella Muchitsch wusste anscheinend nichts davon. Jedenfalls hatte sie sich nichts anmerken lassen.

Sandra drückte den Knopf am Funkschlüssel, der die Autoschlösser entriegelte.

Bergmann war ihrem Schatten schweigend gefolgt und stieg auf der Beifahrerseite ein.

Sandra startete den Motor und fuhr los. Wie von Geisterhand schaltete der Bewegungsmelder die Laternen an der Fassade des Stallgebäudes an, als sie daran vorbeifuhr. Der Cellist Adrian Szilagyi hatte auf jeden Fall ein Tatmotiv, überlegte sie währenddessen. Als Schlossbewohner zählte er zum Umfeld des Opfers und musste ohnehin als eine der nächsten Personen befragt werden.

Und was hatte Beatrice Franz mit Oskar Schneeberger zu tun gehabt? Vielleicht wusste Hubert mehr über diese Verbindung. Ob sie ihn gleich fragen sollte? Sofern er noch wach war, wenn sie nach Hause kam. Er arbeitete häufig bis tief in die Nacht hinein. Wenn alles schlief, konnte er sich besser konzentrieren und fand oft erst im Morgengrauen den Weg in sein Bett.

»Glaubst du, dass die beiden ein Paar sind?«, holte Bergmann sie jäh aus ihren Gedanken, als sie den offenen Schranken passierte.

Der Wagen wirbelte Staub auf, der im Laternenlicht über den Rückspiegel zu sehen war. Auch aus den Fenstern des Schlossherrn drang noch Licht, bemerkte Sandra. »Wen meinst du?«

»Na, die beiden Amazonen.«

»Die Jägerinnen? Kann schon sein. Warum?«

»Männerfantasien ...« Niemand konnte dreckiger grinsen als Bergmann.

Sandra verdrehte die Augen, als der Audi in den Wald eintauchte. Besser, sie erwiderte jetzt nichts.

»Was meinst du, wer von den beiden der Mann und wer die Frau ist?«, bohrte ihr Beifahrer weiter.

»Was soll das, Sascha?«, platzte Sandra der Kragen. »Meinst du diese depperte Frage ernst?«

»Wieso ist diese Frage deppert?«

»Weil sie beide Frauen sind. Ganz egal ob und wie sie miteinander verkehren.«

Bergmann kratzte sich grübelnd am Kinn. »Hm ...«

»Dass das dein Vorstellungsvermögen sprengt, war mir klar«, setzte Sandra nach, während der Wagen um die Kurve rumpelte.

»Du kannst es mir ja erklären«, erwiderte Bergmann.

Prustend schüttelte Sandra den Kopf. »Fällt mir nicht im Traum ein.«

»Hast du schon einmal mit einer Frau ...?«, unternahm er einen neuen Anlauf.

»Sascha, es reicht jetzt!«, fiel Sandra ihm ins Wort. »Was ich mit wem treibe, geht dich überhaupt nichts an. Weder gestern noch heute, morgen oder sonst irgendwann.«

Bergmann verschränkte die Arme vor der Brust und schloss seine Augen.

Diesmal fuhr Sandra bis zur Straße hinunter, die am Friedhof vorbei direkt in den Ort führte. An der Kreuzung trank sie den letzten abgestandenen Schluck aus ihrer Wasserflasche und beutelte sich ab.

Bergmann öffnete ein Auge, um es gleich wieder zu schließen. Am neuen Busbahnhof in Faßlberg setzte leises Schnarchen auf der Beifahrerseite ein. 24 Minuten später hielt Sandra an derselben Straßenecke an, an der sie Bergmann vor einigen Stunden abgeholt hatte. Schlafend war er ihr zwar am liebsten, dennoch musste sie ihn wohl oder übel aufwecken. Vorerst richtete sich ihre Aufmerksamkeit aber auf einen Mann, der vom Griesplatz kommend auf sie zutorkelte. Wenn er jetzt vor ihrem Wagen zusammenbrach, würde sie sich auch noch um ihn kümmern müssen. Mitten in der Nacht. Sandra stieß ihren Beifahrer ruppig mit dem Ellenbogen an. »Sascha, wach auf!«

»Was ist los?« Bergmann blinzelte verschlafen. »Sind wir schon zu Hause?«

»Du bist zu Hause. Ich nicht.«

Der Betrunkene schlug einen Haken und stolperte an ihrem Audi vorbei, fing sich aber wieder, während Bergmann gähnend seinen Gurt löste.

»Hol mich morgen von der Gerichtsmedizin ab, ja? Ich ruf dich an, wenn ich so weit bin«, sagte er. Den Trunkenbold, dessen weiteren Zickzackweg Sandra im Rückspiegel verfolgte, bemerkte er nicht.

»Und mach ab 11 Uhr einen Termin mit dem Herrn von und zu aus, ja? Ich möchte morgen nach der Obduktion nach Abelsberg fahren und mir dort alle vorknöpfen, die anwesend sind«, ordnete er an.

Sandra nickte. »Wenn es dir recht ist, schaue ich morgen gleich in der Früh bei seiner Schwester vorbei, bevor die Presseaussendung hinausgeht. Kannst du dafür sorgen, dass die

Presseabteilung sie zumindest bis 10 Uhr zurückhält? Vielleicht erwische ich sie vorher zu Hause.« Jetzt war es definitiv zu spät für einen Anruf.

»Ich sorge dafür«, versprach Bergmann, der froh war, dass er die Todesnachricht nicht persönlich überbringen musste. Dann stieg er grußlos aus und ließ die Autotür hinter sich ins Schloss fallen.

»Baba«, knurrte Sandra ihm hinterher. Wenigstens hätte er sich verabschieden können, der Rüpel. Sechs Minuten später fuhr sie auf ihr Wohnhaus im Nachbarbezirk Lend zu, den Blick auf die Fenster im zweiten Stock gerichtet, die direkt unter ihren lagen. Bei Hubert brannte noch Licht im Wohnzimmer. Die anderen unbeleuchteten Fenster seiner Wohnung standen weit offen.

Sandra drückte auf die Funkfernbedienung, die das Garagentor öffnete. Ob sie wirklich noch so spät bei ihm anläuten sollte? Oder doch lieber schlafen gehen? Gähnend blickte sie auf ihr Handy, während das Garagentor hochrollte. 0.52 Uhr. Hubert hatte sich nicht bei ihr gemeldet, seit sie ihn am Funkhausteich sitzen lassen hatte. Dafür hatte sie einen anderen, lautlosen Anruf verpasst, bemerkte sie. Charlotte Schneeberger-Leger hatte ihr allerdings keine Nachricht auf der Mailbox hinterlassen.

Sandra legte das Handy auf den Beifahrersitz und fuhr in die Tiefgarage. Die Aussicht, noch sechseinhalb Stunden Schlaf zu ergattern, wenn sie unverzüglich ins eigene Bett fiel, erschien ihr weitaus verlockender, als sich spätnachts mit Hubert auseinanderzusetzen. Morgen war schließlich auch noch ein Tag, um herauszufinden, ob er beleidigt war, was zwischen Beatrice Franz und dem Mordopfer gelaufen war und ob die Schriftstellerin mit Schusswaffen umgehen konnte. Nur dann nämlich kam sie als Täterin infrage, glaubte Sandra. Somit schied auch Helene Kahr aus. Es sei denn, sie hatte einen Auftragskiller engagiert. Aber welches Motiv konnte die Schriftstellerin zu dieser Bluttat veranlasst haben? Sandra stellte den Audi auf ihrem Stellplatz ab.

Im Fahrstuhl wanderten ihre Gedanken zu Hubert zurück. Warum mussten ihre Beziehungen immer so kompliziert sein, fragte sie sich auf der Fahrt in den dritten Stock. Womöglich lag es doch an ihr oder an ihrem Job, der ihr Privatleben belastete. Ein anderer Beruf als der einer Kriminalpolizistin kam für sie aber nicht infrage.

Eine lauwarme Dusche und ein großes Glas Wasser später lag Sandra bei offenen Fenstern und eingeschaltetem Ventilator in ihrem Bett. Ein dünnes Leintuch diente ihr als Decke, und selbst dieses war noch zu warm. Sie schob es bis zur Taille hinunter und tastete im Dunkeln nach ihrem Handy, um den Alarm auf 7.30 Uhr zu stellen. Und um Hubert eine Nachricht zu senden.

»Entschu«, tippte sie und löschte die Buchstaben gleich wieder. Wofür sollte sie sich entschuldigen? Dass sie einen Mord aufzuklären hatte? »Schlaf gut!«, schrieb sie stattdessen. »Ich melde mich zu Mittag bei dir. Gute Nacht-Kuss, Sandra.« Sie legte das Handy aufs Nachtkästchen zurück, drehte sich zur Seite und fiel wenig später in einen unruhigen Schlaf.

KAPITEL 2

Freitag, 11. August

1.

Sandra erreichte die altehrwürdige Villa am Ruckerlberg, zu der das Navi sie über Umwege gelotst hatte. Wegen einer Baustelle hatte sie für die Fahrt, die normalerweise eine Viertelstunde dauerte, doppelt so lange benötigt. Eine Parklücke war in der engen Gasse nicht zu finden. Auch nicht ums Eck. Also drehte sie eine Ehrenrunde.

In der vergangenen Nacht war es viel zu warm gewesen. Immer wieder war sie zwischen ihren turbulenten Träumen aufgewacht, hatte sich in ihrem Bett gewälzt, ehe sie wieder in einen seichten Schlaf fiel. Und auch jetzt, um 9.13 Uhr, zeigte das Thermometer am Armaturenbrett bereits beachtliche 25 Grad Celsius an. Die Temperatur in der Stadt sollte heute noch auf 32 Grad Celsius klettern, hatte der Nachrichtensprecher vorhin im Radio verkündet, dazu eine Gewitterwarnung für den Großraum Graz am späten Nachmittag ausgesprochen. Vielleicht würde dieses endlich für ein wenig Abkühlung sorgen.

Früher hatte Sandra häufig mit Bergmann diskutiert, ob die Klimaanlage im Auto eingeschaltet werden oder ausgeschaltet bleiben sollte. Selbst im Hochsommer hatte ihr meist der Fahrtwind bei offenem Autofenster genügt. Mittlerweile wollte auch sie auf die Klimaanlage im Dienstwagen nicht mehr verzichten. Ein Streitthema weniger zwischen ihr und dem Chefinspektor, jedoch befand sich die Menschheit mit dem Fuß auf dem Gaspedal auf dem Highway in die Klimahölle. So hatte sich der UN-Chef auf einer Weltklimakonferenz plakativ geäußert.

Sandra hielt an der Kreuzung an und wartete den Mopedfahrer ab, bevor sie abbog. Hubert hatte sich noch immer nicht bei ihr gemeldet. Wahrscheinlich schlief er noch, nachdem er spätnachts anscheinend wach gewesen war. Dafür hatte sie unterwegs bereits mit ihrer Kollegin Anni Thaler telefoniert und mit Friedrich Abel-Abelsberg, der die LKA-Ermittler um 11 Uhr in seinem Schloss erwartete. Seine Frau war auch wieder auf den Beinen und fühlte sich imstande, die Fragen der Kriminalpolizei zu beantworten. Allerdings musste Viktoria Abel-Abelsberg um 14 Uhr einen wichtigen Termin in Graz wahrnehmen. Sandra fragte sich, was wichtiger sein konnte, als mitzuhelfen, den mutmaßlichen Mord, der auf ihrem Anwesen geschehen war, möglichst rasch aufzuklären.

Im Radio war über das Tötungsdelikt noch nicht berichtet worden. Doch konnte es nicht mehr lange dauern, bis die Pressestelle der Landespolizeidirektion die Meldung an die APA sandte und der Presserummel einsetzte. Der Name des bekannten Regisseurs würde zwar nicht veröffentlicht werden, aber es war dennoch höchste Zeit, die Schwester des Mordopfers zu verständigen, falls dessen Identität über andere Kanäle durchsickern sollte. Sofern dies nicht ohnehin schon geschehen war und Charlotte Schneeberger-Leger bereits Bescheid wusste.

Sandra gab die Parkplatzsuche auf und blieb in der Einfahrt stehen. Wenig später drückte sie auf den Klingelknopf am Messingschild, auf dem *Prof. Dr. Nikolaus und Charlotte Leger* in einer altmodischen Schreibschrift eingraviert war. Wahrscheinlich war der Mädchenname der Frau mit dem Doppelnamen allein aus Platzgründen weggelassen worden. Während sie auf eine Antwort wartete, erhaschte sie einen Blick durch den dicht bewachsenen meterhohen Zaun auf die gepflegte Villa.

»Ja bitte?«, meldete sich eine weibliche Stimme aus der Sprechanlage am Gartentor.

»Guten Morgen, Frau Schneeberger-Leger!« Sandra hielt ihren Dienstausweis vor das Auge der integrierten Videokamera, nannte ihren Dienstrang und den Namen. »Wir haben uns gestern Abend verpasst. Bei mir ist es leider zu spät geworden, um Sie noch zurückzurufen. Hätten Sie jetzt kurz Zeit für mich? Darf ich hineinkommen?« Ihr Herz pochte schneller. Obwohl sie schon viel zu viele Todesnachrichten überbracht hatte, war sie jedes Mal aufs Neue aufgeregt. Allein deshalb, weil sie vorher nie wusste, wie heftig die Reaktionen der Hinterbliebenen ausfallen würden. In den meisten Fällen war es notwendig, das Kriseninterventionsteam hinzuzuziehen, um die traumatisierten Menschen akut zu betreuen.

»Sie können gerne mit dem Auto hereinfahren, wenn Sie möchten«, drang es aus der Sprechanlage.

»Nicht nötig«, erwiderte Sandra. »Wenn es niemanden stört, lasse ich das Auto in der Einfahrt stehen.« Es schadete ja nicht, die paar Schritte bis zur Eingangstür zu gehen. Schon glitt das Einfahrtstor schnurrend beiseite, und Sandra folgte dem gepflasterten Weg durch den blühenden Garten bis zur Haustür. Früher hatte es in diesem Grätzel fast ausschließlich solche Villen gegeben. Jedoch konnten es sich die wenigsten Erben leisten, diese Anwesen zu erhalten. Meistens wurden die Immobilien in Toplagen an Bauträger und Projektentwickler verkauft, die sie abreißen ließen und an ihrer Stelle moderne Betonbauten mit viel Glas errichteten, um sie dann hochprofitabel zu verkaufen oder zu vermieten. Eine Bürgerinitiative kämpfte seit einigen Jahrzehnten gegen den Verlust von Grünflächen und historischer Bausubstanz, jedoch konnten nur jene Objekte gerettet werden, die von der Stadt unter Denkmalschutz gestellt wurden, und dies geschah oftmals zu spät oder gar nicht.

Die ältere Dame, die Sandra unter dem Vordach begrüßte, wirkte mit ihrer weißen Kurzhaarfrisur jünger, als sie tatsächlich war. Filigrane weißgoldene Ohrhänger glitzerten an ihren Ohrläppchen. Ihre sportlich-schlanke Figur zeichnete sich unter einer zartrosa Bluse und einer knöchellangen weißen Leinenhose ab. Dazu trug sie flache Pantoletten in Babyrosa. »Kommen Sie doch bitte weiter«, bat sie die Abteilungsinspektorin ins Wohnzimmer.

Der geräumige Salon mit dem offenen Kamin hätte mehr Tageslicht vertragen, fand Sandra. Wobei der düstere Eindruck hauptsächlich von den dunklen Holzvertäfelungen an den Wänden und der Decke verursacht wurde. Auf einer antiken Anrichte standen gerahmte Familienfotos aus allen Lebensabschnitten, auf denen die Frau auch mit ihrem Sohn und einem stattlichen, mittlerweile weißhaarigen Mann zu sehen war, den Sandra für Herrn Professor Doktor Leger vom Türschild hielt. Auf einem weiteren Foto war das Ehepaar zusammen mit einem Weimaraner abgebildet. Ein älteres Porträt zeigte eine junge, bildschöne Frau mit blonden Haaren, höchstwahrscheinlich ein Jugendbildnis der Hausherrin. Auf einem anderen Foto meinte sie, den jüngeren Oskar Schneeberger neben seiner Schwester in einem Motorboot zu erkennen. Auf einem Schwarz-Weiß-Foto war ein junges Ehepaar abgebildet, vermutlich die Eltern der Geschwister, die viel mehr dem Vater als der Mutter ähnelten. Schon in ihrer Jugend hatte die Frau ausgeprägte weibliche Rundungen besessen und lange Haare gehabt, die auf dem Bild aschblond bis brünett wirkten.

»Darf ich Ihnen einen Tee oder einen Kaffee anbieten? Oder möchten Sie lieber eine kühle Erfrischung?«

Sandra bemerkte, dass die Hände der Frau leicht zitterten, als sie die Finger verschränkte. Entweder war sie krank oder sehr aufgeregt, was angesichts der Umstände nur allzu verständlich gewesen wäre. Schließlich durfte man von einer Kriminalbeamtin der Abteilung Leib und Leben kaum gute Nachrichten erwarten. Sandra wollte die Angelegenheit möglichst schnell hinter sich bringen und lehnte das Getränkeangebot dankend ab. »Wollen wir uns hinsetzen?«, schlug sie vor.

Die Hausherrin ließ sich auf einem Fauteuil beim Kamin nieder. Sandra nahm auf dem zweiten, der diesem gegenüberstand, Platz. Beide Möbelstücke waren mit demselben dunkelroten, goldakzentuierten Brokatstoff bezogen. Dazwischen stand ein antiker ovaler Couchtisch mit hochglänzender Schellackpolitur, darauf ein Silbertablett mit einer halb vollen Tasse Tee, den sich die Frau offenbar zur Lektüre der tagesaktuellen *Presse* gegönnt hatte, bis die Unglücksbotin bei ihr anklingelte. Auf der Zeitung lag eine goldgerahmte Brille. »Nun spannen Sie mich nicht länger auf die Folter, Frau Inspektorin. Verraten Sie mir bitte, was geschehen ist.«

Sandra fiel ein breiter Ring aus Weißgold an ihrer rechten Hand auf, als die Frau ihre Hände auf dem Schoß ablegte.

»Geht es um meinen Sohn?«, fragte sie mit bangem Blick.

»Nein, nein, um ihn geht es nicht«, versicherte Sandra.

Charlotte Schneeberger-Leger zeigte sich erleichtert. »Ich dachte schon ...« Ihre Gesichtszüge entspannten sich etwas. »Es ist keine neun Monate her, dass ich meinen Mann verloren habe«, erklärte sie. »Er ist völlig unerwartet an einer Lungenembolie verstorben.«

»Das tut mir sehr leid«, erwiderte Sandra aus einem Reflex heraus. Was hätte sie auch sonst sagen sollen?

Die mondäne Dame bedankte sich und senkte ihren traurigen Blick.

Am liebsten wäre Sandra aufgestanden und unverrichteter Dinge wieder gegangen. Doch es half nichts. Sie holte tief Luft. »Leider muss ich Ihnen mitteilen, dass Ihr Bruder, Oskar Schneeberger, verstorben ist.«

Die Hausherrin hob ihren Kopf und sah Sandra an. »Wie bitte? Mein Bruder, sagen Sie? ... Oh mein Gott ...« Bestürzt legte sie eine Hand auf die Lippen, während die andere weiterhin auf ihrem Schoß ruhte.

Der Ring an ihrem rechten Ringfinger war jetzt wieder zu sehen. Oder waren das zwei Ringe, die sie übereinander trug? Aus dieser Entfernung konnte Sandra das nicht erkennen. »Seine Leiche wurde hinter Schloss Abelsberg im Wald aufgefunden«, fuhr sie fort. »Wir gehen davon aus, dass er bereits vor einigen Tagen erschossen wurde.« Den schlechten Zustand der Leiche und die abgetrennte Hand verschwieg sie lieber.

»Aber wieso denn erschossen? Das verstehe ich nicht ...« Die Hände der Frau wanderten zu ihren Schläfen, während sie ihre Augen schloss und tief durchatmete. »Absichtlich, meinen Sie? Oder ist er den Jägern in die Quere gekommen?«, fragte sie mit wieder geöffneten Augen.

»Das lässt sich noch nicht sagen«, antwortete Sandra. »Wir ermitteln in alle Richtungen. Hat sich Ihr Bruder häufig im Wald aufgehalten?«

Seine Schwester nickte bedächtig, während sich Tränen in ihren Augen sammelten. »Oskar hat den Wald geliebt. Er war nahezu täglich spazieren und kannte sich mit Kräutern und Pilzen aus«, erzählte sie und starrte dann mit zusammengekniffenen Lippen an der Ermittlerin vorbei ins Leere.

Sandra wartete schweigend ab und behielt ihr Gegenüber im Blick, um im Notfall unverzüglich helfen zu können.

»Geht es wieder, Frau Schneeberger-Leger?«, unterbrach sie die Stille nach einer Weile.

Abermals folgte Nicken.

»Darf ich Ihnen noch ein paar Fragen stellen?«

Tränen liefen über die Wangen der Hinterbliebenen. Sandra reichte ihr ein Taschentuch über den Tisch. Für solche und ähnliche Fälle war sie stets gerüstet.

Charlotte Schneeberger-Leger trocknete ihre Tränen, während Sandra das Diktiergerät an ihrem Handy einschaltete und dieses auf den Couchtisch legte.

»Wann hatten Sie zuletzt Kontakt mit Ihrem Bruder?«, erkundigte sie sich.

»Vor ein paar Tagen.« Die Frau vis-à-vis überlegte kurz. »Am Montag habe ich ihn in Schloss Abelsberg besucht.«

Das war vier Tage her und fiel in den Tatzeitraum, überlegte Sandra. »Haben Sie sich häufig gesehen?«

»Wir sind uns schon als Kinder sehr nahegestanden. Ich bin nur anderthalb Jahre älter als Oskar. Wir waren wie Zwillinge, Seelenverwandte ...«, erklärte sie und schnäuzte sich dann dezent. »Natürlich hat es auch Phasen in unserem Leben gegeben, in denen wir uns nicht so häufig sehen konnten«, fuhr sie fort. »Während der gesamten Schulzeit meines Sohnes war Oskar ständig unterwegs, einige Jahre auch in Deutschland, um seine Karriere als Regisseur in der Filmbranche zu verfolgen. Er war nicht nur in Österreich sehr erfolgreich.«

Sandra nickte wissend.

»Auch wenn wir uns monatelang nicht gesehen haben, war es, als wäre dazwischen keine Zeit vergangen.« Die Frau seufzte. »Seit mein Mann verstorben ist, haben wir uns wieder häufiger getroffen – mindestens einmal in der Woche. Und jetzt ist Oskar auch tot. Ich kann es nicht fassen ...« Erneut schweifte ihr Blick ab.

»Wann genau waren Sie am Montag bei Ihrem Bruder?«, fragte Sandra.

»Gegen Mittag. Wir haben eine Kleinigkeit gegessen – Schafkäse von den Weizer Schafbauern im Speckmantel auf Blattsalaten mit frischen Feigen vom Baum an der Schlossmauer von Abelsberg.« Seufzend blickte die Frau auf ihre kurz geschnittenen Fingernägel, bemüht, die Fassung zu bewahren.

»Und was war nach dem Mittagessen?«, hakte Sandra nach.

»Danach waren wir im Wald spazieren und haben noch Kaffee getrunken, bevor ich heimgefahren bin.«

»Wann sind Sie aufgebrochen?«

»Um 15 Uhr ungefähr. Beim Schöckl hat sich ein Gewitter zusammengebraut, und ich wollte rechtzeitig vor dem Unwetter zu Hause sein.«

Das war ihr wohl auch gelungen, überlegte Sandra. Ungefähr zur gleichen Zeit war sie in der Landespolizeidirektion in der Straßganger Straße gewesen, die sich nicht allzu weit entfernt vom Ruckerlberg befand. Gegen 16.30 Uhr hatten bei Sandra Kopfschmerzen und Sehstörungen eingesetzt – ein untrügliches Zeichen, dass ein Gewitter unmittelbar bevorstand. Wenige Minuten später hatte es geblitzt, gedonnert und wie aus Kübeln geschüttet. Zu diesem Zeitpunkt hatten die Symptome auch schon wieder nachgelassen, die Sandra von ihrem Schädelhirntrauma nach einem missglückten Polizeieinsatz zurückgeblieben waren. »Haben Sie eine Idee, weshalb Ihr Bruder noch einmal in den Wald gegangen sein könnte, nachdem Sie ihn verlassen haben? Vor oder nach dem Gewitter?«

»Ich kann es mir auch nicht erklären«, meinte die Frau.
»Gesagt hat er jedenfalls nichts.«

»Hatten Sie nach Montagnachmittag noch einmal Kontakt mit ihm?«, fragte Sandra weiter.

»Nein, ich habe ihn gestern Abend angerufen, aber nicht erreicht. Wir wollten morgen auf den Schöckl hinauffahren und oben spazieren gehen, sofern das Wetter passt.« Charlotte Schneeberger-Leger kämpfte tapfer gegen weitere Tränen an und schnäuzte sich abermals.

»Mein Beileid«, kondolierte Sandra ihr zum zweiten Mal.

Die Frau bedankte sich und griff zu ihrer Teetasse.

Sandra starrte auf ihren Ringfinger, bis sie die Tasse wieder absetzte. Dann nahm sie ihr Mobiltelefon zur Hand, um eine Nahaufnahme des sichergestellten Herrenschmuckstücks aufzurufen. »Hat Ihr Bruder zuletzt diesen Ring getragen?«

Charlotte Schneeberger-Leger nahm das Handy entgegen und betrachtete das Foto. Mit einem Nicken bestätigte sie, dass es sich um das Schmuckstück ihres Bruders handelte.

»Der Ring ist das Gegenstück zu meinem. Sehen Sie!« Sie streckte Sandra ihre rechte Hand entgegen.

»Das Gegenstück?«

»Dieser Ring war der Ehering unserer Mutter. Bei mir sitzt er etwas locker.«

Sandra nahm ihr Smartphone zurück. »Rebekka«, sprach sie den Namen aus, der im Ring des Bruders eingraviert war.

Ihr Gegenüber nickte abermals. »Unsere Mutter stammte aus Island. Daher auch die nordischen Eheringe.« Damit er ihr nicht vom Finger rutschte, trug Charlotte Schneeberger-Leger ihren eigenen, der ihr passte, als Vorsteckring. »Oskar hat den Ehering unseres Vaters erst kürzlich beim Aufräumen wiedergefunden«, fuhr sie fort. »Er hat ihn angesteckt und dann nicht mehr abbekommen.« Somit war die Frage nach der Hand, die der Jagdhund apportiert hatte, ohne aufwendiges DNA-Gutachten geklärt. Außerdem brauchten sie nicht nach einer weiteren Leiche zu suchen. Nur nach einem Mörder – oder nach einer Mörderin.

»Hatte Ihr Bruder zuletzt eine Lebensgefährtin?«, fragte Sandra.

Die Schwester zog ihre perfekt gezeichneten Augenbrauen zusammen, die sie einer *Microblading*-Behandlung zu verdanken schien. Die zwei parallelen steilen Falten dazwischen verrieten, dass sie sich kein *Botox* spritzen ließ.

»Seit seiner letzten Scheidung von Helene Kahr hatte Oskar keine ernsthafte Beziehung mit einer Frau.«

»War er denn vor seiner Ehe mit Frau Kahr schon mehrmals verheiratet?«

»Zweimal.« Charlotte Schneeberger-Leger nannte den Namen der ersten Ex-Frau, die ihr Bruder 1986 geheiratet hatte. Die Ehe mit einer Französin hatte drei Jahre lang gehalten. So genau konnte es seine Schwester nicht mehr sagen. Wie seine letzte Frau war auch die erste Schauspielerin. »Nach der Scheidung ist Sylvie zurück nach Frankreich gezogen, hat dort wieder geheiratet und eine Familie gegründet.« Mehr wusste Charlotte Schneeberger-Leger nicht. Die zweite Ehefrau ihres Bruders war vor 15 Jahren bei einem Autounfall ums Leben gekommen. »Es war schrecklich für Oskar. Ulrike war seine große Liebe, und sie war schwanger, als sie starb.«

»Hat Ihr Bruder andere Kinder gehabt?«

Die Schwester schüttelte den Kopf.

»Hatte er noch Kontakt mit seinen beiden Ex-Frauen?«

»Nur mit Helene Kahr. Aber das war rein beruflich. Sie hat in seiner Fernsehserie mitgespielt.«

Die Ex-Schwägerin schien ihr nicht besonders sympathisch zu sein, schloss Sandra aus ihrem distanzierten Tonfall.

»Zuletzt wurde ihr Vertrag aber nicht mehr verlängert.«
»Wissen Sie, weshalb?«, hakte Sandra nach.
»Helene hat sich unentwegt eingemischt, hat mehr Tiefe für ihre Rolle gefordert und gedroht, aus der Serie auszusteigen. Sie hat Oskar regelrecht erpresst. Dabei hätte sie froh sein müssen, dass er sie trotz aller privaten Widrigkeiten überhaupt beschäftigte. Als ihm dann zu Ohren kam, dass sie ihn hinterrücks bei der Filmproduktion schlechtmacht, um ihren Willen durchzusetzen, ist ihm der Kragen geplatzt.« Sie öffnete ihre Fäuste, um mit ihren Händen eine Explosion anzudeuten.

»Ist das bei Ihrem Bruder häufiger vorgekommen?«

»Er war impulsiv, ein Bauchmensch und sehr charismatisch.«

»Würden Sie ihn als aggressiv oder unberechenbar beschreiben?«

»Oskar war spontan und immer für Überraschungen gut. Wenn ihm etwas wichtig war, hat er dafür gekämpft. Er war eine autoritäre Führungspersönlichkeit, aber nicht aggressiv.«

»Sollten wir noch jemanden verständigen, der ihm nahestand?«, fragte Sandra. »Die Medien werden demnächst über seinen Tod berichten. Er war ja eine öffentliche Person.«

»Sie haben recht. Ich werde die Familie umgehend informieren. Alle anderen können es von mir aus gerne aus den Medien erfahren.«

»Wie Sie wünschen.«

»Schon wieder eine Beerdigung ...« Die Trauernde seufzte kopfschüttelnd.

»Ich lasse Ihnen Bescheid geben, sobald der Leichnam zur Bestattung freigegeben ist«, versprach Sandra.

Charlotte Schneeberger-Leger bedankte sich. »Oskar hat schon zu Lebzeiten auf dem Waldfriedhof in Abelsberg einen Familienbaum für sich allein reserviert. Er wollte nicht mit wildfremden Leuten beim selben Baum begraben werden.«

»Kann ich noch etwas für Sie tun?«, fragte Sandra.

»Könnten Sie die Produktionsfirma seiner Fernsehserie über seinen Tod informieren? Der Name fällt mir gerade nicht ein, aber Oskar hatte immer mit einer Gabi zu tun.«

»Wir kümmern uns darum«, versprach Sandra. Da auch die Filmproduktion zum näheren Umfeld des Opfers zählte, stand sie ohnehin auf ihrer Liste. Der Firmenname würde sich am einfachsten im Internet ermitteln lassen, dachte sie. Dort war bestimmt noch viel mehr über den Regisseur zu erfahren, ob es nun stimmte oder nicht. Außerdem konnte sie Stella Muchitsch fragen, die für dieselbe Filmproduktion gearbeitet hatte, fiel ihr ein. »Hat Ihr Bruder zu Hause gearbeitet, wenn er nicht gedreht hat? Oder hatte er noch ein anderes Büro?«

»Er hatte sehr viele Termine auswärts. Aber die Büro- und Schreibarbeiten hat er immer in seiner Wohnung erledigt. Lange bevor Homeoffice aus den bekannten Gründen populär wurde.«

»Wissen Sie, ob er mit einer Beatrice etwas zu tun hatte?«

»Sie meinen diese Schriftstellerin?«, fragte die Hausherrin mit prüfendem Blick.

Sandra nickte, nannte aber keinen Nachnamen. »Kennen Sie sie?«

»Nur vom Hörensagen. Beatrice Fritz, nein, Franz heißt sie. Sie hat Oskar seit Monaten becirct, damit er ihren Roman verfilmt, den er aber leider todlangweilig fand. Die Autorin hat meinem Bruder umso besser gefallen.« Charlotte Schneeberger-Leger seufzte erneut. »Oskar hat sich gerne mit schönen Frauen umgeben und sich schnell in sie verliebt. Allerdings hat er auch schnell wieder das Interesse verloren. Dann war die Nächste an der Reihe.«

Solche Männer erinnerten Sandra an kleine Buben, die zu viel Spielzeug besaßen und dieses achtlos in die Ecke warfen, sobald sie ein neues bekamen.

Ob der Regisseur der Autorin offenbart hatte, was er tatsächlich von ihrem Roman hielt? Vielleicht hatte er Beatrice Franz mit allzu harscher Kritik gedemütigt und ihren Traum von einer Verfilmung jäh platzen lassen. Das wäre allemal ein Tatmotiv für eine zutiefst enttäuschte Schriftstellerin, überlegte Sandra. »Hatte Ihr Bruder in letzter Zeit Streit mit jemandem? Hatte er Feinde?«

»Feinde wüsste ich keine. Aber bestimmt hatte er zahlreiche Neider. Oskar war ein genialer Kopf und ein herausragender Regisseur. Wie heißt es so treffend? ›Neid muss man sich verdienen.‹« Die Frau in Pastell griff erneut zu ihrer Teetasse.

»Dann gab es zuletzt keine Streitigkeiten«, fasste Sandra zusammen.

»Nichts Ernstes. Bei einem unserer letzten Spaziergänge hat er mir erzählt, dass es kürzlich wieder einen Disput mit Herrn Abel-Abelsberg gab«, fiel der Dame ein. »Wegen der Heizung, die im letzten Winter von Öl auf Hackschnitzel umgestellt wurde.«

»Das klingt doch aber sehr vernünftig«, wandte Sandra ein. Immerhin warf der Wald des Grafen genügend Holz ab. Auch aus ökologischer Sicht war der Umstieg von einem fossilen auf einen nachhaltigen Brennstoff sinnvoll.

»Da haben Sie sicherlich recht«, stimmte ihr Gegenüber zu. »Aber Oskar hat sich überrumpelt gefühlt. Die Betriebskostenabrechnungen sind ihm sowieso immer zu hoch vorgekommen. Das Schloss muss das ganze Jahr über, auch im Sommer, beheizt werden, um die dicken Mauern vor Feuchtigkeit zu schützen. Für Oskar waren das Erhaltungskosten, für die der Gebäudebesitzer hätte aufkommen müssen. Darüber gerieten sich die beiden Herren alljährlich in die Haare.«

»Trauen Sie Herrn Abel-Abelsberg einen Mord zu?«

»Um Gottes willen«, verneinte Charlotte Schneeberger-Leger vehement. »Sie haben mich nach Streitigkeiten gefragt, sonst hätte ich diese Lappalie niemals erwähnt.«

»Wissen Sie etwas über das Cello Ihres Bruders, das er seinem Nachbarn zur Verfügung gestellt hat?« Sandra ließ die Frau nicht aus den Augen, konnte jedoch keine verdächtige Regung in ihrem Gesicht entdecken.

»Das Instrument hat er von unserem Onkel Joseph geerbt, der seinerzeit ein berühmter Cellist war. Es wäre doch schade um ein Instrument dieser Güte, wenn es unbenützt irgendwo herumsteht. Also hat Oskar das Cello Adrian Szilagyi zur Verfügung gestellt, der es gleichermaßen zu schätzen und zu spielen weiß. Er war ein Wunderkind und ist ein begnadeter Cellist.« Dass ihr Bruder das Cello angeblich von ihm zurückverlangt hatte, wusste Charlotte Schneeberger-Leger nicht. Besprochen war mit ihm, dass sie das Instrument erben sollte und Adrian Szilagyi es so lange benützen durfte, wie er wollte.

»Darf ich Sie fragen, wie viel dieses Instrument wert ist?«, fragte Sandra.

»Damit kenne ich mich nicht aus. Bestimmt ein kleines Vermögen. Aber der ideelle Wert war für Oskar weitaus höher als der materielle.« Finanzielle Probleme hatte ihr Bruder keine gehabt, war sie überzeugt. Dennoch hatte er sich mit seinem Vermieter um die Heizkostenabrechnung gestritten. Aus Prinzip, meinte sie. »Mein Bruder war sehr großzügig, wenn er jemanden mochte – wie Adrian Szilagyi.«

Zuletzt vielleicht nicht mehr so sehr, dachte Sandra. »Gibt es ein Testament?«

»Ich nehme es an.« Konkret wusste es die Schwester nicht. Sandra bedankte sich. Für sie war es höchste Zeit aufzubrechen. »Von meiner Seite wäre es das fürs Erste. Haben Sie noch Fragen?«

»Haben Sie schon einen Verdacht, wer das getan haben könnte?«

Hätte Sandra diese Frage bejahen können, hätte sie es nicht dürfen, solange die Ermittlungen andauerten. Doch gab es bislang ohnehin keinen konkreten Verdacht. »Nein, es tut mir leid. Aber ich versichere Ihnen, dass wir alles tun werden, um den Täter so rasch wie möglich zu überführen. Die Aufklärungsquote unserer Mordgruppe liegt seit Jahren bei 100 Prozent.«

Ihr Gegenüber wandte den Blick ab und verschränkte abermals die Finger.

»Kommen Sie allein zurecht, Frau Schneeberger-Leger? Soll ich nicht lieber psychologische Betreuung anfordern?«, fragte Sandra, wenngleich die Frau einen ziemlich gefassten Eindruck machte. Möglicherweise war sie gewohnt, sich vor anderen Leuten zu beherrschen, und gestattete sich erst dann zusammenzubrechen, wenn ihre vermeintliche Schwäche niemand mehr mitbekam.

»Nein, danke. Es geht schon.«

»Sind Sie sicher?«

Wieder nickte die Frau. »Mein Sohn wird sich um mich kümmern.«

»Gut. Dann darf ich mich jetzt von Ihnen verabschieden. Sollten Sie darüber hinaus doch psychologische Unterstützung benötigen, können Sie sich an die Hotline des KIT wenden.« Dass ihr der Psychosoziale Notdienst kostenlos zur Verfügung stand, erwähnte Sandra gar nicht erst. Geld war in diesem Fall kaum ein Entscheidungskriterium.

Die ältere Dame bedankte sich für ihre Einfühlsamkeit,

wofür Sandra ihr ein aufmunterndes Lächeln schenkte.
»Wenn Ihnen noch etwas einfällt, das uns weiterhelfen könnte, zögern Sie bitte nicht, mich anzurufen. Sollten Sie mich nicht gleich erreichen, finden Sie auch die Nummer des Journaldienstes auf meiner Karte.« Sandra legte ihre Visitenkarte und für alle Fälle einen Flyer des Kriseninterventionsteams neben das Silbertablett und erhob sich.

Charlotte Schneeberger-Leger ließ es sich nicht nehmen, sie bis zur Haustür zu begleiten.

Draußen atmete Sandra tief durch und kehrte zu ihrem Dienstwagen in der Einfahrt zurück. Sie hatte schon weitaus größere Dramen hinter sich gebracht, dennoch fühlte sie sich erleichtert. Nun hieß es, die Mordermittlungen voranzutreiben.

2.

Sandra parkte den Wagen auf dem kleinen Parkplatz hinter dem Institut für Gerichtliche Medizin am Universitätsplatz, der ausschließlich für hochrangige Beschäftigte, Leichenwagen und Einsatzkräfte reserviert war. Anstatt im Auto zu warten, das sich in der Sonne zunehmend aufheizte, beschloss sie, Bergmann entgegenzugehen. Für den Fall, dass er sich wieder einmal mit der Gerichtsmedizinerin verplauderte.

Das Unigelände wirkte an diesem Vormittag wie ausgestorben. Wo sonst emsiges Treiben herrschte, begegnete man in den Sommermonaten nur vereinzelt Menschen. Sandra öffnete das Tor und betrat das Treppenhaus, das zu den Sektionsräumen führte, als ihr Handy klingelte. Am ersten Treppenabsatz blieb sie stehen, um den Anruf entgegenzunehmen.

»Guten Morgen, Liebes«, begrüßte Hubert sie, als wäre sie gerade nach einer Liebesnacht neben ihm aufgewacht.

»Alles in Ordnung bei dir?«

Jetzt wieder, dachte Sandra erleichtert. »Ja, alles gut. Tut mir leid, dass ich dich gestern sitzen lassen musste. Ich wurde zu einem Leichenfund gerufen.«

»Der Regisseur Oskar Schneeberger, oder?«

»Hm...« Dann war der Name des Opfers also auch schon durchgesickert.

»Ich habe gerade die *Breaking News* über seinen Tod im Internet mitbekommen und gleich an dich denken müssen«, erklärte Hubert, als hätte er ihren letzten Gedanken gelesen.

»Wie romantisch«, meinte Sandra sarkastisch.

Hubert lachte. »Für deinen Job kann ja ich nichts. Aber vielleicht sollte ich unsere Romanze nutzen und Krimis schreiben«, sagte Hubert.

Romanze? Sandra wusste nicht recht, ob sie sich über diese Bezeichnung freuen oder ärgern sollte.

»Immerhin sitze ich an der Quelle«, blieb Hubert bei seiner Idee, sich der Kriminalliteratur zuzuwenden.

»Deine Quelle sprudelt aber nicht.« Sandra würde sich hüten, jemals wieder privat über ihre Ermittlungen zu sprechen. Wegen einer unbedachten Indiskretion wäre sie schon einmal suspendiert worden, hätte Bergmann damals nicht seine schützende Hand über sie gehalten.

»Soll ich uns heute Abend etwas kochen? Wie schaut's aus bei dir?«, wechselte Hubert das Thema.

»Deine *Romanze* kann dir leider noch keine Uhrzeit nennen. Wollen wir nicht lieber spontan essen gehen, wenn es sich bei mir ausgeht?«

»Ich gehe heute nirgendwo hin. Ich schau aus wie ein Zombie.«

Sandra verstand nicht. »Hä? Was ist denn passiert?«

»Mich hat eine Gelse unter der Augenbraue gestochen. Mein rechtes Aug ist über Nacht komplett zugeschwollen.«

»Oje, das ist aber …« Sandra hielt inne, als sie den Chefinspektor von oben kommend auf sich zueilen sah. »Kann ich dich später zurückrufen? Ich bin gerade in der Gerichtsmedizin.« Eigentlich hatte sie Hubert noch auf Beatrice Franz ansprechen wollen, aber auch das verschob sie auf später.

»Ja, klar … Du bist schon wieder bei den Leichen? Wie hältst du das bloß aus?«

»Wenn du so zartbesaitet bist, solltest du besser keine Krimis schreiben. Gibt eh schon viel zu viele. Pfiat di!« Sandra beendete das Gespräch, als Bergmann vor ihr zu stehen kam.

Ihren letzten Satz vor der Verabschiedung hatte er mitbekommen. »Wovon gibt es viel zu viele?«, wollte er wissen.

»Viel zu viele Fragen zu meinem Privatleben«, antwortete Sandra.

Bergmann wandte sich ab, um den Weg die Treppe hinunter im Eiltempo fortzusetzen.

Sandra hetzte ihm hinterher. »Bist du auf der Flucht, oder warum rennst du so bei dieser Affenhitze?«

»Ich brauche einen Kaffee, bevor wir nach Abelsberg fahren. Und etwas zum Essen. Ich habe heute noch nicht gefrühstückt.«

»Wenn wir fünf Minuten später dort ankommen, wird auch keiner sterben«, hoffte Sandra wenigstens. Obwohl immer jemand starb, laut letzter Statistik rund alle sechs Minuten eine Person in Österreich. In Pandemiejahren mehr.

»Pünktlichkeit ist die Höflichkeit der Könige«, dozierte der Chefinspektor, als sie das altehrwürdige Universitätsgebäude verließen. Die Sonne brannte gnadenlos auf den Asphalt, der die Hitze reflektierte.

»Wir fahren zu einem Grafen und nicht zu einem König«, witzelte Sandra.

Bergmann setzte seine Sonnenbrille auf und legte noch einen Zahn zu, um an der Grünfläche vorbei zum Kaffeehaus im nahe gelegenen Universitätshauptgebäude zu gelangen.

Eine junge Frau im Blümchenkleid, die auf ihr Handy starrte, ging direkt auf ihn zu, ohne ihn zu bemerken. Bergmann blieb stehen. Wäre er nicht im letzten Moment beiseite gesprungen, wäre Blümchen schnurstracks in ihn hineingelaufen.

Erschrocken blickte sie zu ihm auf. »Pass doch auf, Mann!«, stänkerte sie in höchstem Hochdeutsch und setzte ihren Weg fort, ohne die kabellosen Kopfhörer aus ihren Ohrmuscheln zu entfernen. Längst war sie wieder aufs Handy konzentriert und nahm ihre Umgebung nicht mehr wahr. Kein Wunder, dass sich manche hochbetagten Menschen vor allem in den Städten kaum noch nach draußen wagten, um nicht von unachtsamen Leuten umgerannt oder gar von E-Scootern, Rollern oder Fahrrädern angefahren zu werden.

Im Kaffeehaus nahm Bergmann einen großen Espresso to go und eine Schinkensemmel für unterwegs mit, Sandra zwei Flaschen mit stillem Wasser und ein Käseweckerl. Auch sie hatte heute noch nichts gegessen, nur Pfefferminztee getrunken, dem eine kühlende Wirkung nachgesagt wurde, weshalb sie ihn besonders im Sommer gerne trank.

Bergmann stieg kauend in den Dienstwagen ein und steckte den heißen Pappbecher in die Getränkehalterung.

»Bröselst du mir bitte nicht wieder das Auto voll, ja?« Sandra schnallte sich an und startete den Motor.

Bergmann ignorierte ihre Bitte, die sie sich genauso gut hätte sparen können, und mampfte genüsslich weiter.

»Gibt es neue Erkenntnisse von der Obduktion?«, erkundigte sich Sandra, nachdem sie in die Heinrichstraße abgebogen war.

»Aortendurchschuss«, antwortete Bergmann mit vollem Mund. Er schluckte den Bissen hinunter, ehe er fortfuhr. »Der schnelle Blutverlust hat einen hämorrhagischen Schock ausgelöst, der unmittelbar zum Tod führte. Das Projektil ist in der Muskulatur an der Wirbelsäule stecken geblieben.«

Steckschüsse waren nicht auszuschließen, obwohl Jagdmunition für einen sicheren Ausschuss ausgelegt war. Das sichtbare Blut aus der Wunde half dem Jäger, bei der *Nachsuche* der sogenannten *Schweißspur* zu folgen und das verletzte oder erlegte Tier auch ohne Hunde möglichst rasch zu finden und nötigenfalls mit einem *Fangschuss* zu erlösen und zu bergen. »Handelt es sich um ein Jagdgeschoss?«, fragte sie.

Bergmann nickte. »9,3 Millimeter.«

»Und die Frakturen?«

»Die stammen vom Sturz in den Graben.« Auf die diversen Knochenbrüche ging der Chefinspektor nicht näher ein. Stattdessen biss er erneut herzhaft in seine Semmel, die so resch war, dass sie krachte und bröselte.

»In welchem Zustand war die Leber?«, spielte Sandra auf mögliche pathologische Veränderungen durch Alkoholmissbrauch an.

Bergmann antwortete abermals kauend.»Die Leber und die meisten anderen Organe waren altersentsprechend unauffällig.« Er schluckte hinunter.»Das Gehirn war es allerdings nicht. Die Sektion hat Ablagerungen und Hohlräume in Arealen offengelegt, die auf eine beginnende Alzheimer-Demenz hindeuten.«

»Oh … Seine Schwester hat von einer Demenzerkrankung nichts erwähnt.« Sandra hielt vor dem Zebrastreifen an, damit die Fußgängerin den Kinderwagen über die Straße schieben konnte.

»Vielleicht wusste er selbst noch nichts von seiner Erkrankung im Frühstadium.« Bergmann trank einen Schluck Kaffee.

»Oder er wollte nichts davon wissen«, sagte Sandra. Wer hatte nicht schon einmal einen Namen oder einen Termin vergessen? Oder einen Gegenstand verloren oder verlegt?

»Die ersten kognitiven Einschränkungen bei Demenz werden oft verharmlost, vor sich selbst verleugnet und vor dem Umfeld kaschiert, indem sich die Betroffenen zurückziehen. Das aggressive Verhalten, das uns die Jägerin beschrieben hat, könnte auch ein Symptom von Demenz gewesen sein«, sagte Sandra und griff zu ihrem Käseweckerl.

Bergmann nickte, während sie hineinbiss.

Möglicherweise hatte sein früher Tod Oskar Schneeberger vor der schrecklichen Diagnose bewahrt, überlegte sie. Gewiss aber vor dem vollständigen Verlust seiner kognitiven Fähigkeiten, die einem Menschen ein selbstbestimmtes Leben überhaupt erst ermöglichen.

Auf der weiteren Fahrt hörte Bergmann aufmerksam zu, was Sandra von der Schwester des Opfers erfahren hatte.»Ist sie seine Alleinerbin?«, spielte er auf ein mögliches Tatmotiv an. Die Schinkensemmel hatte er längst verdrückt, seinen Kaffee ausgetrunken und die zerknüllte Serviette im Pappbecher verschwinden lassen, der nun wieder in der Getränkehalterung steckte.

»Da er keine Kinder hat, nehme ich es an«, sagte Sandra. »Aber ich glaube nicht, dass Charlotte Schneeberger-Leger ihren Bruder aus Habgier getötet hat. Sie wohnt in einer Batzen Villa am Ruckerlberg. Ihr Mann ist vor einigen Monaten verstorben und hat ihr und dem gemeinsamen Sohn vermutlich ein beträchtliches Vermögen hinterlassen.« Anni hatte inzwischen herausgefunden, dass Doktor Nikolaus Leger ein renommierter Wirtschaftsexperte gewesen war. Er hatte als Senior Professor an der Uni Graz unterrichtet, als Berater der OECD gedient und als Autor publiziert. Darüber hinaus hatte er eine eigene Steuerberatungskanzlei geführt, die mittlerweile von seinem Sohn geleitet wurde. »Seine Witwe ist auf das Erbe ihres Bruders wahrscheinlich nicht angewiesen. Wie hoch dieses auch ausfallen mag.« Sandra setzte den Blinker und bremste den Wagen auf der Abbiegespur ab, um den Gegenverkehr an der Bundesstraße abzuwarten. Am Park & Ride-Parkplatz an der Abzweigung warben zwei überdimensionale Schwäne, deren Hälse ein Herz formten, für das örtliche Freizeitzentrum. Dahinter lächelte eine bekannte Skirennfahrerin, die aus dem Ort am Fuße des Schöckls stammte, von einer vergilbten Werbetafel herunter.

»Dass die Schwester des Opfers wohlhabend ist, schließt Habgier als Tatmotiv doch nicht aus«, wandte Bergmann ein.

»Ich hatte den Eindruck, dass sie ihren Bruder wirklich mochte und dass sich die beiden sehr nahestanden«, sagte Sandra, während sie nach links abbog. Diesmal wollte sie gleich den Weg über die Hauptstraße durch die Ortschaft nehmen.

Bergmann kratzte sich am unrasierten Kinn und dachte nach. Sein Blick war zum Schöckl gerichtet, auf den sie direkt zufuhren.

Der Gipfel war keine 1.500 Meter hoch, wusste Sandra, jedoch hätte er höher werden sollen. Der Sage nach schlossen die Leute einst einen Pakt mit dem Teufel, der für ein höheres Gebirge die Seele des Erstbesteigers forderte. Als der Leibhaftige ausgerechnet zu Ostern einen riesigen Felsen herbeischaffte, zog eine Prozession im Tal vorbei. Ihm fiel ein, dass er zu dieser heiligen Zeit keine Macht über die Menschen besaß und daher keine Seele stehlen konnte. Vor lauter Zorn warf er den Felsen ins Tal hinunter, wo er in zwei Teile zerbrach, die beide ans Murufer rollten. Der größere wurde zum Schloßberg, der kleinere zum Austein mit dem Kalvarienberg.

Trotz der fehlenden Höhe ragte das prägnante Bergplateau am südlichen Alpenrand durch seine exponierte Lage eindrucksvoll über das angrenzende Grazer Becken und Leibnitzer Feld empor, aus welcher Himmelsrichtung man es auch betrachtete. Die Ermittler näherten sich von Südosten und konnten die Rundfunk-Sendeanlage und die Lifttrasse der Schöckl-Seilbahn deutlich sehen. Die Sechser-Gondelbahn beförderte nicht nur Fahrgäste, Rollstühle und Kinderwägen auf den Gipfel, sondern auch Mountainbikes, Drachen und Gleitschirme, mit denen sich Sportler mehr oder weniger todesmutig in die Tiefe stürzen konnten. Freilich ließ sich der Schöckl auch zu Fuß bezwingen – von der Talstation aus in etwa zwei Stunden. Zahlreiche Wanderrouten führten auf, über und um den Schöckl herum, wie zum Beispiel der barrierefreie Rundweg und der Mariazeller Pilgerweg.

»Dann streichen wir die Schwester von unserer Liste und nehmen uns die Schlossbewohner und den Jagdpächter vor«, sagte Bergmann, als sie an der Volksschule in Kumberg vorbeifuhren. »Hat dir der Lapo die versprochenen Listen geschickt?«

»Hat er«, bestätigte Sandra.

»Was ist mit der letzten Ex-Frau des Opfers?«

»Ich habe Anni gebeten, mit Helene Kahr und auch mit Beatrice Franz Termine zu vereinbaren, damit wir sie befragen können«, berichtete Sandra dem Chefinspektor von ihrem Telefongespräch, das sie auf dem Weg zur Gerichtsmedizin mit der Kollegin geführt hatte. Selbst wollte sie die Schriftstellerin, von der sie annahm, dass sie sich ihren Namen gemerkt hatte, nicht kontaktieren. Womöglich wusste sie von Hubert, dass seine Nachbarin bei der Kriminalpolizei arbeitete. Andernfalls würde sie es erst erfahren, wenn sie sich im Vernehmungszimmer gegenübersaßen. Sandra erhoffte sich einen gewissen Überraschungseffekt, der bei der Wahrheitsfindung helfen konnte. »Übrigens bin ich Beatrice Franz gestern Abend begegnet«, erzählte sie Bergmann. »Seltsamer Zufall, nicht wahr?«

Der Chefinspektor sah sie durch die dunkelbraun getönten Gläser seiner Sonnenbrille an. »Und das erzählst du mir erst jetzt?«

»Wieso? So wichtig ist das doch nicht. Ich war bei ihrer Lesung, aber ich habe keine drei Worte mit ihr gesprochen, bevor Lubensky mich angerufen hat«, sagte Sandra, während sie an der örtlichen Rotkreuzstation, der Polizeiinspektion, der Feuerwehrwache und dem Musikheim vorbeifuhr, die alle im selben Häuserblock untergebracht waren.

»Ach so, dann kennst du die Dame gar nicht näher«, entspannte sich Bergmann wieder.

Sandra schüttelte den Kopf. Wäre sie gestern nicht zum Polizeieinsatz gerufen worden, hätte sie die Schriftstellerin vielleicht später besser kennengelernt und möglicherweise ihr negatives Urteil über sie revidiert. Oder auch nicht. »Hubert kennt sie. Rein beruflich«, stellte sie klar.

»Ach, dein *Huubert*?«, provozierte Bergmann sie schon wieder. »Und wie gut kennt er sie *rein beruflich*?«

Sandra bemühte sich, ruhig zu bleiben. »Das weiß ich nicht«, zischte sie. Allerdings hatte sie vor, es demnächst herauszufinden.

»Na schön, du hältst mich auf dem Laufenden, ja?«

»Selbstverständlich«, versprach Sandra. Sofern es die Ermittlungen betraf, wollte sie sich daran halten. Ansonsten würde sie sich künftig hüten, dem Chefinspektor etwas zu erzählen, mit dem er sie später aufziehen konnte. »Ich habe Anni außerdem gebeten, mit der *ADM Filmproduktion* einen Termin zu vereinbaren, die *Jagdschloss Wolfenau* produziert«, fuhr sie fort. »Sie wird auch die Stabliste vom letzten Filmdreh anfordern. Darauf sind die Namen aller Leute verzeichnet, die mit Oskar Schneeberger zusammengearbeitet haben, vom Drehbuchautor bis zum Fahrer, einschließlich ihrer Kontaktdaten.« Es war nicht auszuschließen, dass im Zuge der Dreharbeiten etwas vorgefallen war, das die Gewalttat ausgelöst hatte.

Bergmann richtete seinen Blick wieder auf die Straße.

Der Friedhof lag hinter ihnen, als die Anhöhe vor ihnen auftauchte, auf der Schloss Abelsberg in den wolkenlosen Sommerhimmel ragte. Etwas weiter unten blitzte das weiß getünchte Gärtnerhäuschen zwischen den Bäumen hervor, während das benachbarte Waschhaus nahezu gänzlich im Wald versteckt lag. Die Häuser entlang der Straße erinnerten Sandra an Schuhschachteln, denen es an Individualität und Charakter fehlte, was auf die meisten Siedlungen am Speckgürtel von Graz zutraf. Grund und Boden waren hier günstiger, das Leben leistbarer als in der Stadt. Und so fraß sich der Beton immer weiter ins Land, während die historischen Ortskerne zunehmend verwaisten. Die fortschreitende Zersiedelung führte nicht nur zum Verlust von Grün- und Ackerflächen, sondern auch von Lebensqualität. Dass es kaum noch funktionierende Ortszentren gab, spaltete die

Gesellschaft zunehmend und wirkte sich in vielerlei Hinsicht negativ aus. Blieb zu hoffen, dass die Initiative der Steiermärkischen Landesregierung, die kürzlich einen Koordinator ernannt hatte, der die Gemeinden bei der Wiederbelebung ihrer Ortskerne unterstützen sollte, von Erfolg gekrönt sein würde, damit die Menschen wieder zusammenkommen konnten und Gemeinschaften entstanden.

Derzeit war weit und breit kein Mensch in Sicht. Nur die Rasenroboter zogen ihre Runden durch die Gärten, um die weitgehend unkrautfreien Rasenflächen beständig kurz zu halten. Hoffentlich wussten die Leute wenigstens, dass diese Geräte nach Sonnenuntergang ausgeschaltet werden sollten, damit ihre messerscharfen Klingen keine dämmerungs- und nachtaktiven Tiere wie Igel oder Frösche verletzten.

Im wohltuenden Gegensatz dazu stand die angrenzende Magerwiese, an der sie vorbeikamen, in voller Blüte. Solche Grünflächen waren nährstoffarm, wurden nur selten oder gar nicht gedüngt und höchstens zweimal im Jahr gemäht. Obwohl sie keinen wirtschaftlichen Nutzen brachten, boten sie Insekten und Kleintieren ein ideales Zuhause und trugen dazu bei, die Artenvielfalt der Flora und Fauna zu erhalten.

Sandra bremste und setzte den Blinker, um in die Schotterstraße abzubiegen, die in den Wald und zum Schloss hinaufführte. Der junge Polizist, der gestern den Schranken bewacht hatte, stand heute weiter unten am Zufahrtsweg und winkte sie salutierend durch.

Sandra grüßte mit einem Handzeichen. In der ersten Kurve versuchte sie, den herabhängenden Zweigen einer ausladenden Trauerweide auszuweichen, die dennoch ihr Autodach und das Fenster auf der Beifahrerseite streiften. In der nächsten Kurve musste sie den Wagen anhalten. Wenige Meter vor ihr parkte ein grüner Geländewagen auf dem Forstweg an einer Stelle, die zu eng war, um an dem Suzuki vorbeifahren zu können. Der mutmaßliche Fahrer stand einige Schritte abseits, zur Lichtung gewandt, das monströse Objektiv seiner Kamera über die steile Blumenwiese hinweg auf die Anhöhe mit dem Schloss gerichtet.

Bergmann beugte sich stirnrunzelnd nach vorne. »Der Kasperl gehört doch nicht zu uns, oder?«

»Ich habe den Mann noch nie gesehen«, sagte Sandra.

»Reporterg'sindel wahrscheinlich«, schimpfte der Chefinspektor. »Hat der Lapo diesen Paparazzo durchgewinkt?«

»Vielleicht ist der Fotograf hintenherum durch den Wald gekommen, so wie wir gestern auch.« Sandra blickte zum Wanderweg, der am Waschhaus vorbeiführte. Von einem efeuumrankten Baumstamm hing ein abgerissenes rot-weißrotes Polizeiband herunter, das den Weg absperren sollte.

Bergmann öffnete das Fenster und streckte seinen Kopf hinaus. »Hallo, Sie da!«, rief er dem vollbärtigen Mann zu.

Der etwa 40-Jährige trug khakifarbene Cargo-Shorts, ein kurzärmeliges beigefarbenes Hemd und braune Wanderschuhe. Er ließ seine Kamera sinken und wandte sich ihnen zu, sagte jedoch nichts.

»Schauen Sie, dass Sie sich schleunigst vom Acker machen!«, rief Bergmann ihm zu.

»Sonst was?«, rief der Fotograf provokativ zurück, während er ihren Wagen fotografierte, aus dem der zornesrote Kopf des Beifahrers ragte.

»Na warte, Freundchen ...« Bergmann griff nach seinem Gurt, wild entschlossen auszusteigen.

Sandra hielt das für keine gute Idee und packte ihn am Oberarm. »Bleib sitzen, Sascha. Ich kümmere mich um ihn.« Bei laufendem Motor stieg sie aus, ließ die Fahrertür offen und ging dem Mann entgegen, dem nur noch der Tropenhelm zum Dschungeltouristen fehlte. »Würden Sie bitte unverzüglich wegfahren?«, sprach sie ihn höflich, aber bestimmt an.

»Da müssen Sie sich leider gedulden«, erwiderte er. »Ich bin hier noch nicht fertig.«

Sandra schluckte, weiterhin um Deeskalation bemüht. »Sind Sie von der Presse?«, fragte sie möglichst ruhig.

»Erraten!« Der Reporter wollte sich wieder seinem Fotomotiv zuwenden.

»Kriminalpolizei, LKA Steiermark!«, sagte Sandra lauter. »Alle Wege zum Schloss sind polizeibehördlich gesperrt.« Ihr Daumen wies über ihre Schulter zum zerrissenen Absperrband.

»Jetzt nimmer«, antwortete der Mann frech.

Sandra atmete durch und schluckte abermals. »Ist Ihnen klar, dass Sie mit Ihrem Verhalten eine Amtshandlung stören?«

Der respektlose Mann fotografierte ungerührt weiter.

»Ich fordere Sie ein letztes Mal auf, sich unverzüglich von hier zu entfernen und bis auf Weiteres auch fernzuhalten. Ansonsten ...«

»Ansonsten schießen Sie auf mich, oder was?«, unterbrach der Fotograf sie spöttisch.

»Ansonsten müssen wir Sie in Polizeigewahrsam nehmen«, sprach Sandra ihren Satz zu Ende.

»Was ist jetzt?«, hörte sie den Chefinspektor hinter ihrem Rücken rufen. »Müssen wir erst Ihre Kamera beschlagnahmen, damit Sie sich schleichen?«, blaffte er wütend.

Sandra drehte sich um und deutete ihrem Vorgesetzten mit einer Geste, dass er schweigen sollte.

Seine unangebrachte Drohung zeigte jedoch Wirkung. Als sie sich wieder umwandte, setzte sich der Reporter grummelnd in Bewegung. Sandra kehrte ebenfalls zu ihrem Wagen zurück.

Während sie einstieg und sich anschnallte, fotografierte Bergmann mit seinem Handy.

»Was sollte das eben, Sascha?«, rügte sie ihn für seine unangemessene Wortwahl, die er bereits vergessen hatte.

»Ich habe das Kennzeichen fotografiert«, murmelte er. »Falls der Typ doch kein Journalist ist.«

»Was soll er denn sonst sein?«

»Vielleicht der Täter, der an den Tatort zurückgekehrt ist«, entgegnete Bergmann.

Kriminalpsychologen sprachen von *Tatort-Sightseeing*, wenn der Täter den Schauplatz des Verbrechens wiederholt besuchte, um den Kick, den die Tat bei ihm ausgelöst hatte, erneut zu erleben und eine gewisse Befriedigung zu erfahren.

»Glaubst du, er hat Oskar Schneeberger mit seiner Kamera erschossen?«, fragte Sandra zurück.

Bergmann überging ihre Spitze. Seine Augen folgten dem Suzuki, der an ihnen vorbeifuhr. »Scheiß Paparazzo«, schimpfte er, wenngleich der Betroffene ihn nicht hören konnte, höchstens von seinen Lippen ablesen.

Sandra fuhr durch die Staubwolke hindurch, die der Geländewagen auf dem trockenen Forstweg aufgewirbelt hatte. Vor der nächsten uneinsichtigen Kurve richtete sie ihren Blick auf den Verkehrsspiegel. Soweit sie sehen konnte, kam ihr kein weiteres Fahrzeug entgegen.

Bergmann rief den Polizeikommandanten an, um ihn anzuweisen, dass er ein neues Polizeiabsperrband beim Waschhaus anbringen lassen und eine Wache dort postieren sollte, solange die Spurensicherung in Abelsberg nicht abgeschlossen war. »Was soll das heißen, Personalmangel?«, bellte er in sein Handy. »Das ist mir doch wurscht. Hol jemanden von deinen Leuten aus dem Urlaub zurück, frag in den Nachbarkaffs oder bei der Feuerwehr um Assistenz an, oder stell dich meinetwegen selbst dorthin!«

Sandra schaltete ihre Ohren auf Durchzug und folgte dem Weg durch den Wald, während Bergmann weiterpolterte. »Schaffst du das, oder muss ich mich persönlich darum kümmern? ... Na also, warum nicht gleich? Ende.« Verärgert drückte er das Gespräch weg. Wenn er sich weiterhin wegen jeder Kleinigkeit aufregte, drohte ihm früher oder später ein Herzinfarkt, befürchtete Sandra.

3.

Obwohl der Reporter sie eine Weile aufgehalten hatte, fuhren die Ermittler pünktlich auf Schloss Abelsberg zu. Diesmal war der Schranken geschlossen, aber nicht bewacht. Sandra hielt an, öffnete das Fenster und drückte den Klingelknopf an der Schrankenanlage, auf dem die Namen des Grafen und der Gräfin standen.

Ihr Blick wanderte zum Schloss. Einige Fenster standen offen. Ihre eigenen hatte sie heute Morgen wohlweislich geschlossen und verdunkelt, damit sich ihre Wohnung untertags möglichst nicht noch weiter aufheizte. Sie bemerkte eine Bewegung auf der einzigen Terrasse an der Südseite des

Schlossgebäudes. Eine Gestalt zog ihre Aufmerksamkeit auf sich, vermutlich der Schlossbesitzer, der sie kommen sehen und die Klingel gehört hatte. Während die Person hinein verschwand, öffnete sich der Schranken.

Bei Tageslicht fiel Sandra auf, dass die blühenden Rosensträucher eingezäunt waren, damit die Rehe die Blüten nicht abknabberten. Außerdem konnte sie nun die vielen Blitzableiter auf dem Dach, den Gauben, Rauchfängen und Türmen des Schlosses sehen, die sie im Dunkeln nicht wahrgenommen hatte. Anders als gestern fuhr sie direkt auf den gekiesten Vorplatz zu. Vor der gekalkten Mauer, die das Schloss- und das Stallgebäude miteinander verband, waren zwei Vans der Tatortgruppe hintereinander geparkt. Damit blieb ihr genug Platz, um den Audi vor den rot blühenden Kletterrosen abzustellen. Aus einer Mauernische schaute eine bärtige Statue gnädig auf sie herab. War das ein Heiliger? Oder Jesus Christus, der gute Hirte? Die langen Locken der sakralen Figur aus Sandstein fielen über ihr wallendes Gewand. Auf ihrem Arm saß ein Lämmchen, auf dem Kopf ein Hut mit breiter Krempe, um die ein Dornenkranz gewunden war.

Sandra folgte dem Chefinspektor zum Schlossportal, dessen rechter Torflügel nach innen hin offen stand, als die Turmuhr mit einem angenehmen, sanften Klang wie aus einer Klangschale schlug. In der Ferne setzte das übliche Glockengeläut der Dorfkirche ein. Sandra zählte die Töne der Schlossturmglocke in Gedanken mit, während Bergmann von seiner Sonnenbrille zur Lesebrille wechselte, um die Namen am Klingel-Tableau entziffern zu können. Dort war auch das Familienwappen derer von Abel-Abelsberg ins Messing eingraviert.

Unbewusst zählte Sandra weiter mit, »neun, zehn, elf«, bis der letzte Ton verhallte und ein Mann mit welligem grauem Haar und Brille aus dem Torduchgang auf sie zukam.

Der Graf hätte seinen Namen gar nicht nennen müssen. Seine blaublütige Abstammung war ihm auch so anzumerken. Er trug ein hellblaues Hemd, das in einer sandfarbenen Chinohose steckte, darüber ein Trachtensakko aus blassgrünem Jägerleinen mit Hornknöpfen, einem dunkelgrünen Stehkragen und Paspeln aus demselben Stoff an den Taschenschlitzen. Auf eine Krawatte hatte Friedrich Abel-Abelsberg verzichtet.

Nachdem sie sich vorgestellt hatten, hefteten sich die Ermittler an seine Fersen, die in klassischen braunen Lederschnürschuhen steckten. Sandra vermutete, dass diese maßgefertigt und handgenäht waren. Wie viele 1.000 Kilometer der Graf damit wohl schon zurückgelegt hatte? Schuhe wie diese hielten bei guter Pflege Jahrzehnte, möglicherweise ein Leben lang.

Im Tordurchgang kam der Schlossherr vor einer hohen Glastür zu stehen. An ihrem Metallrahmen klebte ein amtliches Siegel der Landespolizeidirektion Steiermark, das gebrochen worden war. Dahinter führte eine steinerne Treppe nach oben. »Hier gelangt man in Herrn Schneebergers Wohnung«, erklärte Friedrich Abel-Abelsberg und schob seine Brille näher an die Nasenwurzel. »Einer Ihrer Kollegen hat die Tür gestern Nacht versiegelt. Ich habe ihm einen Wohnungsschlüssel ausgehändigt, damit Sie jederzeit hineinkönnen.« Stirnrunzelnd zeigte er auf das gebrochene Siegel. »War das jemand von Ihnen? Von uns hat das bestimmt keiner angefasst.«

»Wahrscheinlich war das ein Kollege von unserer Tatortgruppe, Herr … Abel-Abelsberg«, nahm Sandra an. Um ein Haar hätte sie ihn mit »Herr Graf« angesprochen, und Bergmann hätte sie später damit aufgezogen.

Die Stirn des Schlossherrn warf noch immer Falten. »Ich habe schon befürchtet, dass das ein Fremder war«, setzte er hinzu. »Vor einer Viertelstunde habe ich nämlich einen Mann im Schlosshof erwischt, der sich ungefragt umgeschaut und fotografiert hat, wahrscheinlich ein Reporter«, berichtete der Graf, gar nicht amüsiert. »Ich habe ihn unter Androhung einer Besitzstörungsklage zum Teufel gejagt.«

»Wie hat der Mann denn ausgesehen?«, erkundigte sich Bergmann.

Der Graf beschrieb denselben Mann, der die Zufahrt blockiert und womöglich das Absperrband heruntergerissen hatte. Vielleicht hatte er auch das Polizeisiegel an der Tür gebrochen und sich damit strafbar gemacht.

Bergmann warf Sandra einen kurzen, aber unmissverständlichen Blick zu. Dass er das Kennzeichen des Suzuki fotografiert hatte, ließ ihn triumphieren.

»Der ORF hat auch bei mir angerufen und um ein Interview angefragt«, berichtete der Graf weiter. »Ich habe dem Chefredakteur jegliche Dreharbeiten auf meinem Anwesen in dieser Causa untersagt.«

Bestimmt war er nicht der letzte Journalist, der versuchen würde, vom Schauplatz des Verbrechens zu berichten.

»Wir leben in Abelsberg sehr zurückgezogen«, fuhr der Schlossherr fort. »Und das soll auch so bleiben. Erst recht nach diesem«, er hüstelte, »höchst unerfreulichen Vorfall.«

Nobel geht die Welt zugrunde, dachte Sandra. Immerhin war einer seiner Mieter erschossen worden, noch dazu auf seinem Anwesen.

»Wir haben bereits veranlasst, dass die Polizeibewachung um das Schloss herum verstärkt wird«, übertrieb Bergmann seine Personalanforderung. »Aber Sie werden davon kaum etwas mitbekommen.«

Das wiederum traf umso mehr zu. Ein zusätzlicher Polizist beim Waschhaus würde dem Grafen ebenso wenig auffallen wie jener, der die Einfahrt zur Zufahrtsstraße sicherte.

»Ich darf auch Sie bitten, die Privatsphäre meiner Familie und Mitbewohner zu respektieren«, fügte Friedrich Abel-Abelsberg hinzu und prüfte die LKA-Ermittler mit strengem Blick, der ihnen Respekt abverlangen sollte.

Mit Mitbewohnern meinte er offenbar seine Mieter, überlegte Sandra und nickte artig.

»Wir erledigen hier unsere Arbeit, über die wir grundsätzlich nicht mit Außenstehenden sprechen«, antwortete Bergmann unbeeindruckt. »Welche Informationen wann von unserer Polizeipresseabteilung veröffentlicht werden, entscheidet unsere Vorgesetzte. Bei Bedarf können Sie sich bei Frau Herbst in der Landespolizeidirektion Steiermark beschweren. Doktor Nicole Herbst«, setzte er der Vollständigkeit halber hinzu.

»Dann wäre das ja geklärt«, reagierte der Graf gelassen und nannte ihnen den interimistischen Türcode, der das Schlosstor entriegelte, solange die kriminalpolizeilichen Ermittlungen in der Wohnung des Opfers andauerten.

Sandra wiederholte die Ziffernkombination, woraufhin der Landgraf freundlich nickte. »Sind Ihre Kinder zurzeit auch anwesend?«, fragte sie höflich nach.

Friedrich Abel-Abelsberg verneinte. »Mein Sohn ist nach der sonntäglichen Jagd am Montagmorgen nach Frankfurt abgereist. Es gab ein Problem in seiner Bank, das er vor Ort lösen wollte. Morgen Nachmittag sollte Constantin zurückkehren. Meine jüngere Tochter kommt heute Nachmittag mit der Bahn in Graz an. Meine Frau wird sie vom Bahnhof abholen. Und unsere Älteste steht kurz vor der Niederkunft und wird vorerst nicht anreisen.«

Seine Kinder schieden als Täter demnach aus.

»Aber wollen wir uns nicht lieber in der Wohnung weiter unterhalten anstatt hier zwischen Tür und Angel?«

»Gerne«, meinte Sandra.

Im Tordurchgang passierten sie eine Eichentür, die einige Jahrhunderte älter war als die zuvor inspizierte Tür aus Sicherheitsglas. Dahinter war ein einzelnes Streichinstrument zu hören, wahrscheinlich das umstrittene Cello, vermutete Sandra.

»Hier wohnt Herr Adrian Szilagyi, ein exzellenter Cellospieler«, erklärte der Graf über seine Schulter hinweg, während er weiter auf den Innenhof zuging. »Er hat zusammen mit meiner Gemahlin die Konzertreihe ersonnen, die seit 2018 jeden Sommer in unserem Innenhof stattfindet. Sogar während der Pandemie wurden drei Kammerkonzerte hier gespielt. Wir haben allerdings die Bestuhlung halbiert und jedes Konzert zweimal an zwei aufeinanderfolgenden Abenden aufgeführt. Herr Szilagyi hat bei den meisten selbst mitgespielt. Außerdem berät er meine Frau bei der Musikprogrammierung und Besetzung der Künstler.«

Im Renaissancehof angekommen, ließ Sandra ihren Blick über die Arkaden schweifen. Zu ebener Erde waren die Gewölbegänge offen zugänglich, die beiden oberen Stockwerke an drei Seiten mit doppelten Sprossenfenstern verglast. Hinter den Fenstern hingen großformatige Gemälde in breiten Goldrahmen, deren Motive wegen der vielen Spiegelungen in den unzähligen Fensterscheiben kaum zu erkennen waren. Ihre Augen wanderten von der Ritterrüstung im ersten Stock zum rechten efeubewachsenen Trakt. Drei knorrige Efeustöcke zwängten sich zwischen steinalten Ziegeln und runden Flusssteinen aus der Mur ans Tageslicht, umschlangen die Säulen des unteren Arkadenganges und breiteten ihre immergrünen Blätter über die Fassade bis zur Dachrinne aus. Der größte Teil des nahezu quadratischen Innenhofs war stilecht mit *Murnockerln* gepflastert, so der Name der Flusssteine, die über weite Flächen den geologischen Untergrund von Graz und den südlich anschließenden Ebenen bildeten. Früher hatte man auch Gassen und Plätze damit befestigt, sodass man mancherorts heute noch darüber stolperte – im wahrsten Sinn des Wortes. Mit Stöckelschuhen ließen sich die historischen Pfade nur mühsam beschreiten, ohne dass man sich verknöchelte oder die Absätze ruinierte. Zweifellos jedoch zeugten diese Relikte aus der Eiszeit von erlesenem Geschmack, ebenso wie alles andere, was Sandra bisher in Abelsberg untergekommen war.

Friedrich Abel-Abelsberg öffnete die hohe metallbeschlagene Eichentür unterhalb des Uhrturms, auf der die Heiligen Drei Könige ihre traditionellen Kreidezeichen hinterlassen hatten. Über eine breite Holztreppe führte er die Ermittler in den zweiten Stock hinauf und weiter durch die Galerie im Arkadengang, vorbei an düsteren Ölgemälden, die entweder Schlachten darstellten oder würdevolle Gesichter von blaublütigen Ahnen zeigten. Besonders in einem glaubte Sandra, eine Ähnlichkeit mit dem Schlossherrn entdeckt zu haben.

Hier stand ein antiker Sessel, da eine Truhe, dort ein Kandelaber neben einer Ritterrüstung, in die Sandra mit ihren 1,70 Metern und 57 Kilogramm kaum hineingepasst hätte. Bekanntlich waren die Menschen früher kleinwüchsiger, ihre Waffen umso größer und gewichtiger gewesen. Die historischen Lanzen und Speere an der Wand wogen auf jeden Fall schwer, noch schwerer die Steinschlossflinte mit Bajonett. Ein ähnliches Modell hatte Sandra einmal im Museum auf der Burg Deutschlandsberg in den Händen gehalten und ausgeschlossen, dass sie damit auch nur annähernd ihr Ziel hätte treffen können. Dabei durfte sie sich im Umgang mit zeitgemäßen Handfeuerwaffen als gute Schützin bezeichnen. Nicht minder schwierig stellte sie sich einen Nahkampf in einer schweren Ritterrüstung vor, die noch dazu die Beweglichkeit stark einschränkte. Damals war das Leben ganz schön beschwerlich gewesen und in den meisten Fällen auch entsprechend kurz. Sie gingen weiter durch einen Vorraum und kamen an der geräumigen Küche mit einer Kochinsel im Landhausstil vorbei, in der eine beschürzte junge Frau werkte. An dem antiken wuchtigen Holztisch und den passenden hochlehnigen Stühlen, die mit dunkelbraunem geprägtem Leder bezogen waren, konnten insgesamt 18 Personen bequem tafeln. Eine dermaßen geräumige Wohnung stilecht und geschmackvoll, dabei auch noch gemütlich und komfortabel einzurichten, stellte sich Sandra nicht einfach vor. Zudem sehr kostspielig. Aber Geld schien hier keine allzu große Rolle zu spielen. Wenngleich einige Möbel und Einrichtungsgegenstände vermutlich von früheren Generationen der Familie Abel-Abelsberg stammten. Ganz bestimmt hatte vieles restauriert, manches neu angeschafft werden müssen – wie die hochwertigen Küchengeräte und einige ausgewählte zeitgenössische Kunstwerke, die besondere Akzente setzten und sich gleichermaßen in das exquisite Ambiente einfügten.

Sandra bemerkte, dass es in den Schlossräumen um einiges kühler als draußen war. Selbst in einem Rekordsommer wie diesem konnte die Hitze die dicken alten Mauern nicht durchdringen und die Innenräume aufheizen, obwohl einige Fenster an diesem heißen Tag geöffnet waren.

»Meine Frau erwartet uns im Grünen Salon«, sagte der Graf und geleitete sie durch ein Musikzimmer, in dessen Zentrum ein Klavier platziert war. Der Messingkronleuchter, der an der prachtvoll geschnitzten Holzkassettendecke hing, spiegelte sich im glänzenden schwarzen Deckel des Flügels wider, obwohl die LED-Kerzen nicht leuchteten. Einen so massiven, beinahe zimmerhohen Stilkachelofen wie jenen in der Ecke hatte Sandra noch nie gesehen.

Der Grüne Salon wurde seinem Namen mehr als gerecht.

Bis zur weiß getünchten Stuckdecke hinauf waren die Wände lindgrün gestrichen, die hohen braunen Kastenfenster von schweren Leinenvorhängen in einem etwas dunkleren Grün flankiert. Die Polstermöbel vor dem mächtigen offenen Kamin waren mit grobem naturweißem Leinenstoff beziehungsweise dunkelgrün-gold-weiß gestreiftem Brokat bezogen. Dazu gab es Zierkissen in verschiedenen Grüntönen. Ein üppiger Blumenstrauß, vermutlich aus dem Schlossgarten, war in einer ausladenden Vase arrangiert, die auf einem antiken Beistelltisch stand.

Noch ehe den Ermittlern Platz angeboten wurde, erschien Viktoria Gräfin von Abel-Abelsberg aus einem Nebenraum. Ihr tailliertes Baumwollkleid in einem zarten Lindgrün mit ausgestelltem Rock passte farblich perfekt zum Outfit ihres Mannes und fügte sich nahtlos in das Ambiente des Salons ein. Einzig die Schößchenweste, aus einem leichten Baumwollgarn im Lochmuster handgestrickt, hob sich in leuchtendem Orange ab. Jedoch fand sich diese Farbe im Blumenstrauß wieder.

Ob das ein Zufall war? Sandra hatte gestern selbst einen grünen Jumpsuit getragen. Allerdings hatte sie beruflich bereits Menschen getroffen, die gerne im Partnerlook auftraten. In ihrem privaten Umfeld kannte sie niemanden, der seine Kleidung mit dem Partner abstimmte oder sogar passend zur Einrichtung des Wohnzimmers auswählte.

Die Gräfin, die bald ihren 60. Geburtstag feiern würde, empfing die Ermittler mit einem zurückhaltenden Lächeln. Dabei blickten ihre braunen Augen ernst. Ihre braunen Haare fielen bis knapp unter das Kinn und wirkten frisch gefärbt, jedoch schien die Frisur schon länger nicht mehr geschnitten worden zu sein. Sandra überlegte, ob die Gräfin ihre Haare wachsen ließ, während sie neben Bergmann auf dem Doppelsitzer-Sofa Platz nahm. Auf dem Couchtisch standen kleine Wassergläser mit Jagdmotiven und eine dazu passende Karaffe mit Wasser, in dem Minzblätter schwammen. Der herrliche Schlosspark, der nach den Vorstellungen der Schlossherrin gestaltet war, sprach für ihr botanisches Interesse und legte nahe, dass sie sich auch mit Kräutern auskannte und über die Wirkung von Minze Bescheid wusste. Sandra bezweifelte jedoch, dass sie selbst Hand im Garten anlegte, da ihre Hände sauber und gepflegt aussahen. Für die grobe Gartenarbeit gab es außerdem den Gärtner.

Die Schlossherrin griff zur Karaffe, um die dekorativen Gläser, die kaum einen Achtelliter fassten, mit Minzwasser zu füllen.

Je nobler der Haushalt, desto kleiner die Gläser, dachte Sandra. Mit diesen Miniaturen ließ sich richtiger Durst kaum löschen.

»Wir können es immer noch nicht fassen, was gestern bei uns geschehen ist«, sagte die Gräfin, nachdem sie ihren weit schwingenden Rock und sich selbst auf dem Fauteuil drapiert hatte.

Dass ihr Mieter nicht erst gestern, sondern bereits vor einigen Tagen getötet worden war, schien sie nicht zu wissen. Wie auch, wenn sie nicht die Täterin oder eine Komplizin war? Andererseits war es nicht ausgeschlossen, dass sich der mutmaßlich frühere Todeszeitpunkt bereits herumgesprochen hatte. Die Jägerinnen, die die Hand des Opfers gesehen hatten, waren mit den Verwesungsstadien bei Wildtieren vertraut. Bei Menschen waren diese nicht viel anders.

Sandra aktivierte das Diktiergerät auf ihrem Smartphone und legte es auf den Couchtisch, bevor sie die üblichen Routinefragen stellte.

Das gräfliche Ehepaar weilte seit Anfang August in Abelsberg. Seit ihrer Ankunft war die Schlossherrin vorwiegend mit der Organisation der Konzerte beschäftigt. Es ging drunter und drüber. Bis zuletzt musste sie fehlende Dinge besorgen oder herbeischaffen lassen, Arbeiter und freiwillige Helfer anweisen, die Musiker betreuen, den Wetterbericht im Auge behalten, Entscheidungen treffen und auch selbst Hand anlegen. Letzten Samstag hatte sie höchstpersönlich das *Weizer Mulbratl* abgeholt, aufgeschnitten und angerichtet, das den Konzertbesuchern als regionale Spezialität aufgewartet wurde. Viktoria Abel-Abelsberg versicherte, dass sie noch nie auf der Jagd gewesen sei und dass sie auch nicht mit Schusswaffen umgehen könne. Im Gegensatz zu ihrem Gemahl, der zuletzt am Sonntag an der *Blattjagd* teilgenommen hatte, die am Ende der *Brunftzeit* stattfand.

»Mit welcher Waffe und Munition schießen Sie üblicherweise auf Rehwild?«, fragte Sandra.

»Mit einer *Blaser*, Kaliber .30-06.«

Das Kaliber passte nicht zu dem tödlichen 9,3-Millimeter-Geschoss, das die Gerichtsmedizinerin aus der Leiche entfernt hatte, wusste Sandra. Sein Sohn schoss mit einer *Sauer* und derselben Munition. Beide Repetierbüchsen wurden im selben Waffenschrank mit einem Elektronikschloss verwahrt, dessen Zifferncode nur die beiden Grafen kannten. Außerdem befand sich eine Bockdoppelflinte mit den dazugehörigen Schrotpatronen darin, die selten zum Einsatz kam.

»Wer war bei der sonntäglichen *Blattjagd* noch dabei?«

»Martin Lichtenegger, seine Tochter Marlene und ihre Freundin Stella Muchitsch.« Der Graf nannte zwei Jagdfreunde des Jagdpächters, die der Einladung nach Abelsberg gefolgt waren. »Wir haben zu siebt gerade einmal drei Böcke erlegt«, klagte er. »Noch hinken wir dem Abschussplan hinterher. Dabei müsste für einen klimafitten Wald viel mehr Rehwild entnommen werden.«

»Warum?«, fragte Bergmann ahnungslos.

Der Graf stellte sein Glas auf dem Tisch ab, lehnte sich wieder im Fauteuil zurück und überschlug seine Beine. Dabei rutschte das obere Hosenbein hoch und legte einen orangefarbenen Strumpf aus feinem Zwirn frei, der farblich mit der Strickweste seiner Gemahlin korrespondierte. An einen Zufall hatte Sandra von Anfang an nicht wirklich geglaubt.

»Die Rehe delektieren sich nicht nur an den Rosen meiner Gattin, wenn man sie lässt«, erklärte der Graf. »Die zarten Triebe der jungen Eichen stehen ebenfalls auf ihrem Speiseplan. Durch den ständigen Wildverbiss können die Jungbäume nicht mehr hoch genug wachsen. Dabei kommt gerade der Eiche, die auch bei zunehmender Trockenheit stressresistent ist, in einem klimafitten Wald große Bedeutung zu.« Er leerte sein Wasserglas in einem Zug, ehe er fortfuhr. »In meinem Wald werden Sie kaum noch mittelgroße Eichen finden, und nicht nur in meinem nicht. Das letzte Wildeinfluss-Monitoring zeigt, dass in Österreich zwei Drittel aller Wälder von Wildschäden betroffen sind, vor allem die Mischwälder. Eine Reduktion der *Schalenwild*bestände wäre dringend vonnöten, damit sich der Wald verjüngen kann. Denn mit den üblichen Schutzmaßnahmen wie Zäunen und Baumschutzpasten lassen sich nur die Symptome bekämpfen, nicht jedoch die Ursache.« Seufzend zupfte der Graf an seinem Hosenbein, als wollte er einen Fussel entfernen. »Außerdem hat sich das Verhalten der Wildtiere seit der Pandemie merklich verändert. Sie sind *heimlich*, seitdem Spaziergänger und Radfahrer noch ungenierter in ihren Lebensraum eindringen, suchen sich neue, verstecktere Pfade, um Begegnungen mit Menschen möglichst zu vermeiden. Das bedeutet puren Stress für die Tiere, was wiederum den Baumverbiss und das Schälen der Rinde begünstigt.«

»Die Leute verhalten sich immer rücksichtsloser, haben

überhaupt keinen Respekt mehr vor fremdem Besitz«, beschwerte sich die Gräfin, weiterhin unverbindlich lächelnd. »Seit den Lockdowns zieht es sie scharenweise aus ihren engen Stadtwohnungen ins Grüne«, erzählte sie. »Vor allem die Grazer haben sich auf die Ausflugsziele vor ihrer Haustür besonnen und die Schöcklregion regelrecht gestürmt. Viele haben zu Hause nicht einmal einen Balkon oder eine Terrasse, auf der sie frische Luft schnappen könnten. Bis zu einem gewissen Grad versteht man ihre Stadtflucht ja. Ich meine, bevor einem die Decke auf den Kopf fällt«, zeigte sich die Gräfin verständnisvoll.

»Oder man sich gegenseitig die Köpfe einschlägt, weil man nicht daran gewöhnt ist, rund um die Uhr auf engstem Raum mit der Familie zusammen zu sein«, fügte der Graf hinzu.

Ein strenger Blick seiner Frau ließ ihn verstummen. »Sie mögen es bestimmt auch nicht, wenn fremde Leute, alle Verbotsschilder missachtend, durch Ihren Garten laufen oder sich vor Ihren Fenstern in die Wiese legen, um sich zu sonnen oder zu picknicken, und dann auch noch ihren Müll zurücklassen«, sagte Viktoria Abel-Abelsberg.

»Ich besitze keinen Garten«, erwiderte Bergmann.

Er wollte auch keinen besitzen, wusste Sandra. Und noch weniger wollte er auf dem Land leben.

Die Gräfin betrachtete den Chefinspektor mit demselben beharrlichen Lächeln, das sie seit ihrem Erscheinen im Salon auf den ungeschminkten Lippen trug. Weder reagierte sie verbal auf seine Aussage noch ließ sie auf sonstige Weise eine Gefühlsregung erkennen. Scheinbar mühelos bewahrte sie die Contenance. Ob die Frau jemals die Fassung verlor?

»Während der Lockdowns hat sich Herr Schneeberger beinahe täglich über den Ansturm auf Abelsberg beschwert«, fuhr die Gräfin fort. »Der Parkplatz vor dem Schloss war mit Autos und Motorrädern ungebetener Besucher vollgestellt.

Wildfremde Leute sind ungefragt überall stehen geblieben, haben sich umgesehen und sind in den Schlosshof, einmal sogar in Herrn Schneebergers Wohnung hineinmarschiert. Es hat nicht viel gefehlt, dass sie sich auch noch ganz selbstverständlich im Weinkeller und in den Kühlschränken bedient hätten oder in unseren Pool gesprungen wären. Wie kann man nur so unverfroren sein?«, fragte sie lächelnd.

Bergmann saß breitbeinig auf dem Sofa, als wollte er die Herrschaften mit seiner schlampigen Haltung provozieren, wohingegen Sandra immer wieder höflich nickte.

»Herr Schneeberger hat darauf bestanden, dass wir sicherheitstechnische Maßnahmen ergreifen, um diesem Treiben ein Ende zu setzen«, fuhr die Gräfin fort.

»Seinen Forderungen bin ich dann ja auch nachgekommen«, sagte der Graf. »Seither ist die Zufahrt mit einer Schrankenanlage gesichert, und das Tor ist mit einem elektronischen Türschloss ausgestattet.«

»Allerdings steht der Schranken häufig offen«, monierte die Gräfin.

»Unter der Woche müssen die Arbeiter ständig hin und her fahren«, erklärte der Graf. »Außerdem reicht meist schon der Schranken selbst aus, um Fremde von der Zufahrt abzuhalten. Kaum jemand wagt sich noch bis zum Schloss vor, aus Angst, dass sein Auto eingesperrt werden könnte.« Der Graf grinste spitzbübisch. »Was ich nicht ausschließen kann.«

»Ich bin Herrn Schneeberger jedenfalls sehr dankbar für seine Hartnäckigkeit. Dir natürlich auch, mein Lieber, dass du alles so rasch umsetzen hast lassen«, lobte die gnädige Frau ihren hochwohlgeborenen Gemahl.

»Das hat mich eine Stange Geld gekostet«, sagte der Graf mit gequältem Gesichtsausdruck. »Ich habe außerdem die Alarmanlage und neue Rauchmelder in sämtlichen Räumen installieren lassen. Da kommt ganz schön was zusammen, das können Sie mir glauben.«

Sandra bezweifelte seine Worte nicht.

»Dafür kannst du jetzt die Haustechnik sogar aus der Ferne mit dem Handy kontrollieren und regeln«, sagte die Gräfin. »Wo auch immer wir uns auf der Welt aufhalten.«

»Wird Ihr Anwesen kameraüberwacht?«, hakte Sandra ein.

»An der Schrankenanlage befindet sich eine Kamera, die Besucher aufzeichnet.« Wieder setzte der Graf sein verschmitztes Lächeln auf. »Die App speichert aber nur Standfotos, wenn jemand an der Schrankenanlage klingelt.«

Dann hatte diese Kamera vorhin Sandra aufgenommen.

»Wie lange werden die Fotos aufbewahrt?«

»Bis ich sie lösche. Zuletzt war das zum Jahreswechsel der Fall.«

Sandra fragte sich, warum die Jägerinnen diese Kamera nicht erwähnt hatten.

»Könnten Sie uns alle Besucherfotos von letzter Woche zur Verfügung stellen?«, fragte Bergmann. »Am besten ab dem Konzertsamstag.«

Der Graf versprach, seinen IT-Experten zu bitten, ihnen die Fotos zuzuschicken. »Allerdings werden keine Konzertbesucher abgebildet sein«, sagte er. »Der Schranken bleibt an den Konzertabenden offen.«

»Aber nach dem Konzert wurde er wieder geschlossen?«, fragte Sandra.

Der Graf nickte. »Und sonntags war er auch zu, denke ich.«

»Hat die Presse vielleicht Fotos oder Videos vom Konzert aufgenommen?«

Der Graf bedauerte. »Ich kann Ihnen aber gerne die Bilder unseres Haus- und Hoffotografen zukommen lassen. Er

hat wie immer für künftige Aussendungen und für die Webseite des Vereins fotografiert.«
»Wir würden außerdem gerne die Speicherkarten der Wildkameras in diesem Jagdrevier überprüfen«, sagte Bergmann.
»Dafür ist mein Jagdpächter zuständig, der gerade mit Ihren Kollegen im Wald unterwegs ist.«
»Weshalb war Herr Schneeberger eigentlich so besorgt um seine Privatsphäre? Ist er jemals bedroht worden?«, fragte Sandra. »Oder hatte er Angst vor jemandem?«
»Den Eindruck hatte ich nicht. Ich denke, er wollte einfach nur seine Ruhe haben«, sagte der Graf.
»Das wollen wir hier alle«, setzte die Gräfin hinzu. »Ursprünglich ist Herr Schneeberger mit seiner Ehefrau nach Abelsberg gezogen, die unbedingt am Land leben wollte, aber eben auch in der Nähe von Graz. Herr Schneeberger wollte sich aber keine lästigen Verpflichtungen wie Rasenmähen oder Schneeschaufeln aufbürden. Daher war die Wohnung in Schloss Abelsberg ideal für die beiden. Dennoch war die Ehe nur von kurzer Dauer.«
»Haben die Eheleute häufig gestritten?«
Viktoria Abel-Abelsberg rieb sich die Hände, als würde sie diese waschen. »Das weiß ich nicht. Die Schlossmauern sind sehr massiv.«
Und die Gräfin war sehr diskret. »Dann wissen Sie auch nicht, ob Herr Schneeberger mit jemand anderem Streit hatte?«, fragte Bergmann.
Beide Befragten verneinten.
»Hat er sich in letzter Zeit irgendwie anders verhalten?«
»Er war zuletzt häufig nachtaktiv. Erinnerst du dich noch, wie ich mich unlängst erschreckt habe, als wir spätnachts in Abelsberg angekommen sind und er auf einmal hinter dem Gebüsch hervorgesprungen ist?« Die Gräfin fasste sich ans Herz. »Ich dachte, mich trifft der Schlag«, erzählte

sie im selben Tonfall, als würde sie über das schöne Wetter sprechen.

»Er war im Schlosspark spazieren, wenn er nicht schlafen konnte«, sagte der Graf.

»Mir hat er auch einige schlaflose Nächte beschert«, beschwerte sich die Gräfin lächelnd. »Wenn er wieder einmal lautstark bei offenen Fenstern Musik gehört hat. Nichts gegen Richard Wagner, aber doch bitte nicht mitten in der Nacht.«

»Dann können Sie jetzt ja wieder ruhig schlafen«, sagte Bergmann trocken, sodass die Gräfin kurz stutzte. »Hatten Sie Streit mit Ihrem Mieter?«

»Es gab ab und zu Meinungsverschiedenheiten zwischen Herrn Schneeberger und uns«, gab der Graf unumwunden zu. Sein orangebestrumpfter Fuß wippte auf und ab. »Das ist aber völlig normal in einer Hausgemeinschaft. Außerdem schätze ich Menschen, die frei heraus sagen, wenn sie mit etwas nicht einverstanden sind. Unter zivilisierten Leuten lässt sich ja alles ausdiskutieren und eine Lösung finden, mit der alle Beteiligten gut leben können. Auch wenn diese nicht immer naheliegend, einfach oder rasch zu erzielen ist.«

»Es ist uns ein Anliegen, dass sich alle Bewohner in Abelsberg wohlfühlen«, sagte die Gräfin, um anschließend an ihrem Minzwässerchen zu nippen.

Würden alle so denken wie die beiden, gäbe es weder Kriege noch Mord oder Totschlag, dachte Sandra. Bergmann und sie hätten sich nach anderen Jobs umsehen müssen. Aber dem war ja nicht so. Sie sprach den Grafen konkret auf den Heizungskonflikt an, den die Schwester des Opfers erwähnt hatte, ohne jedoch ihre Quelle preiszugeben.

Dass Oskar Schneeberger unter anderem die Heizungsumstellung kritisiert und die höhere Heizkostenabrechnung weder akzeptiert noch bezahlt hatte, sei wahrlich kein

Grund gewesen, ihn zu erschießen, versicherte Friedrich Abel-Abelsberg glaubhaft. »Wir hätten uns bestimmt geeinigt. Oder eben den Mietvertrag einvernehmlich aufgelöst«, sagte er fußwippend. »Ganz ohne Blutvergießen.«

»Wann haben Sie Herrn Schneeberger zuletzt gesehen?«, wollte Bergmann wissen.

Die Herrschaften überlegten.

»Das muss beim Konzert am Samstagabend gewesen sein«, glaubte die Gräfin.

»Er hat uns seinen Gast vorgestellt. Frau Beatrice Franz, eine Schriftstellerin«, erinnerte sich der Graf.

»Eine interessante Person«, fügte die Gräfin hinzu, wie immer man ihre Aussage interpretieren durfte.

»Haben Sie Frau Franz zuvor schon einmal hier gesehen?«

Die beiden verneinten abermals.

»Hatte Herr Schneeberger anderen Besuch in letzter Zeit?«

»Seine Schwester hat ihn häufig besucht, seit ihr Mann verstorben ist«, sagte der Graf. »Das letzte Mal habe ich sie am Montag zu Mittag auf dem Vorplatz aus ihrem Wagen steigen sehen. Das Motorengeräusch, das plötzlich verstummte, hat mich aus dem Fenster blicken lassen. Frau Schneeberger-Leger hat eine große schwarze Sporttasche aus dem Kofferraum mitgenommen.«

Eine Tasche hatte Charlotte Schneeberger-Leger nicht erwähnt, überlegte Sandra. Warum auch?

»Es könnte sein, dass sie ihrem Bruder die Wäsche gebracht hat, um die sie sich zuletzt gekümmert hat«, sagte die Gräfin. »Das weiß ich von Frau Schafzahl, die mir mit meiner Wäsche zur Hand geht. Sie hat mir erzählt, dass Herr Schneeberger ihre Dienste seit einigen Monaten nicht mehr in Anspruch nimmt.« Passenderweise wohnte diese Frau im früheren Waschhaus. »Wenn Sie mich jetzt entschuldigen möchten«, drängte die Gräfin und verabschiedete sich in die Küche, um nach dem Mittagessen zu sehen. Um 12 Uhr wurde pünktlich gespeist.

»Eine Bitte noch, gnädige Frau«, hielt Sandra sie auf. »Könnten Sie uns eine Liste mit den Musikern und allen anderen Personen erstellen, die letzte Woche bei Ihnen ein und aus gegangen sind?«

»Als ob ich sonst nichts zu tun hätte«, sagte Viktoria Abel-Abelsberg, nun doch ein wenig ungeduldig, aber noch immer freundlich lächelnd. »Sie bekommen Ihre Liste. Ich werde den Obmann unseres Konzertvereins darum bitten. Bis wann brauchen Sie sie denn?«

»So schnell wie möglich.«

Viktoria Abel-Abelsberg machte eine wegwerfende Handbewegung. »Und ich dachte schon, Sie brauchen sie bis gestern.«

Die Gräfin konnte auch sarkastisch sein, stellte Sandra überrascht fest.

»Lassen Sie mir Ihre Visitenkarte da, ja? Auf Wiedersehen!«

»Da wäre noch etwas«, sagte Sandra, nachdem sich die Schlossherrin bereits zum Gehen abgewandt hatte.

Langsam machte sie wieder kehrt, legte ihren Kopf schräg und schaute Sandra, die wie die beiden Männer sitzen geblieben war, von oben herab an.

»Könnten Sie mir bitte auch eine Liste mit den Konzertbesuchern der letzten Woche zukommen lassen?«

Viktoria Abel-Abelsberg hob eine Augenbraue. »Auch die bekommen Sie. Darf ich mich jetzt in meine Küche begeben?«

»Selbstverständlich. Wir möchten Sie nicht weiter aufhalten.« Sandra bedankte und verabschiedete sich.

Die Gräfin nickte erneut huldvoll in die Runde, bevor sie mit rauschendem Rock den Salon verließ.

»Kann ich noch etwas für Sie tun?«, fragte der Graf.

»Ja, Sie könnten mit uns die Listen der Mieter und Mitarbeiter von Abelsberg durchgehen, um sicherzustellen, dass die Daten aktuell sind und niemand fehlt, den wir befragen sollten.« Sandra griff nach ihrem Smartphone. Möglicherweise fiel dem Schlossbesitzer auch zu dem einen oder anderen Namen auf der Liste etwas ein, bei dem sie mit ihren Ermittlungen ansetzen konnten.

Der Graf blickte zur goldenen Pendeluhr, die zwei Minuten nachging, und gewährte ihr weitere zehn Minuten. Vor dem Essen wollte er noch rasch seine Post durchschauen, die sich auf dem barocken Sekretär, unweit des Tischchens mit der Blumenvase, stapelte.

Sandra las einen Namen nach dem anderen von ihrem Handy ab, die der Graf abnickte. Jäger befanden sich keine darunter. Einen Mieter konnte sie von der Liste streichen, der Ende Juli aus dem Waschhaus ausgezogen war, sich offenbar aber noch nicht abgemeldet hatte. Die Wohnung war erst ab September wieder vermietet. »Sind das alle Mieter?«, fragte sie nach. »Oder fehlt jemand?«

Der Graf verneinte ihre letzte Frage. Alle weiteren Fragen sollten sie Simon Oswald stellen, der den meisten Kontakt mit den Bewohnern von Abelsberg hatte und in jeder Hinsicht vertrauenswürdig, diskret und zuverlässig war. Darüber hinaus war er schlau und ein guter Beobachter. »Herr Oswald weiß am ehesten, welche Mitbewohner zur fraglichen Zeit in Abelsberg anwesend waren und welche nicht.« Und wer demnach als Täter ausschied. Allerdings trat der Hausmeister und Gärtner in Personalunion erst nach der Mittagspause um 14 Uhr seinen Dienst wieder an. »Haben Sie seine Handynummer?«, fragte der Graf.

»Ja, danke, die haben wir. Herr Oswald ist unter Ihren Mitarbeitern aufgelistet.« Auch diese Namen ließ Sandra vom Grafen überprüfen.

»Meine Mitarbeiter waren letzte Woche alle im Dienst«, meinte er abschließend. »Einige waren bereits im Frühsommer im Urlaub. Die anderen werden ihn erst nach dem letzten Schlosskonzert ab Ende August nehmen.« Bis dahin benötigte die Gräfin jede helfende Hand, bevor sie und der Graf Anfang September selbst verreisten.

»Dann werden die nächsten beiden Schlosskonzerte also wie geplant stattfinden?«, fragte Sandra.

Der Graf stellte ein Bein neben das andere, sodass der sichtbare Socken wieder unter dem Hosenbein verschwand. Seine Hände ruhten auf den Knien. »Wir haben das heute Morgen mit den Musikern und dem Vereinsobmann diskutiert und sind uns einig, dass wir das Konzert morgen auf jeden Fall in den *Cursaal* verlegen werden. Auch wegen des Presserummels, den wir befürchten. Danach sehen wir weiter.«

Obwohl damit zu rechnen war, dass die Spurensicherung im Schloss spätestens morgen abgeschlossen sein würde, fand Sandra diese Entscheidung vernünftig. Ein Konzert in Abelsberg würde nicht nur die Presse, sondern auch andere schaulustige und sensationsgierige Zeitgenossen anlocken.

»Bei unserem Vereinsobmann gehen seit der Pressemeldung zu Herrn Schneebergers Tod ununterbrochen Medienanfragen ein. Auf einmal wollen alle berichten, die unsere Konzertreihe sonst ignorieren, weil wir kein Massenpublikum, sondern einen kleinen feinen Kreis von Kammermusikliebhabern ansprechen, darunter internationales, städtisches und heimisches Publikum. Es liegt meiner Frau sehr am Herzen, auch der Landbevölkerung Hochkultur anzubieten, und der Erfolg gibt ihr Recht. Bisher waren alle Konzerte ausverkauft, auch ohne großen Starrummel.« Der gräfliche Blick wanderte abermals zur Pendeluhr, bevor er sich erhob. »Darf ich Sie noch hinausbegleiten?«

Sandra fand Friedrich Abel-Abelsberg nicht zuletzt auch wegen seiner guten Kinderstube sympathisch. »Falls Ihnen noch etwas einfällt, können Sie mich jederzeit kontaktieren«, sagte sie, während sie nahezu synchron mit dem Chefinspektor vom Sofa aufstand. Abschließend überreichte sie dem Grafen ihre Visitenkarte.

Friedrich Abel-Abelsberg warf einen Blick darauf. »Ich hoffe, dass Sie diesen Schurken rasch ausfindig machen, damit in Abelsberg wieder Ruhe einkehrt.«

»Wir tun, was wir können«, versprach Sandra.

Mit einer galanten Geste deutete der Graf ihr, vorauszugehen.

4.

Bergmann stellte fest, dass die gläserne Eingangstür im Durchgang unversperrt war. Wahrscheinlich war die Tatortgruppe gerade in der Wohnung beschäftigt. »Darf ich bitten, gnädige Frau?« Er verbeugte sich und hielt Sandra die Tür auf.

»Du solltest öfter in adeligen Kreisen verkehren, damit du vielleicht doch noch Umgangsformen lernst«, sagte sie grinsend. Die Hoffnung starb zuletzt.

Bergmann richtete sich wieder auf. »Findest du es nicht sexistisch, wenn dir ein Mann die Tür aufhält?«

Sandra bemerkte die Falten um seine graublauen Augen, die sich in den letzten Jahren immer tiefer eingegraben hatten. Seine strubbeligen Haare waren grauer als früher. Aber auch sie war schließlich nicht jünger geworden. »Keineswegs«, sagte sie. »Ich lasse mir auch sehr gerne in den Mantel helfen.« Wusste er nach all den Jahren noch immer so wenig von ihr?

Bergmann schüttelte den Kopf. »Versteh einer euch Weiber.«

»Den Ausdruck *Weiber* finde ich sexistisch. Zumindest aus dem Mund eines Mannes.« Sandra wandte sich am Treppenabsatz um.

»Wenigstens bin ich noch ein Mann«, murmelte er hinter ihrem Rücken.

»Und deshalb starrst du mir auf den Hintern?«, fragte Sandra, ohne sich umzudrehen. Sie glaubte dennoch, seine Blicke zu spüren, während sie über die Treppe vorausging.

»Wo soll ich denn sonst hinschauen?«

Fehlte nur noch, dass er ihr einen Klaps verpasst hätte. Aber das wagte er dann doch nicht. Seufzend drückte Sandra die Klinke an der Wohnungstür hinunter, die ebenfalls unversperrt war. An der Garderobe verharrte sie einen Moment lang, um in die eindrucksvolle Wohnhalle mit Kreuzgewölben und Terrazzoboden zu spähen. Mit geschätzten 50 bis 60 Quadratmetern war diese größer als manche Wohnungen.

Von den Kollegen war weit und breit nichts zu sehen. Allerdings hörten sie eine entfernte Männerstimme aus einem Funkgerät krächzen, deren Worte unverständlich waren.

Sandras Blick blieb an einer Vintage-Filmkamera hängen, die mit zwei Filmrollen auf einem hölzernen Stativ in einer Nische stand. An den weiß gekalkten Wänden bildeten einige großformatige, schwarz gerahmte Fotos einen spannenden Kontrast zu den Kreuzgewölben. Die ausdrucksstarken Bilder zeigten Filmsets, auf denen Sandra den Charakterkopf des Filmregisseurs mit verschiedenen Schauspielern in Aktion erkannte. Helene Kahr war nicht darunter.

Bergmann ging auf den schlichten Esstisch zu, der auf schlanken Metallfüßen am anderen Ende der Halle stand. Unmittelbar dahinter gewährte eine bodentiefe Panoramaglasscheibe Durchblicke in den angrenzenden Arkadengang und darüber hinaus durch die Fensterscheiben in den Innenhof.

Sandra betrachtete den mannshohen offenen Kamin auf der linken Seite. Davor standen zwei zerknautschte cognacbraune Ledersofas, die sehr bequem aussahen. Sie warf einen Blick durch die Tür hinter dem Sitzplatz am Kamin. »Ich schau mich kurz in der Küche um!«, rief sie Bergmann zu. Ihre Stimme hallte nach.

Bergmann ließ sich von der krächzenden Stimme in den Nebenraum leiten, während Sandra die Küche betrat.

Dort erwarteten sie ein antiker Kasten, der matt weiß lackiert war, neuwertige hellblaue Küchenmöbel, ein alter integrierter Tischherd und moderne Küchengeräte. Sie öffnete den Geschirrspüler mit einem Hangerl. Das saubere Geschirr war noch nicht ausgeräumt. Die Küche sah aufgeräumt und geputzt aus. Die Lebensmittel im Kühlschrank waren weder abgelaufen noch verdorben. Auf der Holzbank und auf zwei passenden Stühlen fanden vier bis fünf Personen am Esstisch Platz. Sandra schaute durch das Küchenfenster in den Mischwald mit seinen mächtigen alten Bäumen. Sie öffnete das Fenster und beugte sich hinaus, so weit dies gefahrlos möglich war. Doch auch aus dieser Perspektive blieb der Bach im Graben, in dem die Leiche des Wohnungsmieters aufgefunden worden war, hinter dem dichten Ast- und Blattwerk verborgen.

Sie fand Bergmann im Wohnzimmer, das auf der anderen Seite der Wohnung lag und dem Schöckl zugewandt war. Die Bücherwand legte nahe, dass der Regisseur viel gelesen hatte. Romane, Biografien und Sachbücher, die sich Filmthemen widmeten. Der Platz auf der hellbraunen Chaiselongue beim Fenster oder der cremefarbenen Sitzlandschaft in der Mitte des Raumes bot sich zum Lesen an. Seine umfangreiche DVD-Sammlung nahm im Regal deutlich weniger Platz ein als seine Bücher. Einen Fernseher gab es nicht. Stattdessen konnten Filme mit dem Projektor an der gegenüberliegenden Wand auf eine Leinwand projiziert werden, die sich in einer Schiene vor der Bücherwand verbarg. Ganz besonders dekorativ fand Sandra den zylinderförmigen Stilkachelofen in der Ecke, der mit rauchblauen Keramikfliesen verkleidet war. Sie folgte Bergmann ins nächste, bisher kleinste Durchgangszimmer, dessen hohe Einbauschränke viel Stauraum boten. Dort mussten sie den grauen Asservatenkisten ausweichen, die die Kastentüren verstellten, um ins Büro nebenan zu gelangen.

Jörg Schöffmann durchsuchte gerade die Schubladen eines wuchtigen Stilschreibtischs, während Laura Magnoli an einem schlichten Regal mit Ordnern beschäftigt war und ihnen den Rücken zuwandte. Das Funkgerät auf dem Schreibtisch meldete sich nicht mehr.

»Servas«, grüßte Bergmann.

Die Kollegen in den weißen Einwegoveralls grüßten zurück. Die rothaarige Kriminaltechnikerin trug wie meistens ihre Fotokamera an einem breiten Riemen um den Hals, um jederzeit sichtbare Spuren und Beweismittel fotografieren zu können. Beide hatten ihre Kapuzen nicht auf.

»Dürfen wir ohne Schutzkleidung hineinkommen?« Bergmann zupfte demonstrativ am Kragen seines Leinensakkos.

»Kommt ruhig«, antwortete der Leiter der Tatortgruppe. »Die Wohnung ist sauber«, sagte er und meinte damit, dass sie bisher keine Anhaltspunkte für ein Verbrechen gefunden hatten, weder in Form von biologischen noch von anderen Spuren.

»Wir haben nur einige Haare sichergestellt. Ein paar kürzere weiße und längere blond gefärbte mit dunklerem Ansatz. Für alle Fälle.«

»Wo habt ihr die gefunden?«, fragte Bergmann.

»Die meisten im Wohnzimmer, in der Küche und auf den Kaminsofas in der Halle.«

»Was ist mit dem Bett?«, wollte Bergmann wissen.

»Ein paar Haare, die vermutlich dem Opfer ausgefallen sind. Und ein paar Flecken auf der Bettwäsche.«

»Sperma?«

»Sieht so aus.«

Die konnten genauso gut beim Masturbieren entstanden sein, überlegte Sandra und wandte sich einem Regal zu, auf dem einige goldene und silberne Statuetten verstaubten. Sie trat näher heran, um zwei *Romys*, ein *Bambi*, einen *Bären* und zwei weitere Auszeichnungen zu fotografieren, die ihr unbekannt waren.

»Habt ihr ein Testament gefunden?«, erkundigte sich Bergmann.

Die aparte Kollegin mit den grünen Augen und der leuchtenden Mähne, die zu einem hohen Pferdeschwanz zusammengebunden war, verneinte. »Ich bin noch nicht mit den Ordnern fertig.«

»Wir haben auch keinen Safe entdeckt, in dem ein Testament aufbewahrt sein könnte«, sagte Jörg Schöffmann.

»Vielleicht ist sein Testament in einem Testamentsregister verzeichnet«, überlegte Bergmann laut.

»Anni wird sich darum kümmern«, sagte Sandra.

»Habt ihr sonst etwas Interessantes für uns?«, fragte Bergmann. »Wir haben im Kühlschrank eine Lesebrille und ein *iPhone* sichergestellt, auf das wir noch keinen Zugriff haben.« Diesen würden ihnen die Experten im LKA verschaffen.

»In der ganzen Wohnung sind unzählige *Post-its* geklebt«, berichtete Laura. »Vielleicht findet sich auf einem der Code für das Handy.«

»Was hat er sonst so notiert?«

»Hauptsächlich handelt es sich um Checklisten und Gedächtnisstützen für alltägliche Tätigkeiten. Herd ausschalten, Handy mitnehmen, Post holen, Müll hinunterbringen, so was. Außerdem Bedienungsanleitungen für die Kaffeemaschine, den Beamer und alle möglichen Geräte.«

Bergmann nickte. »Wir gehen davon aus, dass Oskar Schneeberger an Alzheimer-Demenz erkrankt war«, sagte er. Die neuen Hinweise passten zur Diagnose der Gerichtsmedizinerin.

»So etwas habe ich schon vermutet«, sagte Laura, die in den letzten Jahren einige Wohnungen von Verstorbenen durchforstet, vieles gesehen und fotografiert hatte. Darunter waren Wohnungen, die von oben bis unten zugemüllt waren, nicht nur von Personen mit Messie-Syndrom, sondern auch von dementen Menschen, die vor ihrem Tod keine Ordnung mehr halten konnten. Das war hier augenscheinlich nicht der Fall, im Gegenteil.

»Seid ihr auf Arztbefunde, Rezepte oder Medikamente gestoßen?«, wollte Bergmann wissen.

»Medikamente sind im Badezimmer«, antwortete Laura.

»Die schaust du dir dann an«, sagte Bergmann zu Sandra.

»Wegen seiner Demenz wird er aber kaum erschossen worden sein«, sagte sie. »Es sei denn, er hat jemanden durch sein symptomatisches Verhalten schwer verärgert oder geschädigt.« Während Sandra sprach, kniete der Kriminaltechniker vor dem Schreibtisch und griff tief in eine Schublade. Dabei kam ein prall gefülltes Kuvert zum Vorschein, das er herausnahm.

»Was ist das?«, fragte Bergmann neugierig.

Jörg Schöffmann betastete vorsichtig das Kuvert und roch daran. »Hoffentlich kein Sprengstoff.«

Hätte er das ernsthaft angenommen, hätte er das Kuvert bestimmt nicht geöffnet und hineingeschaut. Er pfiff durch die Zähne und ließ den Inhalt herauspurzeln. Ein Haufen gebündelter 100-Euro-Scheine lag vor ihm auf dem Schreibtisch.

»Da schau an …« Bergmann fasste sich ans Kinn und legte den Kopf schräg.

Sandra zählte gedanklich die Geldbündel mit, die Jörg Schöffmann fein säuberlich nebeneinander auflegte.

Eines behielt er in seiner behandschuhten Hand und blätterte es wie ein Daumenkino durch. »Alles Hunderter«, sagte er. »Pro Bündel müssten das 10.000 Euro sein.« Er blickte von den Stapeln am Schreibtisch auf und winkte Bergmann mit dem Bündel in seiner Hand.

»Sind die Scheine echt?«, fragte der Chefinspektor.

Der Kriminaltechniker zog einen Hunderter heraus und knipste die Schreibtischlampe an, um die Sicherheitsmerkmale im Licht zu prüfen. »Dieser hier ist auf jeden Fall echt«, bestätigte er und zog dann willkürlich einen zweiten Schein aus einem anderen Bündel, der ebenfalls echt war.

»Dann werden es die anderen wohl auch sein«, nahm Bergmann an.

Der Leiter der Tatortgruppe teilte seine Vermutung.

»Warum hat Oskar Schneeberger 120.000 Euro einfach so in seinem unversperrten Schreibtisch aufbewahrt?«, überlegte Sandra laut.

»Das stimmt so nicht ganz«, widersprach ihr Jörg Schöffmann. Wieso? Hatte sie sich etwa verrechnet?

»Das Kuvert war in einem Geheimfach versteckt«, erklärte ihr der Leiter der Tatortgruppe. Demnach war das Geld gar nicht so einfach zu finden gewesen. Es sei denn, man suchte gezielt danach und war mit den Mechanismen von Geheimfächern in antiken Möbeln vertraut.

»Angesichts der hohen Inflationsraten frage ich mich trotzdem, warum er das Geld nicht angelegt hat«, sagte Bergmann.

»Vielleicht hatte er vor, eine größere Anschaffung zu tätigen«, sagte Sandra. »Ein neues Auto vielleicht?«

»In bar?«, meinte Bergmann skeptisch.

»Oder er hatte Angst vor einer Wirtschaftskrise und wollte sich absichern«, sagte Laura Magnoli.

»Oder er musste Schulden begleichen, wurde jedoch vorher erschossen«, sagte Sandra. »Der Schuldeneintreiber hat vielleicht nicht gewusst, dass das Geld in seinem Schreibtisch bereitliegt.« War Oskar Schneeberger doch in Geldnöten gewesen? »Habt ihr Kontoauszüge gefunden?«, fragte sie nach.

Laura verneinte.

In Gedanken versunken starrte Bergmann durch das Fenster auf den gegenüberliegenden Bergkamm, ohne diesen bewusst wahrzunehmen, während Laura die Geldstapel auf dem Tisch fotografierte. Anschließend steckte sie den Fund ins Kuvert zurück und dieses in einen transparenten Plastikbeutel, den sie beschriftete. Die Scheine würden später gezählt und mehrfach nachgezählt, der Betrag in der Ermittlungsakte festgehalten werden. Fürs Erste verzeichnete die

Kriminaltechnikerin die Ordnungsnummer des Fundstücks in der Asservatenliste, bevor es in einer grauen Kunststoffkiste landete.

Bergmann wandte sich wieder den Kollegen zu. »Was habt ihr sonst noch für uns?«

»Wir haben die Post aus seinem Brieffach sichergestellt. Zumindest sollten wir damit feststellen können, wann es zuletzt geleert wurde«, sagte Laura. Woraus sich wiederum Rückschlüsse auf den Todeszeitpunkt ziehen ließen.

Bergmann nickte abermals. »Derzeit gehen wir davon aus, dass der Mann zwischen Montagnachmittag und dem Einbruch der Dunkelheit getötet wurde, bis 21 Uhr in etwa.« Danach gab es kein Lebenszeichen mehr von ihm. Jedenfalls war ihnen noch keines bekannt.

»Jagdgewehre können auch mit Nachtsichtgeräten ausgestattet werden«, sagte Sandra. »Allerdings sind sie in der Steiermark jagdrechtlich nicht zugelassen. Habt ihr Schusswaffen oder Munition in der Wohnung gefunden?«

Die Kollegen verneinten.

»Habt ihr Neuigkeiten vom Leichenfundort?«, fragte Bergmann.

Jörg Schöffmann konnte nichts Neues berichten. Der Suchtrupp war noch immer mit dem Jagdpächter im Wald unterwegs. Er wies auf die Wanduhr. »Stimmt die Uhrzeit?«

Sandra schaute auf ihrem Handy nach. »Nicht ganz, es ist 12.08 Uhr.«

»Dann sollte Stefan demnächst zum Mittagessen auftauchen und berichten.«

»Er soll unbedingt die Speicherkarten aller Wildkameras sicherstellen«, sagte Bergmann. »Angeblich gibt es vier Stück in diesem Jagdrevier, die wir umgehend überprüfen sollten.«

»Stefan denkt bestimmt daran, aber ich funke ihn dann gleich noch einmal an«, sagte Jörg Schöffmann.

»Kann er dem Jagdpächter bitte ausrichten, dass er mich anruft, wenn er aus dem Wald zurück ist?«, sagte Sandra.

Der Leiter der Tatortgruppe nickte. »Wie schaut's mit eurem Hunger aus? Wir lassen uns Backhendln mit Kartoffelsalat aus einem Gasthaus in der Nähe liefern. Sollen wir für euch mitbestellen?«

Bergmann fasste sich an den Bauch. »Gerne, für mich ein halbes.«

Sandra winkte ab. Bei dieser Hitze lag ihr Paniertes zu schwer im Magen.

»Nimm doch wenigstens einen Kartoffelsalat«, schlug Laura vor.

»Gute Idee«, sagte Sandra, »einen Kartoffelsalat für mich.«

»Magst dein Hendl mit oder ohne Haut«, wandte sich der Kriminaltechniker an den Chefinspektor.

»Mir wurscht«, sagte Bergmann.

»Mit Haut schmeckt's besser«, empfahl ihm Jörg Schöffmann.

»Ohne ist es aber bekömmlicher«, mischte sich Sandra ein.

Bergmann rollte mit den Augen. »Dann halt ohne«, gab er nach, da ihm ohnedies beides schmeckte.

Laura schüttelte grinsend den Kopf. »Ihr zwei seids echt wie ein altes Ehepaar«, sagte sie zu den Ermittlern.

Bergmann sah von ihr zu Sandra, die sich einen Kommentar verkniff. »Wo finden wir das Schlafzimmer?«, fragte er anzüglich.

Jetzt verdrehte Sandra die Augen. »Und wo ist das Badezimmer, damit ich mich übergeben kann?«

Laura wies grinsend mit ihrem rechten Handschuh zur Tür, die direkt in die Halle führte. Von dort gelangte man durch die nächste Tür ins Schlafzimmer und weiter ins Bad im hinteren Turmzimmer, erklärte sie ihnen. »Hinter dem weißen Türchen in der Wandnische beim Fenster findet ihr die Medikamente.«

»Ruft mich an, wenn das Essen da ist«, sagte Bergmann und ging voraus.

5.

Während sich der Chefinspektor im Schlafzimmer umsah, widmete sich Sandra dem Badezimmer. Sie öffnete das Türchen in der Mauernische beim Fenster und überprüfte die Medikamente in der Hausapotheke. Außer einigen nicht verschreibungspflichtigen Arzneien gegen häufige Beschwerden wie Kopfschmerzen, Fieber, Erkältung und Durchfall enthielt sie auch Cholesterin- und Blutdrucksenker, beantwortete die Suchmaschine ihre Fragen zu den unbekannten Tabletten. Jedoch waren keine darunter, die das Fortschreiten einer Alzheimer-Demenz hätten verzögern können. Ein Heilmittel für diese heimtückische Krankheit gab es trotz aller medizinischen Fortschritte noch immer nicht. Sandra fotografierte die Medikamentenschachteln und räumte sie anschließend wieder ein.

Dann wandte sie sich der frei stehenden Badewanne zu.

In einem verchromten Drahtkorb steckten ein trockener, harter Badeschwamm und eine Seife, daneben ein Badesalz »mit Jungbrunneneffekt« und eine Plastikflasche mit Koffeinshampoo, das gegen Haarausfall wirken sollte. Wer immer es glaubte. Sie schaute sich weiter um, fand jedoch keine Kosmetikartikel oder andere persönliche Gegenstände, die auf regelmäßigen Damenbesuch hinwiesen. Oskar Schneeberger hatte tatsächlich allein gelebt, was sowohl der Eintrag im Melderegister als auch alle bisherigen Zeugenaussagen bestätigten.

Sandra betrat das Schlafzimmer, als Bergmann gerade eine Schublade der Kommode öffnete.

»Hast du etwas gefunden?«, fragte er, ohne aufzublicken.

»Keine Alzheimer-Medikamente«, verkündete sie. »Und keine Spur von einer Frau.«

»Hier auch nicht.« Bergmann schloss die Schublade und richtete sich auf. Mit schmerzverzerrtem Gesicht streckte er den Rücken durch.

»Kreuzschmerzen?«, fragte Sandra.

»Nicht der Rede wert«, meinte er. »Aber lieb, dass du fragst.«

Hätte Sandra nicht zur Wand gesehen, hätte sie den Anflug eines Lächelns bemerkt. »Da fehlt ein Bild.« Sie zeigte auf eine hellere rechteckige Stelle an der weiß getünchten Wand, an der früher ein Foto im selben Format wie die beiden anderen gerahmten Bilder gehangen sein musste. Die alten Schwarz-Weiß-Fotos zeigten dieselbe Familie, die ihr schon bei der Schwester des Opfers aufgefallen war. Mutter Rebekka und Vater Schneeberger auf einem, Oskar und Charlotte auf dem anderen.

Bergmann stand hinter ihr und kratzte sich hörbar am Stoppelbart. »Du hast recht. Vielleicht ist hier ein Foto seiner Ex-Frau gehangen.«

»Möglich.« Das war naheliegend, hätte aber nicht zu den anderen Fotos gepasst, glaubte Sandra. Einmal mehr nahm sie ihr Smartphone zur Hand, um die Wand zu fotografieren und eine Sprachnotiz aufzuzeichnen, die sie daran erinnern sollte, sich nach dem fehlenden Foto zu erkundigen. Vielleicht sollte sie Beatrice Franz danach fragen. Wie die Schriftstellerin wohl darauf reagieren würde? Sandra grinste in sich hinein. Dermaßen boshafte Gedanken kamen ihr eher selten in den Sinn.

6.

Sandra blieb ein weiteres Mal bei der Eichentür im Tordurchgang stehen, um zu lauschen. Das Cello, das sie zuvor gehört hatten, war verstummt. Und auch sonst drang kein Geräusch aus der Wohnung.

Bergmann klopfte an die Tür und wartete eine Weile, bevor er abermals dagegenpochte, diesmal heftiger. Dennoch öffnete ihm niemand. Sie würden Adrian Szilagyi später befragen. Es standen ohnehin noch genügend andere Zeugen auf ihrer Liste.

»Lass uns ums Schloss herum umschauen, bevor das Essen kommt«, sagte Sandra.

Bergmann schien wenig begeistert von ihrem Vorschlag.

»Jetzt komm schon.« Sandra zupfte lächelnd an seinem Ärmel. »Ich möchte ein paar Fotos zur Gedächtnisstütze für die weiteren Ermittlungen machen.«

Bergmann gab sich geschlagen und trottete schweigend hinter ihr her.

Sandra schaute zum Schöckl hinüber und zählte vier, nein fünf Paragleiter, die kürzlich vom Plateau gestartet waren. Außerdem zog ein Mäusebussard zwischen den Freizeitsportlern seine Kreise durch die Lüfte. Das angekündigte Unwetter schien noch weit entfernt zu sein.

Sie folgten dem Fußpfad, der an der Schlossmauer entlangführte. Rechter Hand lag die Blumenwiese, die steil bergab fiel. Nirgendwo waren Menschen zu sehen. Die Wanderwege und befahrbaren Forststraßen rundherum sollten mittlerweile polizeilich abgesperrt sein. Sandra atmete tief ein und genoss die himmlische Ruhe, die nur vom Zwitschern der Vögel, dem Zirpen der Grillen, dem Summen und Brummen der Bienen und anderer Insekten gestört wurde, die es auf die farbigen Blüten auf der Blumenwiese abgesehen hatten. So viele Schmetterlinge auf einmal, wie hier herumflatterten, hatte sie zuletzt in ihrer Kindheit gesehen. Die Idylle machte sie Mord, Totschlag und Beatrice Franz im Nu vergessen. Abelsberg war ein Paradies, ein Garten Eden. Wahrscheinlich gab es auf diesem Anwesen auch Apfelbäume – und Schlangen, womit das Schlamassel der Menschheit dereinst angefangen und seinen Lauf genommen hatte.

Der hohen Mauer folgend, gelangten sie zur Südseite der befestigten Schlossanlage und kamen auf einem graswachsenen Hang zu stehen, der im Osten an den steil abfallenden Schlossgraben und den Wald grenzte. Ein Teil des Gärtnerhäuschens war hinter dichten Sträuchern zu sehen. Das Waschhaus und der Wanderweg weiter unten waren hinter den Bäumen verborgen.

Sandra wandte sich dem riesigen Feigenbaum an der Befestigungsmauer zu, der schwer an seinen Früchten zu tragen hatte. Charlotte Schneeberger-Leger hatte diesen erwähnt. Die Steine der Mauer speicherten die Sonnenwärme und gaben sie auch in kühleren Nächten an die mediterrane Pflanze ab, was diese an ihrem Standort prächtig gedeihen ließ. Die reifen Feigen erkannte Sandra an ihren rötlich verfärbten Schalen. Ob sie eine naschen durfte? Bestimmt hatten die Schlossherren nichts dagegen. Sie griff zu einer Frucht, drückte diese behutsam und pflückte sie dann. »Magst auch eine?«, flüsterte sie Bergmann verschwörerisch zu, während sie mit einem Zipfel ihrer Bluse den Staub von der Feige wischte.

Der Chefinspektor schüttelte den Kopf. »Ich mag Feigen nicht besonders. Außerdem begehst du gerade eine Straftat.«

Sandra winkte ab und biss genüsslich in die süße Frucht, die ein wenig nach Honig schmeckte. Anschließend leckte sie sich die klebrigen Finger ab und sah sich um, wo Bergmann geblieben war. Ihre Augen fanden ihn am Ziehbrunnen im Schatten stehend und in die Tiefe blickend. Die schmiedeeiserne Brunnenlaube war vom Wappentier derer von Abel-Abelsberg gekrönt. Sie bückte sich, um ein Steinchen im Gras aufzuheben, und ging dann zu ihm hinüber. Ein massives rostiges Schutzgitter auf der Brunnenöffnung sollte verhindern, dass Menschen oder größere Tiere hineinfallen konnten. Offenbar diente der Renaissance-Brunnen heute ausschließlich der Dekoration des Schlossparks. Sandra beugte sich neben Bergmann über den steinernen Brunnenrand. Die Oberfläche des Grundwassers war mit bloßem Auge nicht zu erkennen. Sie streckte ihren Arm aus und ließ das Steinchen durchs Gitter in die Tiefe fallen. Dabei zählte sie laut mit: »21, 22«, bis ein fernes, hohl klingendes Platschen verriet, dass es im Wasser gelandet war.

»Und weißt du jetzt, wie tief der Grundwasserspiegel liegt?«, fragte Bergmann.

»13 Meter«, schätzte Sandra grob, wenn man der Faustregel glauben durfte, die man ihr als Kind verraten hatte.

»Echt jetzt?« Bergmann sah sie skeptisch an. Mit besonderen mathematischen Fähigkeiten hatte sich seine langjährige Ermittlungspartnerin noch nie hervorgetan.

Schulterzuckend bewegte Sandra ihren linken Daumen auf und ab. »Pi mal Daumen«, erwiderte sie. In Physik hatte sie später gelernt, dass für eine genaue Berechnung auch der Luftwiderstand des Steins und die Schallgeschwindigkeit in der Luft berücksichtigt werden mussten. Außerdem wären ein Taschenrechner und die richtigen Formeln hilfreich gewesen, die sie längst vergessen hatte. Jedoch fand sie das Farngewächs, das zwischen dem Efeu an der zylindrischen Wand im stets schattigen und feucht-kühlen Inneren des Brunnens wucherte, weitaus interessanter. Die exotisch anmutende Pflanze erinnerte sie an eine, die in den Cenoten der mexikanischen Halbinsel Yucatan wuchs. Diese Kalksteinlöcher im weitläufigen Unterwasserhöhlensystem hatten bereits den Mayas als Kultstätten und Wasserquellen gedient. Im klaren Süßwasser solcher unterirdischen Grotten war Sandra vor einigen Jahren getaucht, um die heilige Unterwelt der Mayas zu erkunden. Schwerelos schwebte sie an Stalaktiten, Stalagmiten und jahrtausendealten Wurzelgebilden vorbei. Den eindrucksvollen Tauchgang würde sie bis an ihr Lebensende nicht vergessen.

Das Klingeln eines Handys holte sie jäh ins Hier und Jetzt zurück.

»Verstanden, wir kommen«, sagte Bergmann und drückte den Anruf weg. »Mittagessen. Gemma, Sandra!«

»Lass mich noch schnell ein paar Fotos am hinteren Schlossportal machen«, bat sie. Früher, als die alte Bastei noch erhalten war, befand sich dort der Haupteingang, hatte ihnen der Graf erzählt, während er sie aus der Wohnung begleitete. In Zeiten, als Gefahr durch Kuruzzen, Ungarn und andere Angreifer drohte, war Schloss Abelsberg eine Fluchtburg gewesen, die der Bevölkerung Schutz gewährte.

»Na schön, aber beeil dich. Ich warte solange hier auf dich«, sagte Bergmann, der sich vermutlich den Anstieg in der prallen Sonne ersparen wollte.

Am Schlossportal blieb Sandra stehen und wandte sich um, um den Ausblick über die Bäume, das Waschhaus, den Kukuruzacker und die Blumenwiese bis zum Ortszentrum mit der Kirche Sankt Stephan zu fotografieren.

Auf dem Rückweg hielt sie an der niedrigeren Mauer an der Ostseite an, über die man in den privaten Renaissancegarten der Familie Abel-Abelsberg hineinsehen konnte. Das Zentrum bildete ein Swimmingpool, dessen Längsseiten von zwei bogenförmigen blühenden Pergolen flankiert waren, die einander gegenüberstanden. Darunter stand jeweils eine antike Gartenbank aus Stein. An der schmalen, vom Schloss weiter entfernten Südseite wuchsen zahlreiche akkurat in Form geschnittene Buchsbäume, die den geometrischen Strukturen des Renaissancegartens folgten. Dazwischen grünte und blühte es.

Die meisten anderen Areale des weitläufigen Schlossgartens standen allen Bewohnern zur Verfügung, ohne dass sich diese um dessen Pflege kümmern mussten. Jeder Mietwohnung war außerdem ein Bereich mit einem eigenen Sitzplatz zugeordnet, der ausschließlich von den jeweiligen Mietern benutzt werden durfte. Der Platz hinter dem Schuppen, wo die Jägerinnen gestern gesessen waren, stand den Mietern der Dachgeschoßwohnung des Stallgebäudes zu. Diese hatten ihrerseits den Waidmännern und -frauen erlaubt, ihren

Tisch zu benutzen, wenn sie ihn nicht gerade selbst besetzten. Heute durften dort die Mitarbeiter des LKA Steiermark im Schatten der dicht belaubten Tulpenbäume ihr Mittagessen einnehmen und den aktuellen Ermittlungsstand besprechen. Allemal besser als ein Teammeeting im LKA, fand Sandra.

Laura teilte Kartoffelsalat aus Einwegbechern aus, und Sandra schenkte Wasser ein. Während alle außer Sandra panierte Hühnerstücke auf ihre Pappteller luden, berichtete Stefan Baumgartner, dass der Suchtrupp am Vormittag den Wald mit Metalldetektoren durchkämmt und dabei einige benutzte Kugeln und Patronenhülsen in der Umgebung des Leichenfundorts entdeckt und sichergestellt hatte. Zwei Hülsen mit unterschiedlicher Länge passten zu dem tödlichen 9,3-Millimeter-Geschoss. Möglicherweise war eine davon Bestandteil jener Patrone, die aus der Tatwaffe abgefeuert worden war. »Martin Lichtenegger besitzt selbst eine alte Hahnkipplaufbüchse Kaliber 9,3x72R, zu der eine dieser Hülsen passt. Sie haben einen Rand und keine Rille«, fuhr der Kriminaltechniker fort. »Allerdings nutzt er diese Waffe selten und würde niemals Hülsen im Wald zurücklassen. Das ist ein absolutes No-Go für ihn. Er hat sich über jede einzelne aufgeregt. Außerdem sammelt er Patronenhülsen für einen *Wiederlader*.«

Bergmann hielt seinen angebissenen Hendlhaxen über den Teller. »Weiß Martin Lichtenegger, wer wann in diesem Revier auf der Jagd war?«, fragte er, bevor er abermals genüsslich ins Fleisch biss.

»Das nehme ich an«, sagte Stefan.

Sandra stocherte in ihrem Kartoffelsalat herum. »Dann werden wir im Zentralen Waffenregister nachschauen, welcher der Jäger Jagdwaffen mit diesen Kalibern besitzt und diese dann überprüfen«, sagte sie. Im Wiener Bundeskriminalamt konnten die Hülsen anhand der Einkerbungen, Riefen und Abdrücke bestimmten Langwaffen zugeordnet werden, sofern diese ebenfalls zur Verfügung standen. Wenn die Tatwaffe identifiziert war, hatten sie den mutmaßlichen Täter theoretisch gefunden. Allerdings war es praktisch nicht auszuschließen, dass die Tat von einem revierfremden Schützen begangen worden war, möglicherweise von einem Jäger aus dem angrenzenden Revier Abelsberg-Süd oder von einem Fremden.

»Habt ihr die Speicherkarten von den Wildkameras?«, fragte Bergmann kauend.

»Ja.« Stefan Baumgartner griff nach seiner Serviette. »Wir werden alle vier so rasch wie möglich auswerten«, versprach er, während er sich seine fettigen Hände abwischte. »Wobei wir mit den beiden Kameras beginnen, die ein Stück des Weges aufnehmen, der zur Absturzstelle führt. Anhand der Spurenlage und der Auffindeposition der Leiche konnten wir diese ziemlich genau bestimmen. Ausgehend davon und unter Berücksichtigung des Geländes ergeben sich zwei mögliche Schusslinien, auf denen sich der Ort der Schussabgabe befinden muss. Die *Alte Försterpatrone* ist auf dieser Linie gelegen, keine 100 Meter von der Absturzstelle entfernt.«

»Welche *Alte Försterpatrone*?«, fragte Bergmann.

»Die 9,3x72R-Patrone wird so genannt, weil sie früher vor allem auch bei Berufsjägern sehr beliebt war. Sie hat eine vergleichsweise geringe Auftreffenergie und ist ausschließlich für die Jagd auf Rehwild und Raubwild zugelassen. Da für dieses Kaliber keine Waffen mehr produziert werden, sind die Patronen recht schwer erhältlich. Es gibt jedoch die passenden Hülsen und Geschosse für *Wiederlader*.«

Bergmann warf den abgenagten Knochen auf seinen Teller. »Während ihr die Wildkameras auswertet, werden wir uns die Fotos der Schrankenkamera und vom letzten Schlosskonzert ansehen.« Er leckte sich die Finger ab und wischte sie anschließend mit der Serviette sauber.

Damit war sie wohl auch morgen wieder für den Dienst eingeteilt, überlegte Sandra, während sie die Reste des Kartoffelsalats auf ihrem Teller zusammenputzte.

Stefan griff nach einem Becher mit Kartoffelsalat und hielt ihn hoch. »Mag noch jemand?«, fragte er in die Runde, aber alle schüttelten den Kopf. »Dann esse ich ihn auf«, sagte er und leerte die letzten Reste auf seinen Teller.

»Wo ist der Jagdpächter eigentlich?«, fragte Bergmann. »Wir wollten mit ihm sprechen.«

»Er musste dringend zu einem Termin nach Graz, hat aber versprochen, sich anschließend gleich bei Sandra zu melden.«

Die Schlossturmuhr schlug zweimal.

»Bist du fertig, Sandra?«, fragte Bergmann.

»Bin ich«, bestätigte sie und trank ihr Wasser aus.

»Wem schulde ich wie viel?« Der Chefinspektor deutete auf seinen Teller, auf dem nur noch Knochen und seine zusammengeknüllte schmutzige Serviette lagen.

Jörg Schöffmann nannte ihm einen angemessenen Betrag.

»Hast du Sandras Kartoffelsalat schon miteingerechnet?« Bergmann zückte seine Brieftasche.

»Passt schon. Den Salat haben wir von den Beilagen abgezweigt. Er wäre sowieso zu viel für uns gewesen«, sagte der Leiter der Tatortgruppe. »Oder, Stefan?«

Laura grinste.

Der Kollege, der für seinen gesegneten Appetit bekannt war, zog die Mundwinkel nach oben, um sie gleich wieder fallen zu lassen.

Sandra bedankte sich und stand auf.

Bergmann wollte noch einmal bei Adrian Szilagyi anklopfen und außerdem den Hausmeister befragen, der um diese Uhrzeit seinen Dienst antrat. Alles Weitere würde sich weisen.

7.

Als die Ermittler in Richtung Stallgebäude spazierten, kam ihnen ein orangeroter Rasentraktor entgegen, an dessen Steuer ein Mann mit grüner Schirmkappe, grauer Arbeitshose und tannengrünem T-Shirt saß. Bergmann hob die Hand, um ihn aufzuhalten.

Das lautstark knatternde Gefährt blieb direkt vor ihnen stehen.

»Sind Sie Herr Oswald?«, rief Bergmann dem Fahrer mit dem weißen Backenbärtchen zu, jedoch drang seine Stimme nicht durch den Lärm hindurch. Nachdem der Motor des Rasentraktors verstummt war, wiederholte er seine Frage und wurde bestätigt.

Sandra nannte ihren und Bergmanns Namen. »Dürfen wir Ihnen ein paar Fragen stellen?«

Der Mann, den sein Cousin als *guten Geist von Schloss Abelsberg* bezeichnet hatte, stieg geschickt von seinem Rasentraktor ab. Im Anhänger führte er einige junge Grünpflanzen und Gartengeräte mit.

Sandra schätzte Simon Oswald auf Ende 50 und 15 Kilo leichter als seinen älteren Cousin, den Kommandanten der örtlichen Polizeistation.

»Gemma am besten glei' da eini«, schlug er vor und öffnete die Tür zur Forstgarage.

Aus dem gleißenden Sonnenlicht kommend, brauchten Sandras Augen einige Sekunden, um sich an die düsteren Lichtverhältnisse in dem fensterlosen Raum zu gewöhnen. Offensichtlich diente die Forstgarage auch als Werkstatt, Geräte- und Technikraum, in dem einige Zählerkästen untergebracht waren.

Simon Oswald lehnte mit überkreuzten Beinen an der Werkbank, hatte seine Arme vor der Brust verschränkt und schaute sie erwartungsvoll an.

Sandra stellte ihm die ersten Fragen.

Der Hausmeister gab an, dass er den verstorbenen Mieter zuletzt am vergangenen Montag gegen 10.45 Uhr lebend gesehen hatte, unmittelbar nachdem dieser seinen Briefkasten geleert hatte. Oskar Schneeberger versuchte, den Türcode am Schlossportal einzugeben, scheiterte jedoch. Er beschwerte sich bei ihm, dass der Code angeblich nicht mehr funktionierte. Der erste Versuch des Hausmeisters entriegelte das Schloss ordnungsgemäß. »Er hat g'meint, dass er schlecht g'schlafen hat, und ist in seine Wohnung verschwunden«, erzählte Simon Oswald. »Danach hab ich ihn nimmer g'sehn. Aber seine Schwester muss ihn später besucht hab'n. Ihr Auto ist kurz vor 15 Uhr vorm Schloss g'standn, worüber sich der Herr Graf aufg'regt hat. Er mag keine Autos sehen, wenn er aus dem Fenster schaut.«

»Hat Herr Schneeberger häufiger den Türcode vergessen? Oder hatte er andere Probleme?«, fragte Sandra.

Simon Oswald antwortete mit einem Schulterzucken und schwieg ansonsten freundlich lächelnd.

Sandra erkundigte sich nach den anderen Bewohnern und erfuhr, dass die meisten zurzeit verreist waren. Das Ehepaar, das in der Wohnung neben der Forstgarage wohnte, war seit zehn Tagen mit dem Wohnmobil in Frankreich unterwegs, berichtete der Hausmeister. Auch das Paar, das in der Erdgeschoßwohnung im südöstlichen Trakt des Schlosses lebte, hatte vor dem Konzert einen dreiwöchigen Urlaub in Sardinien angetreten.

»Was ist mit den Mietern über uns?« Sandras erhobener Zeigefinger wies zur Decke der Forstgarage. Die Frau war bildende Künstlerin, ihr Mann Unternehmensberater, erinnerte sie sich an die Worte des Grafen, mit dem sie die Liste der Mieter durchgegangen waren.

»Die sind seit letztem Sonntag in Wien.«

Damit konnte Sandra gedanklich sechs Bewohner von ihrer Liste streichen. Der einzige Mieter, der sich im Tatzeitraum vor Ort aufgehalten hatte, war Adrian Szilagyi. Abgesehen von den Schlossbesitzern, denen sie eine Bluttat nicht recht zutraute. Dennoch hätte sie auch für diese ihre Hand nicht ins Feuer gelegt.

Simon Oswald wusste nichts Negatives über die Bewohner zu berichten. Oder er wollte es nicht. Zum Charakter des Opfers schwieg er sich ebenso aus. Er betonte, dass in Abelsberg ein friedliches Miteinander herrschte. Auch die Arbeiter wurden wertgeschätzt und respektvoll behandelt, vom Baggerfahrer bis zum Hilfsarbeiter, der die Gräber am Waldfriedhof schaufelte. Dass hier ein Mord geschehen war, konnte niemand fassen. Es gab auch keinen, der hier lebte oder arbeitete, dem er eine solche Tat zutraute.

Sein Arbeitgeber hatte die Diskretion des Hausmeisters und Gärtners nicht umsonst in den höchsten Tönen gelobt, dachte Sandra. Was ihre Ermittlungen anbelangte, brachte er sie allerdings kaum weiter. »Ist Ihnen in letzter Zeit irgendetwas oder jemand Verdächtiges aufgefallen?«, fragte sie.

Simon Oswald schüttelte den Kopf. Soweit er wusste, gab es auch keine weiteren Kameras auf dem Anwesen als die bereits bekannten.

Sandra schaute in seine wachen blauen Augen, die ihrem Blick standhielten. »Wenn Ihnen etwas einfällt, rufen Sie uns bitte an.«

Der Mann nickte freundlich und betrachtete ihre Karte, bevor er diese auf der Werkbank hinter sich ablegte.

8.

Am Schlossportal drückte Bergmann abermals auf den Klingelknopf, der neben dem Namen des Cellisten stand. Doch niemand meldete sich.

»Soll ich ihn anrufen?«, fragte Sandra.

Bergmann nickte. »Dann checke ich inzwischen meine E-Mails.« Er sah sich nach einer Sitzgelegenheit um, aber alle Bänke standen in der prallen Sonne. »Gibt es hier nirgendwo Schatten?« Stöhnend wischte er sich mit dem Handrücken über die Stirn.

»Gehen wir doch in den Innenhof«, schlug Sandra vor.

»Hast du dir den Türcode gemerkt?«, fragte Bergmann, der ihn anscheinend vergessen hatte.

Sandra nickte.

Der Chefinspektor trat beiseite, damit sie die Ziffern am Türöffner eingeben konnte. Ein leises Schnarren gab das Schloss frei.

An der Glastür im Durchgang klebte ein neues Polizeisiegel. Das erste hatte die Tatortgruppe gebrochen, war inzwischen geklärt. Der neugierige Reporter war zumindest in diesem Fall unschuldig.

Vor der nächsten Tür hielt Bergmann an und klopfte.

»Er ist nicht zu Hause«, sagte Sandra und ließ den Chefinspektor vor der Eichentür stehen.

»Vielleicht ist die Klingel kaputt«, schickte er ihr hinterher. Doch auch sein Klopfen blieb erfolglos.

Sandra nahm auf einer verschnörkelten Bank aus bronzefarbenem Gusseisen Platz und scrollte sich durch die Liste der Mieter in Abelsberg. Bergmann setzte sich auf eine zweite baugleiche Bank in der Nähe, während sie die Handynummer des Cellisten in ihr Smartphone tippte.

Beim dritten Klingeln meldete er sich mit seinem Namen, den er ungarisch betonte. Dabei schnaufte er angestrengt.

»Wir müssen dringend mit Ihnen sprechen«, sagte Sandra, nachdem sie sich vorgestellt hatte. »Wäre es Ihnen morgen vor dem Konzert recht?«

Der Musiker fand ihre Idee nicht so toll. Vor dem Konzert war er angespannt, musste sich konzentrieren und seine Finger aufwärmen. Nach dem Konzert wollte er sich mit seinen Bekannten unterhalten. Noch dazu hatten sich seine Eltern aus Budapest angekündigt, mit denen er am Sonntag einen

Ausflug plante. »Wir könnten uns heute Nachmittag noch treffen, wenn es nicht allzu lange dauert. Um 18 Uhr muss ich bei der Probe im *Cursaal* sein.«

Sandra blickte zur Turmuhr hinauf. »Wir könnten in einer Viertelstunde in Sankt Radegund sein.«

»Nein, nein«, wehrte er ab. »Dort bin ich erst am Abend. Ich gehe gerade auf den Schöckl hinauf. Ich brauche frische Luft und Bewegung, um meinen Kopf freizubekommen«, schnaufte er. »Außerdem ist es hier oben angenehm kühl. In zehn bis 15 Minuten bin ich am Gipfel.«

Sandra hörte einen leichten ungarischen Akzent aus seinen Worten heraus. Die deutsche Grammatik beherrschte er fehlerlos.

»Wenn Sie mit der Seilbahn heraufkommen, könnten wir uns beim *Alpenwirt* treffen«, schlug er vor.

Sandra überlegte, wann sie in etwa oben ankommen würden, wenn sie gleich losfuhren. Soweit sie sich an ihre letzte Fahrt mit der Schöckl-Seilbahn erinnerte, dauerte diese von der Talstation bis zum Gipfel keine zehn Minuten. Wenn das beliebte Ausflugsziel am Freitagnachmittag überlaufen war, mussten sie ein paar Minuten mehr für einen etwas längeren Weg von einem weiter entfernten Parkplatz bis zur Talstation einplanen. »Wie wäre es um 15 Uhr?«, schlug sie vor. Kaum ausgesprochen, hatte der Mann eingewilligt und das Gespräch beendet. Sandra hatte keinerlei Anhaltspunkte, wie oder woran sie ihn erkennen sollte. Doch das ließ sich ruckzuck ändern. Nahezu jeder Mensch war über diverse Suchmaschinen im *World Wide Web* zu finden. Insbesondere wenn er öffentlich auftrat wie der Musiker. Nur nach Hubert Müllner hatte Sandra anfangs vergeblich gesucht, was sie irritiert hatte, da er damals auch nicht an seiner neuen Wohnadresse gemeldet war. Das hatte er später nachgeholt und ihr darüber hinaus erklärt, dass er unter einem Pseudonym veröffentlichte, das sich aus seinem zweiten Vornamen und dem Mädchennamen seiner Mutter zusammensetzte. Seine Privatsphäre war Hubert Müllner aka Theo Witt heilig. Das war nur eine der Gemeinsamkeiten, die sie verband. Dennoch wusste Sandra nicht so recht, woran sie bei ihm war. So sehr er sie anfänglich mit seinen Annäherungsversuchen fast erdrückt hatte, so gerne zog er sich zwischendurch zurück und ließ sie zappeln, was sie verunsicherte. Andrea nannte ihn nur noch »Mister Big«, wenn sie über ihn sprachen. Kein besonders origineller Vergleich, fand Sandra, dennoch irgendwie zutreffend. Hubert war auch optisch ein ähnlicher Typ wie der Schauspieler in der dritten oder vierten Staffel *Sex and the City* aus dem Jahre Schnee. Allerdings war Sandra nicht Carry Bradshaw. Weder äußerlich noch sonst wie, und sie würde einen Mann, der sie vor dem Traualtar sitzen ließ, ganz bestimmt nicht zurücknehmen.

Na bitte! Es gab reihenweise Fotos von Adrian Szilagyi. Schwarze Locken, ein intensiver feuriger Blick aus tief liegenden dunkelbraunen Augen und eine gerade, schmale Nase. Sandra prägte sich die markanten Merkmale ein, wie sie es in der Polizeischule gelernt hatte. Dann schloss sie alle offenen Apps auf ihrem Handy und blickte zu Bergmann hinüber, der in sein Smartphone tippte. »Können wir dann aufbrechen?«, fragte sie im Aufstehen.

»Ich hab's gleich«, murmelte er, ohne aufzuschauen.

»Ich habe Adrian Szilagyi erreicht«, redete Sandra weiter auf ihn ein. »Wir treffen ihn gleich oben auf dem Schöckl.« Hoffentlich würde das Wetter halten. Der Himmel war noch ungetrübt, zumindest jener kleine blaue Ausschnitt, der über dem Schlosshof zu sehen war.

Bergmann erhob sich. »Ich bin ja nicht derrisch.«

Das Gegenteil war der Fall, wusste Sandra. Der Chefinspektor verfügte über ein feines Gehör, das ihm schon einmal geholfen hatte, einen Mordfall aufzuklären, während sie im künstlichen Tiefschlaf gelegen war.

9.

Der Parkplatz oberhalb der Talstation wies einige Lücken auf. Der Besucherandrang bei der Seilbahn war überschaubar, was an der Wetterprognose liegen mochte. Noch waren keine Gewitterwolken aufgezogen, nur sattweiße Haufenwolken, die als Vorboten eines Gewitters galten. Sandra holte ihre leichte Regenjacke aus dem Kofferraum, legte sie um ihre Hüften und verknotete die Ärmel in der Taille. Auf dem Gipfel konnte es in ihrer dünnen kurzärmeligen Baumwollbluse selbst bei Sonnenschein kühl werden.

Sie wandte sich der Talstation zu, die eine Gondel nach der anderen verschluckte, um sie auf der anderen Seite wieder auszuspucken. Dabei fiel ihr ein früherer Mordfall ein, der sich an der Steirischen Eisenstraße ereignet hatte. »Kannst du dich noch an den Einser-Sessellift am Präbichl erinnern?«, sprach sie Bergmann an. Das Skigebiet war von Graz aus in einer Stunde erreichbar.

»No na. Welcher Mann könnte einen kastrierten Toten auf einem Sessellift jemals vergessen?« Bergmann schüttelte sich mit Grauen.

Bei aller Tragik musste Sandra über seine Reaktion grinsen. »Das ist fast zehn Jahre her«, rechnete sie zurück. Bergmann blies Luft aus. »Wahnsinn, wie schnell die Zeit vergeht. Aber wenigstens werden wir miteinander alt.«

»Du vielleicht«, erwiderte Sandra und öffnete die Tür zur Talstation, die laut der Schrift an der Fassade auf 780 Meter Seehöhe lag. »Besorgst du uns die Fahrkarten?« Vor dem einzigen geöffneten Ticketschalter warteten gezählte acht Leute, hinter denen Bergmann sich anstellte.

Sandra schaute sich derweil im Kassenraum um und fand einen Dispenser, dem sie einen Flyer entnahm, um zu studieren, womit man sich am Schöckl die Freizeit vertreiben konnte. Neben Wander- und barrierefreien Spazierwegen und unterschiedlichen Radstrecken gab es einen Motorikpark und einen Disc Golf Parcours, bei dem Wurfscheiben mit möglichst wenigen Würfen in Metallkörbe versenkt werden sollten, las sie. Auf der Sommerrodelbahn konnte man vom Schöckl-Plateau durch sieben Kurven und über zwei Sprünge mit 40 Stundenkilometern einen Kilometer bis zur Hütte hinunterflitzen. Nicht nur dort wurde den Gästen gastronomisch einiges geboten. In manchen Betrieben konnte auch übernachtet werden. Das große Gasthaussterben während und nach der Corona-Pandemie war an den Schöcklwirten offenbar vorübergegangen.

»Kommst du, Sandra?« Bergmann winkte ihr mit den Tickets für ihre Berg- und Talfahrten. Allzu lange konnte es nun nicht mehr dauern, bis sie das Gipfelplateau erreichen würden. Vor ihnen standen dieselben acht Leute wie zuvor an der Kassa an, die sich die nächsten zwei Sechser-Gondeln teilten. Die dritte Panoramagondel, die vom Berg kommend in die Station polterte, bremste sich ein und glitt um die Kurve, wo die Ermittler aufs Einsteigen warteten.

Ein freundliches Paar mittleren Alters, das hinter ihnen stand, wollte mit ihnen zusammen hinauffahren. Doch das wusste der Chefinspektor zu verhindern. »Polizeidienstfahrt«, wies er sie brüsk ab. »Nehmen Sie die nächste Gondel.« Kein Bitte, kein Danke, nichts dergleichen. Typisch Bergmann eben.

Sandra schenkte dem verdatterten Paar ein bedauerndes Lächeln aus dem Gondelfenster. Hoffentlich fanden die beiden ihre gute Laune auf dem Gipfel wieder.

Der Chefinspektor hatte ungefragt in Fahrtrichtung Platz genommen und schaute grantig an Sandra vorbei auf den Parkplatz hinunter. Dass er sich in der schaukelnden Gondel in luftiger Höhe nicht besonders wohlfühlte, war nicht zu übersehen. Zwar litt auch er nicht unter Höhenangst, aber Berge fand er unheimlich, wusste sie. Wenigstens blieb ihm diesmal der verhasste Schnee erspart. Dafür bestand heute die reale Chance, von einem Gewitter erwischt zu werden, was in den Bergen besonders spektakulär, mitunter beängstigend sein konnte. Aber vielleicht hielt das Wetter ja auch, bis sie wieder im Tal waren.

Sandra schaute auf die Häuser, Höfe, Kirchen, Fahrzeuge, Wanderer, Radfahrer, Kühe und Schafe hinunter, die von oben wie Spielzeuge aussahen. Sattgrüne Wald- und Wiesenflächen erstreckten sich in alle Himmelsrichtungen, in der Ferne konnte sie Schloss Abelsberg ausmachen. Einige Höhenmeter später verschwand das herrschaftliche Anwesen hinter hohen Nadelbäumen aus ihrem Blickfeld.

Noch einmal ließ sie den Blick über die Wolken am Himmel schweifen. »Hoffentlich ist uns die Schöcklhexe wohlgesinnt«, sagte sie zu Bergmann, um ihn ein wenig aufzumuntern.

»Hä? Welche Hexe?«, fragte er missmutig.

»Die Schöcklhexe«, erklärte Sandra mit geheimnisvoller Stimme. »Eine schirche Wetterhexe, die am Schöckl die Unwetter braut, die dann über dem Grazer Feld niedergehen und manchmal die Ernte vernichten.« Sobald die ersten Anzeichen eines Unwetters beim Schöckl aufzogen, waren die Bauern angehalten, Mistgabeln, Krampen, Besen, Sicheln, Sensen und andere Gerätschaften laut fluchend und schimpfend verkehrt zur Stall- oder Haustür hinauszuwerfen, um die Schöcklhexe in ihr Wetterloch zurückzutreiben und Hagelschäden zu verhindern. Dieses Brauchtum behielt Sandra für sich. Das Interesse ihres Gegenübers an Volkskultur war ohnehin begrenzt, wenn man es freundlich ausdrückte.

»Du und deine G'schichtln«, brummte Bergmann.

»Das ist kein G'schichtl, sondern eine Sage, die bei uns jedes Schulkind kennt«, klärte Sandra ihn auf.

»Sonst darfst du zur steirischen Matura gar nicht erst antreten«, machte sich Bergmann wieder einmal lustig über sie und ihre Landsleute.

Sandra streckte sich, um auf die nördlichen Bezirke von Graz hinunterzublicken. »Schon erstaunlich«, merkte sie an.

»Was denn?« Bergmann drehte sich um, um zu sehen, was sie sah.

Doch Sandra meinte etwas ganz anderes. »Dass du nach so vielen Jahren in der Steiermark noch immer den überheblichen Wiener heraushängen lässt.«

Bergmann schaute an sich hinunter, um den Reißverschluss an seiner Hose zu überprüfen. »Mein Wiener hängt doch gar nicht heraus.« Er blickte wieder auf und grinste sie provokant an.

Sandra verdrehte die Augen und schnaubte verächtlich. Fand er das wirklich witzig? Hätte sie aussteigen können, hätte sie ihn hier sitzen gelassen. So aber starrte sie wortlos auf die Landeshauptstadt hinunter, bis die Gondel an der nächsten Stütze vorbeirumpelte. Unter ihnen sauste ein Schlitten um die Kurve der Sommerrodelbahn, gefolgt von einem zweiten. Auch von oben war zu erkennen, dass dem Buben und dem Mann hinter ihm die rasante Fahrt großes Vergnügen bereitete. Das Klingeln ihres Handys ließ Sandra aufblicken. Die Mobilnummer auf dem Display war ihr fremd. Sie meldete sich förmlich. »Vielen Dank für den Rückruf«, sagte sie, nachdem der Anrufer seinen Namen genannt hatte.

Bergmann beobachtete sie mit gespitzten Ohren. Dass er neugierig war, konnte auch seine dunkle Sonnenbrille nicht verbergen.

Schon fuhr ihre Gondel in die Bergstation ein. Die Tür öffnete sich automatisch, während Sandra telefonierte. Geduckt schlüpfte sie hinaus und verließ, wieder aufrecht, die Bergstation, ohne auf Bergmann zu achten. Draußen blieb sie stehen. »Dann bis Sonntag. Auf Wiedersehen, Herr Lichtenegger!«

Sandra streckte ihre Nase in die Höhe, um nach der Hitze im Tal die kühle Brise am Berggipfel zu genießen.

»Wann und wo treffen wir den Jagdpächter am Sonntag?«, fragte Bergmann, der nur einen Teil des Gesprächs mitbekommen hatte.

»Um 18 Uhr in Abelsberg. Dann ist dort wieder *Blattjagd*.«

»Und wohin jetzt?« Bergmann schaute sich auf dem Schöckl-Plateau um, das gut besucht, aber nicht überlaufen war. Von der Sommerrodelbahn, die nach der Schöcklhexe benannt war, schweifte sein Blick über die denkmalgeschützte Schutzhütte mit ihrer Fassade aus Lärchenholzschindeln, weiter zum rot-weiß-roten Senderturm und den kleineren Gastwirtschaften.

»Dort hinüber – zum *Alpenwirt*.« Sandra peilte die Hütte

beim Senderturm an. Vor der Terrasse blieb sie stehen, um die Gesichter der Gäste auf den Bänken zu scannen. Die meisten saßen im Schatten der bunten Sonnenschirme. Bis auf einen Tisch waren alle besetzt. Sie hatte Adrian Szilagyi gar nicht gefragt, ob er allein oder in Begleitung auf den Schöckl gewandert war. Auf der Terrasse konnte sie ihn nirgendwo entdecken. Ob er in der Stube eingekehrt war? Bei diesem prachtvollen Bergwetter? Ihre Augen wanderten suchend zur Hütte und fanden einen Mann um die 30, der auf der Veranda saß. Ein roter Bandana bändigte seine schwarzen Locken, die beinahe bis zum Kinn reichten. Er saß allein an einem Tisch neben dem Eingang und trank aus einem Halbliterglas, wahrscheinlich einen gespritzten Apfelsaft. »Das muss er sein«, sagte Sandra und setzte sich in Bewegung.

Bergmann folgte ihr.

Der Bandanamann bemerkte das Paar, das auf den Eingang der Hütte zuging, und blickte erwartungsvoll von einem zum anderen.

Er hatte ihren Namen bestimmt nicht gegoogelt, ging Sandra durch den Kopf. Und wenn, dann hätte er höchstens ein einziges älteres Foto im Internet gefunden, das sie und Bergmann nach einer Hochzeit vor der Mariahilfer Kirche in Graz zeigte.

»Herr Szilagyi?«, sprach sie den Mann im steingrauen T-Shirt an, wobei sie sich längst sicher war, dass er derjenige war, mit dem sie hier verabredet waren. Seine tief liegenden dunkelbraunen Augen konnten nicht lügen. Zumindest nicht, was seine Identität anbelangte.

»Guten Tag, Frau Inspektorin!« Der schlanke Musiker erhob sich und wischte seine Hände an der gelben Trekkinghose ab. Er schien unsicher zu sein, ob er ihnen die Hand schütteln sollte oder nicht.

Aus Höflichkeit streckte ihm Sandra ihre Hand entgegen, begrüßte ihn und stellte die beiden Männer einander vor.

Kaum hatten die Ermittler mit dem Rücken zur Aussicht Platz genommen, trat eine sommersprossige Kellnerin an ihren Tisch. Ihre langen weizenblonden Haare waren zu einem hohen, glatten Pferdeschwanz zusammengebunden.

»Griaß eich!«, begrüßte sie die Neuankömmlinge und stellte einen Kaiserschmarrn für den ersten Gast auf den Tisch. »Bitte schön, Adrian! Lass es dir schmecken!«

Wahrscheinlich kehrte der Musiker häufiger beim *Alpenwirt* ein, der für seine gute Hausmannskost weithin bekannt war. Er wohnte ja auch nicht allzu weit entfernt vom Schöckl.

»Und was darf's für euch sein?«, fragte die Kellnerin die anderen beiden Gäste. Ab 1.000 Höhenmetern duzte man sich auf dem Berg. Unabhängig von Alter und Stand, der in Freizeit- oder Sportbekleidung ohnehin schwer zu erkennen war. Ob das Mädel die Grafen von Abel-Abelsberg ebenfalls duzte, wenn sie hierherkamen? Sofern die Herrschaften überhaupt in einer Berghütte einkehrten, die nicht in Lech am Arlberg, in Gstaad oder Sankt Moritz stand. Oder war das nur wieder so ein Klischee?

»Mögts was essen?« Die Kellnerin wies mit dem Kinn auf die Speisekarte, die am einzigen leeren Platz auf dem Vierertisch lag.

Sandra und Bergmann waren noch satt vom Mittagessen und lehnten ab. Ein Soda Zitron für sie und ein großer Espresso für ihn genügten.

»Kommt gleich«, versprach die Kellnerin und zückte ihr Handheld-Gerät, um die Getränkebestellung aufzunehmen, die gleichzeitig boniert und im Registrierkassensystem erfasst wurde.

Der Cellist nahm sich Messer, Gabel und eine Serviette aus der dekorativen Besteckkiste aus Holz, die im Zentrum des

Tisches stand. »Der Kaiserschmarrn ist ein Gedicht«, erklärte er seinen Tischgenossen. »Flaumig und nicht zu süß. Drüben im *Schutzhaus* ist er auch gut, aber dort gibt's nicht so viele Terrassenplätze.«

Mit der Gabel nahm er ein größeres Teigstück auf und tunkte es im Zwetschkenröster ein. Während er genüsslich kaute, registrierte Sandra seine schmalen, langen Finger. Künstlerhände. Und wieder war ein Klischee erfüllt. Was nicht ausschloss, dass diese Hände auch mit Schusswaffen umgehen konnten. »Ich möchte Ihnen nicht den Appetit verderben«, sagte sie. »Aber können wir gleich zur Sache kommen?«

Der Musiker schluckte hinunter. »Nur zu! Deswegen sind Sie ja extra heraufgekommen.«

Besonders betroffen klang er nicht, fand Sandra, eher vergnügt. »Das Cello, mit dem Sie spielen, hat Ihrem Nachbarn Oskar Schneeberger gehört?«, fragte sie. Das Kindergeschrei, das plötzlich hinter ihrem Rücken ausbrach, blendete sie aus, so gut es ging.

Der Musiker bejahte ihre Frage. »Es handelt sich um ein besonders wertvolles Instrument des französischen Geigenbauers Jean-Baptiste Vuillaume, das mit 1866 datiert ist. Es passt zu mir wie die Faust aufs Aug.«

Seltsamerweise bedeutete dieser Spruch in Österreich genau das Gegenteil von dem, was ihr Gegenüber und die deutschen Nachbarn damit ausdrücken wollten. Dabei fand Sandra den österreichischen Wortsinn weitaus treffender. Eine Faust passte nämlich nicht auf ein Auge. Sie gehörte dort nicht hin. »Was für ein Zufall, dass ausgerechnet Ihr Nachbar ein solches Instrument besessen hat«, fuhr sie fort, während Adrian Szilagyi weiteraß.

»Eine glückliche Fügung für beide Seiten«, glaubte er.

»Oskar war ebenso angetan, dass das wertvolle Cello seines berühmten Onkels einen würdigen Spieler in mir gefunden hat.«

»Wie viel ist ein solches Instrument eigentlich wert?«, fragte Sandra, der die 120.000 Euro aus dem Schreibtisch in den Sinn kamen. Vielleicht hatte Oskar Schneeberger das Instrument bereits verkauft. Aber war dieser Betrag nicht zu hoch gegriffen? Sie hatte nicht die geringste Ahnung, was ein antikes Cello kostete.

»Das wertvollste Cello der Welt stammt aus dem Hause Stradivari«, sagte der Musiker.

Sandra nickte. Im Zusammenhang mit teuren Geigen war dieser Name wohl jedem bekannt.

»*Mara* wird auf acht Millionen Dollar geschätzt, wobei ihr wahrer Wert unermesslich ist«, sagte der Cellist.

»Bist du ...«, entkam es Bergmann. Das flapsige letzte Wort der Floskel, nämlich »deppert«, verkniff er sich gerade noch.

Auch Sandra schluckte. Dann waren die 120.000 Euro möglicherweise nur eine Anzahlung für das Instrument gewesen. Ein guter Bogen kostete bestimmt auch noch ein kleines Vermögen, nahm sie an.

»Es sind ja nicht nur die seltenen alten Hölzer, die solche Instrumente einzigartig und wertvoll machen«, fuhr Adrian Szilagyi fort. »Ihre Struktur verändert sich beim Spielen, die Seelen der Musiker gehen auf die Instrumente über und lassen sie schwingen. Mein Schweizer Kollege Christian Poltéra darf die *Mara* bespielen. Freilich befindet sie sich nicht in seinem Eigentum.«

»Und wie viel ist Ihr Cello wert?«, fragte Bergmann in geschäftlichem Tonfall.

»Mit der *Mara* kann meine *Celine* preislich nicht mithalten. Für mich ist sie jedoch viel mehr wert. Sie klingt wärmer und samtiger. Als ich sie zum ersten Mal umarmt und die ersten

Töne auf ihr gespielt habe, haben mich ihre Schwingungen sofort verzaubert.« Der Musiker schwärmte von seinem Instrument, als würde er über seine Geliebte sprechen. Umso mehr gab der drohende Verlust ein Tatmotiv ab.

»Wie viel?«, wiederholte Bergmann seine letzte Frage.

»*Celine* wird auf 300.000 Euro geschätzt. Bei einer Auktion könnte ihr Preis aber noch höher ausfallen.«

»Was geschieht jetzt mit dem Cello, nachdem sein Besitzer verstorben ist? Wer erbt das gute Stück?«, fragte Bergmann.

»Seine Schwester Charlotte. Aber Oskar hat mir versprochen, dass ich weiterhin damit spielen darf. Auch nach seinem Tod.«

»Das hat er Ihnen versprochen?«, hakte Bergmann nach. »Wann?«

»Es klingt vielleicht ein wenig merkwürdig …« Adrian Szilagyi zögerte.

»Ja?«, forderte der Chefinspektor eine Antwort ein.

»Oskar hat mir das Versprechen am vergangenen Sonntag gegeben.«

»Einen Tag nach dem Konzert in Abelsberg?«, fragte Sandra erstaunt. So kurz bevor er getötet worden war?

Der Cellist nickte. »Unser Ensemble war in Bestform, das Konzert ein fulminanter Erfolg, und die Gräfin war überglücklich.«

»Schön, aber Ihre Geschichte klingt nicht nur vielleicht ein wenig merkwürdig …« Bergmann hielt inne und blickte zur Kellnerin auf, die ihre Getränke brachte.

Der Cellist bestellte eine zweite Portion Zwetschkenröster, wiewohl er seine erste Portion noch gar nicht aufgegessen hatte. »Ich muss zunehmen«, rechtfertigte er sich ungefragt für seinen Appetit. »Außerdem habe ich wegen meiner Wanderung heute das Mittagessen im Schloss ausgelassen.«

Die Kellnerin nahm seine Bestellung auf und zog lächelnd wieder ab.

Bergmann ließ Zucker in seinen Kaffee rieseln. Allerdings nicht, weil er Gewicht zulegen wollte, sondern aus ungesunder Gewohnheit. »Haben Sie diese Vereinbarung schriftlich?«, fuhr er fort.

»Nein, aber angeblich hat Oskar das in seinem Testament so verfügt.«

»Angeblich«, wiederholte Bergmann und rührte in seiner Tasse um. Mit schmalen Augen fixierte er sein Gegenüber, was zumindest Sandra, die neben ihm saß, hinter seiner Sonnenbrille erkennen konnte. »Uns ist zu Ohren gekommen, dass Ihnen Herr Schneeberger das Cello künftig nicht mehr zur Verfügung stellen wollte«, sagte er.

Adrian Szilagyi schluckte schwer und spülte mit Apfelsaft nach.

Wollte er Zeit für eine Antwort gewinnen? Darüber hätte er sich doch schon früher den Kopf zerbrechen können, überlegte Sandra. Oder hatte er nicht damit gerechnet, dass den Ermittlern die Cello-Geschichte zu Ohren kommen könnte? Naiv oder dumm kam ihr der Mann jedenfalls nicht vor.

Er stellte sein halb leeres Glas wieder ab und nahm die Gabel in die rechte Hand. Sein Messer blieb mit der Spitze auf dem Tellerrand liegen. Auf einmal wirkte er gar nicht mehr heiter, sondern todernst. »Na schön …« Er räusperte sich, ehe er fortfuhr. »Oskar hat mir am 23. Juni mitgeteilt, dass er ein Angebot für das Cello erhalten hat, das er annehmen wird. Der Interessent war irgend so ein reicher Industrieller, der in Instrumentenraritäten investiert. Ich war verzweifelt, dass Oskar mir *Celine* schon nach dem letzten Sommerkonzert in Schloss Abelsberg wegnehmen wollte, obwohl er nicht einmal in Geldnöten war.«

»Aber er wollte das Instrument trotzdem verkaufen.« Bergmann fuhr sich durch die Haare, die vom auffrischenden Wind auch nicht zerzauster waren als zuvor.

Adrian Szilagyi nickte mit ernster Miene.

»Hätten Sie nicht trotz des Besitzerwechsels weiterhin mit diesem Cello spielen können?«, fragte Sandra.

»Das habe ich Oskar auch vorgeschlagen. Es war für ihn aber leider keine Option. Angeblich hatte der Investor es für eine talentierte junge Kollegin aus Deutschland vorgesehen.«

»Wissen Sie, für wen?«

Der Cellist verneinte mit einem Kopfschütteln.

Bergmann trank einen Schluck Kaffee.

»Kennen Sie den Namen des Investors?«, fragte Sandra.

Adrian Szilagyi verneinte abermals. »Ich habe Oskar angefleht, dass er *Celine* nicht verkauft, und ihm alles Mögliche angeboten, damit er es mir nicht wegnimmt. Ich hätte kostenlos Filmmusik für ihn eingespielt, private Kammermusikabende gegeben, was auch immer. Ich wollte sogar einen Kredit aufnehmen, um ihm das Cello abzukaufen. Aber das kam für ihn alles nicht infrage. Er war richtig wütend, weil ich nicht lockergelassen habe. Er ist mir aus dem Weg gegangen, damit ich ihn nicht weiter sekkieren kann. Vor lauter Kummer habe ich in dieser Zeit acht Kilo abgenommen.«

»Hätten Sie sich nicht nach einem anderen Instrument umschauen können?« Bergmann musste auf eine Antwort warten, bis sein wohlerzogenes Gegenüber den nächsten Bissen hinuntergeschluckt hatte. Der Musiker sprach nicht mit vollem Mund.

»Ich habe mich umgeschaut«, antwortete er endlich. »Obwohl ich auch ein modernes Cello besitze, das weniger empfindlich ist. Aber *Celine* lässt sich nicht ersetzen. Wissen Sie, das ist wie mit einer geliebten Frau.«

Der Spruch, dass andere Mütter auch schöne Töchter hatten, galt offenbar nicht für antike Streichinstrumente.

»Umso glücklicher war ich, als mir Oskar völlig überraschend von seinem Sinneswandel berichtet hat«, erzählte Adrian Szilagyi. Er habe ihm zum Konzert gratuliert und aus heiterem Himmel verkündet, dass er weiter mit seinem Cello spielen dürfe. »Es soll künftig im Besitz seiner Familie bleiben und nicht verkauft werden. Das hat er bereits so verfügt. Vor lauter Glück habe ich geweint. Und Oskar hat auch ein paar Tränen vergossen. So emotional habe ich ihn noch nie erlebt. Als hätte er gewusst, dass er kurze Zeit später erschossen wird«, sagte der Musiker und spießte ein weiteres Stück von seinem Kaiserschmarrn auf die Gabel.

Dass er erschossen werden würde, hatte der Regisseur wohl nicht ahnen können, überlegte Sandra. Aber möglicherweise wusste er, dass er an Alzheimer-Demenz erkrankt war und seine Angelegenheiten regeln musste, solange er noch selbst entscheiden konnte und durfte. »Haben Sie Herrn Schneeberger nach Ihrem Gespräch am Sonntag noch einmal gesehen?«

Adrian Szilagyi schüttelte kauend den Kopf.

»Hat er sich zuvor irgendwie anders verhalten? Abgesehen davon, dass er das Cello verkaufen wollte.«

»Er ist mir manchmal ein wenig verwirrt vorgekommen«, sagte der Cellist. »Vor ein paar Wochen hat er mitten in der Nacht zweimal bei mir angeläutet und mich um Milch für seinen Kaffee gebeten, die er vergessen hatte einzukaufen. Das hat mich schon stutzig gemacht. Einige Tage später habe ich ihn zufällig auf dem öffentlichen Parkplatz in Kumberg gesehen, wo er lautstark mit der Polizei und mit Frau Doktor Sokol diskutiert hat, der Zahnärztin im Ort.«

Sandra und Bergmann warfen einander Blicke zu. Das war die Jägerin mit dem Terrier, die nach dem Leichenfund nicht mehr auf ihre Befragung hatte warten können, erinnerte sich Sandra. Warum hatten die Landpolizisten diesen Vorfall nicht erwähnt?

»Worum ging es auf dem Parkplatz?«, fragte Bergmann nach.

»Es gab wohl einen Unfall mit Blechschaden. Mehr habe ich im Vorbeifahren nicht mitbekommen«, erzählte der Cellist. »Letzten Sonntag habe ich Oskar darauf angesprochen. Aber er konnte sich an den Vorfall nicht erinnern oder er wollte es nicht.«

Die Kellnerin servierte einen weiteren Zwetschkenröster und nahm die nun leere Schale mit.

»Haben Sie einen Verdacht, wer auf Ihren Nachbarn geschossen haben könnte?«, fragte Sandra, als sie außer Hörweite war.

Der Musiker schüttelte den Kopf. »Ich ganz bestimmt nicht«, versicherte er. Er hatte Zivildienst geleistet und noch nie eine Schusswaffe in den Händen gehalten, erklärte er weiter. »Ich würde es nicht übers Herz bringen, auf ein Geschöpf Gottes zu schießen.«

Sandra trank einen Schluck von ihrem Soda Zitron, als sich eine Wolke vor die Sonne schob und ein Windstoß aufkam. Hinter dem Senderturm waren Gewitterwolken aufgezogen.

»Die Geschichte hat leider einen Haken«, wandte Bergmann ein.

Adrian Szilagyi hielt mit dem Kauen inne und schaute ihn an.

»Wenn die Schwester das Instrument erbt, könnte sie es theoretisch jederzeit verkaufen oder Ihnen nach ihrem Ermessen wegnehmen.«

Der Musiker schluckte abermals. »Oskar hat mir versichert, dass er alles geregelt hat.«

»Und das haben Sie ihm geglaubt?«, entgegnete Bergmann. Offenbar wollte er den Mann aus der Reserve locken.

Adrian Szilagyi legte die Gabel am Tellerrand ab. »Warum sollte ich ihm nicht glauben?«, fragte er. »Oskar hat mich noch nie angelogen. Er war ein väterlicher Freund für mich.«

»Bevor es diesen Streit wegen dem Cello gab«, setzte Bergmann nach.

»Ich bestreite gar nicht, dass unsere Freundschaft ein paar Wochen auf Eis lag. Aber am Ende war zwischen uns alles geklärt.«

»Ende gut, alles gut«, sagte Bergmann und ließ dabei sein Gegenüber nicht aus den Augen. »Oder vielleicht doch nicht?«

Der Musiker sah ihn irritiert an. »Was wollen Sie damit sagen? Kann ich das Cello doch nicht behalten?«, fragte er verunsichert.

Bergmann zuckte mit den Schultern.

Adrian Szilagyi wischte sich den Mund ab und warf die Serviette auf den Teller, den er nicht ganz leer gegessen hatte. Von der zweiten Portion Zwetschkenröster war die Hälfte übrig. »Jetzt haben Sie mir wirklich den Appetit verdorben.«

Sandra war versucht, sich zu entschuldigen, ließ es aber bleiben. Auch wenn sie hier den *Good Cop* mimte, musste sie nicht jedes Mal für den *Bad Cop* in die Bresche springen. Sie blickte sich um, um herauszufinden, woher die plötzliche Unruhe kam, die sie hinter ihrem Rücken wahrgenommen hatte.

Die meisten Tische waren inzwischen verlassen. Einige Gäste brachen gerade auf, um sich in der Schlange an der Bergstation anzustellen. Die Leute wollten ins Tal hinunterfahren, bevor der Seilbahnbetrieb wegen des aufziehenden Gewitters eingestellt wurde. Allzu lange konnte es nicht mehr dauern.

»Eine letzte Frage«, sagte Sandra. »Wo waren Sie von Montagnachmittag bis Dienstagabend?«

Adrian Szilagyi musste nicht lange nachdenken. »Wir haben an beiden Tagen für das morgige Konzert geprobt«, erinnerte er sich.

»Und wo?«, fragte Sandra. »Montagnachmittag hat es geregnet«, half sie ihm auf die Sprünge.

»Richtig. Am Montag haben wir wegen der Gewitterwarnung ab 14 Uhr im *Cursaal* geprobt. Einer unserer Geiger ist nach dem Wochenende erst um 13 Uhr aus Wien angereist. Gegen 18 Uhr haben wir uns zusammengepackt und sind nach Graz zum Abendessen gefahren.«

»Mit *wir* meinen Sie Ihre drei Musikerkollegen?«, fragte Sandra.

Der Cellist bestätigte ihre Vermutung und griff wieder zu seiner Gabel.

Also wollte er doch noch aufessen. »Wo nächtigen die anderen Musiker während der Konzertreihe?«, fragte Sandra weiter.

»Sie sind in der Pension im Ort auf der Hauptstraße untergebracht. Dort habe ich sie am Montag gegen 23.30 Uhr abgesetzt und bin anschließend nach Hause gefahren.«

»Können Sie sich erinnern, ob bei Herrn Schneeberger Licht brannte, als Sie am Schloss angekommen sind?«

»Ich bin mir nicht sicher«, sagte er und kratzte sich an der Schläfe.

»Und was war am Dienstag?«

»Vormittags war ich mit einer Freundin am See im Freizeitzentrum schwimmen«, berichtete er. »Um 12 Uhr war ich zum Essen im Schloss zurück. Frau Abel-Abelsberg engagiert im Sommer immer eine Köchin, die für ihre Familie und für uns Musiker Mittagessen kocht. Die Gräfin achtet sehr darauf, dass wir alle gut versorgt sind und uns rundum wohlfühlen.« Der Musiker tauchte seine Gabel in den Zwetschkenröster.

»Und was war nach dem Mittagessen?«

»Wir haben bis 17 Uhr im Schlosshof geprobt und danach bis zum Abendessen Tischtennis im Schlossgarten gespielt«, schilderte Adrian Szilagyi die Ereignisse im fraglichen Zeitraum, als bei Sandra plötzlich Kopfschmerzen einsetzten.

Vor ihren Augen flimmerte es, als würde sie in Lichterketten schauen. Es war nicht mehr möglich, irgendetwas scharf zu sehen. Aber das kannte sie schon. Das Flimmern würde langsam vom Zentrum nach außen wandern und nach einigen Minuten aus ihrem Sichtfeld verschwinden. Sie versuchte, sich nichts anmerken zu lassen, drängte jedoch zum Aufbruch, bevor die Seilbahn ihren Betrieb einstellte und sie hier ausharren mussten, bis es wieder aufklarte. Hubert kam ihr in den Sinn, bei dem sie sich längst hatte melden wollen. Sie würde ihm in der Gondel eine Nachricht schreiben, wenn sie bis dorthin wieder scharf sehen konnte.

Adrian Szilagyi aß hastig seinen Zwetschkenröster auf und verkutzte sich prompt daran.

»Zahlen bitte!« Bergmann winkte die Kellnerin herbei, während der Musiker hustete.

Kaum hatte diese abkassiert, war weit entferntes Donnergrollen zu hören, und sie blickte zum Himmel. »Wenns vor dem Gewitter noch owi wollts, müssts euch beeilen. Lange fährt die Seilbahn nimmer«, warnte sie.

Adrian Szilagyi sprang vor den Ermittlern in die Sechser-Gondel, in der noch ein Platz frei war.

Bergmann und Sandra ergatterten die allerletzte Gondel, die die Bergstation verlassen durfte. Sobald sie die Talstation erreichten, würde die Seilbahn aus Sicherheitsgründen angehalten werden.

Sandra atmete erleichtert auf, als sich die Tür der Gondel hinter ihnen schloss. »Glück gehabt«, sagte sie.

»So viel Glück möchte ich gar nicht haben«, entgegnete Bergmann, der die dunklen Wolkentürme auf dem Berggipfel besorgt beobachtete. Das Gewitter näherte sich rascher als erwartet.

Sandra lehnte sich zurück und schloss die Augen. Die Lichterketten flimmerten hinter ihren geschlossenen Lidern weiter. In ihren Schläfen pochte es dumpf, als sie plötzlich von einem heftigen Schwanken erfasst wurde. Ein neues Symptom? Sie öffnete ihre Augen.

Eine Windböe hatte ihre Gondel erfasst, die ebenso wild hin und her schwankte wie die vor ihnen. Die Talstation war bereits in Sichtweite, als die Seilbahn abrupt stoppte. Die Gefahr, dass die auspendelnden Gondeln von der nächsten Windböe gegen die Seilbahnstützen gedrückt wurden, war zu groß.

»Das war's«, murmelte Bergmann angespannt.

Bezog er seinen Kommentar auf die Gondelfahrt oder auf sein Leben? »Wir werden schon heil hinunterkommen«, versuchte Sandra, ihn zu beruhigen. »Wir müssen das Gewitter nur hier aussitzen.« Kaum ausgesprochen, öffnete der Himmel seine Schleusen. Schwere Regentropfen prasselten hernieder, die zu einem Trommelfeuer anschwollen. Die Hagelkörner prallten wie kleine Geschosse von der Panoramagondel ab, die dem Unwetter hoffentlich unbeschadet standhalten würde.

Ein Blitz zuckte über den verdunkelten Himmel. »Das ist jetzt aber nicht wahr«, stöhnte Bergmann und krallte sich an der Bank fest. »Diese verfluchten Berge!«

Sandra begann langsam zu zählen. Das Pochen in ihrem Schädel ließ nach, die Lichterketten flimmerten nunmehr in den äußeren Augenwinkeln, sodass sie im Zentrum wieder einigermaßen scharf sehen konnte. Bald würde die Sehstörung ganz verschwinden. Der Donnerschlag setzte bei Acht ein. Sie multiplizierte acht mit 340 nach einer weiteren Faustregel, die sie seit ihrer Schulzeit kannte. »Der nächste Blitz ist keine drei Kilometer entfernt«, sagte sie laut, um gegen das Trommelfeuer anzukommen.

Bergmann sagte gar nichts mehr und saß wie versteinert da. Hoffentlich muss er sich nicht übergeben, dachte Sandra, als ihr Handy klingelte. Sie streckte es schräg von sich weg und kniff die Augen zusammen, um den Anrufer vom Display ablesen zu können.

»Woll–st du — mir me—en?« Bei diesem Inferno konnte sie nicht verstehen, was Hubert ihr sagen wollte.

»Wie bitte?«, plärrte Sandra in ihr Handy. »Ich sitze in der Schöckl-Seilbahn fest. Kannst du bitte lauter sprechen?«

»Haben die Russen das Sperrfeuer eröffnet?« Der schlechte Witz hätte glatt von Bergmann stammen können. Doch dem war momentan nicht zum Scherzen zumute.

»Oder —st — Schießerei geraten?« Sogar abgehackt klang Hubert ein wenig besorgt.

Ein Furcht einflößendes Donnergrollen rollte heran, das gefühlt nicht mehr enden wollte. Im nächsten Moment schlug der Blitz in unmittelbarer Nähe ein, zumindest hörte es sich so an. Die Gondel schaukelte wieder heftiger.

Bergmanns Augen waren vor Schreck geweitet.

Auch Sandra hielt den Atem an. »Hubert?«, fragte sie nach der Schrecksekunde.

Doch Hubert meldete sich nicht. Die Verbindung war abgerissen. Kein Empfang mehr.

Bergmann saß noch immer wie versteinert da, obwohl das Schaukeln allmählich nachließ.

»Es kann uns nichts passieren, Sascha«, versicherte Sandra ihm. Dabei war auch ihr in dieser Weltuntergangsstimmung mulmig zumute. »Wir sitzen in einem Faradayschen

Käfig«, beruhigte sie nicht zuletzt auch sich selbst. Sollte ein Blitz die Gondel treffen, würde der Strom außen herumfließen und sie herinnen nicht zu Schaden kommen. Theoretisch jedenfalls. Praktisch konnten sie auch nicht mit dem nächsten Stützpfeiler kollidieren – dem letzten vor der Talstation. Dieser war zu weit entfernt.

»Jetzt hör schon auf zum Klugscheißen«, schnauzte Bergmann sie an. So weit war er wohl selbst mit den physikalischen Gesetzen vertraut.

Sandra hatte das Großmaul noch nie so kleinlaut erlebt wie in dieser Situation. Sie lehnte sich zurück und verschränkte die Arme vor der Brust. Es war wohl besser, jetzt nichts mehr zu sagen. Schweigend warf sie einen Blick auf ihr Handy. Noch immer kein Empfang. Immerhin konnte sie wieder einigermaßen scharf sehen.

Das Trommelfeuer ließ allmählich nach. Der Hagel ging in Regen über, der immer schwächer wurde. Schon kämpfte sich der erste Sonnenstrahl durch die aufreißenden Wolken. Die dunklen bedrohlichen waren mit dem Unwetter in Richtung Graz weitergezogen.

Mit einem Ruck setzte sich die Gondel in Bewegung. Bergmann atmete erleichtert auf.

Sandras Handy klingelte erneut. Hubert.

»Na, endlich! Geht es dir gut, Sandra?«, fragte er besorgt.

»Alles in Ordnung«, versicherte Sandra ihm. »Wir erreichen gleich die Talstation. Noch ein kurzer Termin im Ort, dann fahren wir nach Graz zurück und machen Feierabend.«

Beim Anstellen an der Bergstation hatte Bergmann entschieden, der Zahnärztin im Ort auf dem Heimweg einen Besuch abzustatten. Sollte sie nicht mehr zu sprechen sein, würde sie nächste Woche nach Graz vorgeladen werden.

»Heißt das, wir sehen uns zum Abendessen?«, fragte Hubert hoffnungsvoll.

»Von mir aus gern.« Die Gondel passierte den letzten Stützpfeiler. Gleich hatten sie es geschafft. »In anderthalb Stunden, spätestens zwei bin ich daheim«, glaubte Sandra. Bergmann reagierte nicht auf ihren fragenden Blick. Die Naturgewalten hatten ihn stärker mitgenommen als sie, die in den Bergen aufgewachsen war.

»Soll ich uns einen Tisch beim *Steirerwirt* bestellen?«, fragte Hubert. »Mein Auge ist so weit wieder abgeschwollen, dass ich mich ohne dunkle Sonnenbrille unter die Leute wagen kann.«

»Lieber würde ich zu Hause essen«, sagte Sandra. Falls es doch später werden sollte. »Ich könnte unterwegs noch etwas einkaufen. Hast du Wünsche?« Bis sie den Supermarkt in Lend erreichte, war das Unwetter bestimmt aus Graz abgezogen.

»Ich will dich zum Dessert«, sagte Hubert im Schmuseton.

Dagegen hatte Sandra nichts einzuwenden. Dass sich ihre Wangen leicht röteten, entging Bergmann situationsbedingt. Das war auch besser so, sonst hätte er sie nur wieder aufgezogen.

Die Gondel fuhr in die Talstation ein.

Kaum hatte sich die Tür geöffnet, stolperte Bergmann hinaus und schimpfte auf den Mitarbeiter der Seilbahn ein. Als ob der Mann etwas dafürkonnte. Vermutlich hatte er nicht einmal selbst entschieden, wann er den Aus- und Einschalter der Seilbahn zu betätigen hatte, sondern eine Anweisung erhalten.

Sandra hielt sich das freie Ohr zu und marschierte telefonierend weiter, als würde sie den zeternden Bergmann gar nicht kennen. »Ich könnte uns eine Lasagne auftauen«, schlug sie Hubert vor. »Dann müsste ich nur einen frischen Salat besorgen.«

»Musst du nicht. Ich war heute schon am Lendmarkt einkaufen. Was hältst du von Lachsforelle mit Kressepolenta und dazu einen Blattsalat mit frischen Wildkräutern?«

Sandra blieb stehen und wandte sich nach Bergmann um, der einige Schritte hinter ihr durchs Foyer schlich, seine Hände in die Hosentaschen gebohrt. »Klingt fantastisch. Dann bin ich in spätestens zwei Stunden bei dir«, sagte sie und trat ins Freie. Bergmann musste von ihrer Freizeitplanung nicht unbedingt etwas mitbekommen. »Sollte ich mich doch verspäten, rufe ich dich an«, fügte sie hinzu.

Am anderen Ende der Leitung war ein Seufzen zu hören. »Allerspätestens 19.30 Uhr«, versprach sie. »Okay?« In knapp zweieinhalb Stunden würde sie es locker schaffen.

»In Ordnung, Sandra. Ich hole uns eine gute Flasche Wein aus dem Keller.«

Von der Sandra nichts trinken durfte, da sie das Wochenende über Bereitschaftsdienst hatte, morgen Nachmittag ins Büro musste und am Sonntagabend ein Termin mit dem Jagdpächter in Abelsberg anstand. Aber Hubert konnte den Wein ja auch allein zum Abendessen genießen. Sie würde ihm dabei Gesellschaft leisten, Wasser oder Saft trinken und sich auf das Dessert freuen. Außerdem wollte sie ihn möglichst unauffällig über Beatrice Franz aushorchen, damit er nicht bemerkte, dass ihr Interesse an ihr beruflich motiviert war. Sandra beendete das Gespräch, als Bergmann sie einholte. Schweigend trabten sie nebeneinander her zum Auto zurück.

10.

Sandra setzte den Blinker, um vor der Tankstelle auf den Parkplatz des Gesundheitszentrums abzubiegen. Der schmucklose Zweckbau aus Beton und Glas auf der grünen Wiese würde bestimmt keinen Architektur- oder Umweltpreis gewinnen, war sie sich sicher. Aber immerhin lag das Gebäude günstig, direkt an der Bundesstraße. Jeder, der von Weiz über den Faßlberg nach Graz oder über die Landesstraße zur A2-Auffahrt Gleisdorf West wollte, musste hier vorbeikommen.

Auf der Fahrt von Sankt Radegund hierher hatte Bergmann den örtlichen Kommandanten angerufen und ihn auf den Unfall angesprochen, den Adrian Szilagyi erwähnt hatte. Er hatte das Einsatzprotokoll angefordert und den Kollegen zur Schnecke gemacht, weil er diese Amtshandlung nicht schon früher erwähnt hatte. Auch wenn bei dem Unfall, den Oskar Schneeberger am 8. Juli auf dem öffentlichen Parkplatz in Kumberg verursacht hatte, nur Sachschaden entstanden war. Nach dem zweiten Donnerwetter innerhalb einer Stunde, das diesmal vom Chefinspektor ausging, war die Luft spürbar gereinigt, und er war wieder der Alte.

Sandra fuhr um die große Pfütze herum, die das Gewitter auf dem Parkplatz hinterlassen hatte, und stellte den Dienstwagen vor der Blumenhandlung ab. Ihr Blick blieb an einigen mundgeblasenen bunten Glastieren hängen, die auf Metallstäben steckten und der Gartendekoration dienten. Besonders der pinkfarbene Kugelfisch, der vor dem Geschäft ausgestellt war, hatte es ihr angetan. Doch was sollte sie damit anfangen? Sie hatte keinen Garten. Aber Andrea hatte einen, und Hubert und Sandra waren an Mariä Himmelfahrt zum Grillen bei ihr eingeladen.

Sandra blickte auf und sah, dass Bergmann vorausgegangen war. Sie beeilte sich, um ihn am Hauseingang einzuholen. Die Tür war unversperrt und die Praxis der Wahlzahnärztin rasch gefunden. Im ersten Stock läutete Sandra an der Tür. Ein Surren gab das Schloss frei. Schon fanden sich die LKA-Ermittler in einer lichtdurchfluteten, überwiegend weiß möblierten Ordination mit dekorativen dunklen Schieferelementen wieder. Als besonderer Blickfang diente die lebende Moosfläche hinter der Rezeption, die das cleane Weiß mit frischen Grüntönen durchbrach. Einige Grünpflanzen und der geölte Eichenboden trugen zu einem Ambiente bei, in dem man sich hätte wohlfühlen können, wäre nicht aus einem Nebenraum das enervierende Geräusch eines Zahnarztbohrers zu hören gewesen. Der einzige Patient, der im Wartebereich am hinteren Eckfenster saß, war in sein Handy vertieft.

Die brünette Assistentin an der Rezeption legte den Telefonhörer auf und begrüßte die vermeintlichen Patienten mit einem strahlendweißen Zahnarztlächeln und türkisblauen Augen. »Was kann ich für Sie tun?« Gleichzeitig legte der Bohrer nebenan eine wohltuende Pause ein.

Der Patient im Wartebereich blickte von seinem Handy auf, als Sandra und der Chefinspektor sich vorstellten. Ebenso rasch wandte er seinen Blick wieder ab, als würde ihn das Gespräch nicht interessieren.

Sandra merkte ihm jedoch an, dass er die Ohren spitzte, um nur ja kein einziges Wort der Kriminalpolizisten zu verpassen. Der mutmaßliche Mord in Schloss Abelsberg hatte sich wie ein Lauffeuer herumgesprochen und war vor allem in der Region das beherrschende Thema.

»Wäre es möglich, Frau Doktor Sokol kurz zu sprechen? Es dauert höchstens zehn Minuten«, fragte Sandra, während der Bohrer nebenan wieder auf vollen Touren lief.

»Warten Sie bitte einen Moment hier. Ich frage die Frau Doktor, ob sie Sie vielleicht einschieben kann«, erwiderte die Frau im weißen Kittel leise, damit der Patient im Wartebereich sie nicht verstehen konnte. Nachdem sie den Behandlungsraum betreten hatte, verstummte das Bohrergeräusch.

Sandra studierte die Diplome an der Wand, die neben der Tür zum Röntgenzimmer hingen. DDDr. Sabrina Sokol hatte einige Zusatzqualifikationen im Bereich der Implantologie und Prothetik vorzuweisen.

Die Zahnarztassistentin kehrte zurück. »Die Frau Doktor bittet Sie, fünf Minuten zu warten. Sie wird sich dann kurz Zeit für Sie nehmen. Möchten Sie in der Zwischenzeit Platz im Wartebereich nehmen?« Zudem bot sie den Ermittlern an, sich am Getränkekühlschrank und an der Kaffeemaschine zu bedienen.

Bergmann ließ sich das nicht zweimal sagen und bereitete sich einen Kaffee aus dem Vollautomaten zu, wobei das Mahlwerk laut genug war, um es zumindest kurzfristig mit dem Bohrer aufzunehmen.

Sandra hatte sich, ohne ein Getränk zu nehmen, neben dem wartenden Patienten platziert, der weiterhin auf sein Handy starrte. Sie schaute aus dem Fenster auf die Tankstelle. Vier Autos wurden gerade betankt. Insgesamt zählte sie zwei mal zwei Zapfsäulen vor dem Tankstellenshop. Von der Autowaschanlage dahinter war nicht viel zu sehen.

Bergmann setzte sich auf den freien Stuhl neben Sandra.

Sieben wortlose Minuten und einen Kaffee später führte die Assistentin sie an einem hochmodernen Behandlungsraum vorbei. Hinter der offenen Tür lag eine Patientin auf einem Hightech-Zahnarztstuhl, die sich ein wenig gedulden musste, bis ihre Behandlung fortgesetzt wurde. Aber eine kleine Pause nach dieser Bohrerei konnte ja nicht schaden, fand Sandra. Sie überlegte, wann sie zuletzt beim Zahnarzt gewesen war, und stellte fest, dass ihr nächster Kontrolltermin überfällig war. Wobei sie Glück mit ihren Zähnen hatte. Drei Füllungen waren für ihr Alter nicht besonders viel. Bis auf zwei gezogene Weisheitszähne waren ihr schmerzhafte Zahnbehandlungen und Kieferoperationen bisher erspart geblieben.

Sie folgten der Assistentin in ein kleines Zimmer mit einem runden Tisch und sechs Stühlen. Auch hier war die Einrichtung in Weiß gehalten. Die Frau Doktor würde jeden Moment dazustoßen, sagte die nette Brünette, und ihre Chefin hielt ihr Versprechen.

Sandra war überrascht, wie jung die Zahnärztin für eine dreifache Doktorin mit etlichen Zusatzqualifikationen aussah. Ihre blonden Haare waren im Nacken zu einem Pferdeschwanz zusammengebunden. Um den Hals trug sie eine Lupenbrille.

»Sie sind wegen Oskar Schneeberger hier, nehme ich an«, kam sie nach kurzer Begrüßung gleich zur Sache.

Sandra bestätigte ihre Vermutung. »Wir möchten Sie gar nicht lange aufhalten.«

Frau Doktor Sokol nickte mit ernster Miene und setzte sich zu ihnen an den Tisch.

»Sie waren am Donnerstagnachmittag in Abelsberg, als der Hund von Frau Lichtenegger die Hand apportiert hat, richtig?«

»Ja, das stimmt.« Die Jägerin bestätigte auch, dass sie wegen ihres Sohnes nicht länger auf ihre Zeugenbefragung hatte warten können.

»Darf ich Sie fragen, wo Sie am vergangenen Montag ab 15 Uhr waren?«

»Hier, in meiner Praxis. Meine beiden Assistentinnen werden Ihnen das bestätigen. Und die Patienten, die ich ab 14 Uhr behandelt habe. Wenn Sie möchten, kann ich Ihnen den Ordinationskalender mit allen Patientennamen einschließlich ihren Kontaktdaten ausdrucken lassen.«

Sandra stimmte ihrem Angebot zu, damit Anni zumindest stichprobenartig ihre Aussage überprüfen konnte. »Und am Dienstag?«, fuhr sie fort.

»Von 8 bis 12 Uhr war ich in der Praxis und nach dem Mittagessen beim Steuerberater«, erklärte die Zahnmedizinerin. Seine Kanzlei firmierte in Gleisdorf, der nahe gelegenen oststeirischen »Solarstadt«, die schon seit Jahrzehnten auf Sonnenenergie setzte. Im Gegensatz zu vielen anderen Gemeinden, die erst mit dem Beginn des Ukraine-Kriegs und der dadurch verursachten Energiekrise den Umstieg auf alternative, erneuerbare Energien ernsthaft angingen.

»Würden Sie uns bitte den Unfall schildern, in den Sie am Samstag, dem 8. Juli, auf dem öffentlichen Parkplatz in Kumberg verwickelt waren? Was genau ist da passiert?«

»Ich bin gegen 10 Uhr mit meinem Einkaufswagen vom Supermarkt zu den Bauernstandeln hinübergefahren, als ich auf einmal Reifen quietschen gehört habe«, berichtete Doktor Sokol. Ein Volvo wollte sich zwischen zwei schräg parkenden Autos einparken und krachte dabei ungebremst in ihr Auto, das direkt vor der Parklücke mit der Schnauze voran abgestellt war. »Ich habe sofort meinen Einkaufswagen stehen gelassen und bin hinübergelaufen. Es hätte ja sein können, dass der Fahrer verletzt ist«, berichtete sie und bestätigte damit ihre Aussage, die sie am Unfalltag zu Protokoll gegeben hatte. »Oskar Schneeberger ist bei laufendem Motor geistesabwesend in seinem Auto sitzen geblieben. Er hat auch dann nicht reagiert, als ich an seine Scheibe geklopft habe«, erzählte sie weiter. »Ich habe seine Tür geöffnet und ihn noch einmal angesprochen, worauf er völlig ausgerastet ist. Der Unfall hat bei ihm eine akute emotionale Stressreaktion ausgelöst.« Er hatte sie auf das Übelste beschimpft. Die obszönen Worte seiner Tirade wollte sie lieber nicht wiederholen. Daraufhin hatte sie die Polizei angerufen. »Oskar hat mir vor der Nase die Autotür zugeknallt, sie von innen versperrt und ist im Rückwärtsgang mit Vollgas losgefahren. Er hat versucht zu flüchten, obwohl ihn etliche Zeugen, die sich inzwischen um uns geschart haben, auch persönlich kennen.« Bei dem Manöver musste ein junger Mann auf die Seite springen, um nicht überfahren zu werden. Dabei kollidierte der Regisseur mit dem Kleinwagen einer Frau, die gerade hinter ihm vorbeifahren wollte. Damit waren ihm alle Fluchtwege versperrt. Keine zwei Minuten später traf das Unfallkommando aus der benachbarten Polizeiinspektion ein. »Meine Stoßstange und die Motorhaube waren beschädigt, genauso wie die Fahrertür am Wagen der anderen Frau. Glücklicherweise sind keine Menschen zu Schaden gekommen. Wie leicht hätte Oskar bei seinem völlig unverantwortlichen Fluchtversuch jemanden verletzen können. Stellen Sie sich nur vor, wenn mein Sohn oder mein Hund im Auto gesessen wären.«

»Sie hätten Ihren Sohn doch bestimmt nicht im Auto sitzen lassen, während Sie einkaufen«, wandte Bergmann ein.

»Und Ihren Hund hoffentlich auch nicht.«

»Natürlich nicht«, sagte die Zahnärztin, die seit einem Jahr geschieden und alleinerziehend war. »Mein Hund war zu Hause und mein Sohn mit meiner Mutter am See.«

»Haben Sie Herrn Schneeberger nach diesem Unfall noch einmal gesehen?«, fragte Sandra.

Doktor Sokol verneinte. »Ich war seither nur ein einziges Mal mit meinen Freundinnen in Abelsberg auf der Jagd. Und zwar am Donnerstag, an dem seine Hand und die Leiche gefunden wurden.«

Demnach hatte die Zahnärztin keine Gelegenheit gehabt, Oskar Schneeberger zur Rechenschaft zu ziehen. Wozu auch? Um sich als unschuldig Geschädigte von ihm beschimpfen zu lassen? »Haben Sie eine Idee, wer auf ihn geschossen haben könnte?«, fragte Sandra weiter.

»Nein. Aber wie Oskar sich zuletzt aufgeführt hat, hat er es sich bestimmt auch mit anderen Leuten verscherzt.«

»Mit wem zum Beispiel?«, hakte Sandra nach.

Die Zahnmedizinerin zögerte.

»Zeugen unterliegen der Wahrheitspflicht, Frau Doktor Sokol. Wenn Sie etwas wissen und sich nicht strafbar machen möchten, reden Sie bitte«, sagte Bergmann streng.

»Na schön ... Es gab wohl einen heftigen Streit am vergangenen Sonntag in Abelsberg. Ich war nicht persönlich anwesend, aber Marlene Lichtenegger hat mir letztens davon erzählt, nachdem die Leiche von Oskar geborgen war. Er soll ihren Hund absichtlich getreten haben, weil der sein Geschäft im Kies auf dem Vorplatz verrichtet hat. Dabei räumen wir die Hinterlassenschaften unserer Hunde immer weg. Erstens sowieso – in kaum einer steirischen Gemeinde gibt es mehr Hunde pro Einwohner als in Kumberg –, und zweitens würde die Frau Gräfin es nicht tolerieren, auf ihrem Anwesen in ein Hundstrümmerl zu treten.«

Bergmann und Sandra tauschten Blicke aus. Warum hatte die Tochter des Jagdpächters oder ihre Freundin von diesem Vorfall nichts erwähnt? Möglicherweise waren die beiden Jägerinnen doch nicht so unschuldig, wie sie sich gaben.

Sandra erkundigte sich nach weiteren Streitereien in Abelsberg.

»Wie gesagt, seit meiner Scheidung komme ich leider nicht mehr sehr oft zum Jagen. Mein Sohn und die Praxis nehmen mich voll in Anspruch.«

Das kaufte Sandra der Zahnärztin zweifelsfrei ab. »Mit welcher Waffe jagen Sie?«, stellte sie ihre letzte Frage.

Doktor Sokol nannte ihr ihre Jagdwaffe und die Munition, die für die Tat nicht infrage kamen. Anschließend begleitete sie die Ermittler zum Empfang.

Die Assistentin bestätigte die Anwesenheit ihrer Arbeitgeberin in der Praxis im fraglichen Zeitraum und druckte den Ordinationskalender und die Kontakte der Patienten aus, die behandelt worden waren, um der Zahnärztin ein wasserdichtes Alibi zu verschaffen.

»Die Frau Doktor können wir wohl von unserer Liste streichen«, sagte Bergmann im Stiegenhaus.

Sandra stimmte ihm zu. »Dafür sollten wir uns die beiden anderen Jägerinnen noch einmal vornehmen. Wahrscheinlich sind sie morgen bei der *Blattjagd* in Abelsberg dabei.«

Bergmann öffnete nickend die Haustür und setzte seine Sonnenbrille auf.

»Ich mache noch rasch einen Sprung in die Blumenhandlung«, sagte Sandra. »Kommst du mit? Deine Liebste freut sich bestimmt über einen Blumenstrauß.«

Bergmann zog die Augenbrauen nach oben. »Meine Liebste?«, brummte er. »Wer sollte das sein? Ich warte draußen auf dich.«

Das Gerücht, das ihm eine Affäre mit Nicole unterstellte, stimmte wohl doch nicht. Sandra entriegelte die Autotür mit dem Funkschlüssel, damit Bergmann einsteigen konnte, falls er das wollte. Den herzigen pinkfarbenen Glasfisch nahm sie mit hinein, um ihn zu bezahlen. Für sich selbst kaufte sie einen Blumenstrauß – wenn es sonst schon keiner tat.

11.

Das Gewitter war abgezogen und hatte der Stadt ein wenig Abkühlung verschafft. Sandra öffnete die Fenster, um über Nacht ihre Wohnung querzulüften. Die Schnittblumen versorgte sie mit Wasser und Frischhaltegranulat. Dann schenkte sie sich einen naturtrüben Apfelsaft ein und naschte ein paar Walnüsse, um ihren knurrenden Magen zu besänftigen. Eine lauwarme Dusche sollte sich vor dem Abendessen noch ausgehen.

Während Sandra ihre Haare wusch, ließ sie sich die bisherigen Ermittlungsergebnisse, die sie unterwegs mit Bergmann besprochen hatte, noch einmal durch den Kopf gehen. Zwar gab es einige mehr oder weniger starke Tatmotive, jedoch kam keiner der durchwegs kultivierten, freundlichen und friedfertigen Zeitgenossen, die sie befragt hatten, ernsthaft als Täter in Betracht. Keinem von ihnen trauten sie wirklich zu, einen Mord begangen zu haben. Doch irgendjemand hatte auf Oskar Schneeberger geschossen, ob nun vorsätzlich oder nicht. Wahrscheinlich waren sie dem Täter oder der Täterin noch nicht begegnet, nahmen sie beide an. Die Fakten sprachen dafür, unter den Jägern zu suchen. Und den Jägerinnen. Am meisten hatte sich bislang Marlene Lichtenegger verdächtig gemacht, waren sie sich einig. Bei der Frage nach Kameraüberwachung auf dem Anwesen hatte sie auffällig reagiert. Ihren Streit mit Oskar Schneeberger nach dem Hundetritt hatte sie ihnen ebenso verschwiegen wie den Blechschaden, den er am Auto ihrer Jagdfreundin verursacht hatte, von dem sie bestimmt wusste. Auch ihre Lebensgefährtin hatte ihnen diese beiden Vorfälle verheimlicht. Aber weshalb? Vielleicht konnten ihnen die Wildkameras diese Frage beantworten.

Nachdem Sandra ihre Haare geföhnt hatte, schlüpfte sie in ihr luftiges Tunikakleid, das sie in Andreas Boutique gekauft hatte. Das blaue Muster auf dem weißen Baumwollstoff versetzte sie augenblicklich in Urlaubsstimmung. Kurz vor 19 Uhr stieg sie die Treppe in den zweiten Stock hinunter und klingelte an der Tür.

Hubert empfing sie barfuß. Die Ärmel seines weißen Leinenhemds waren hochgekrempelt. Dazu trug er eine lässige blaue Sommerhose mit Tunnelzug, als hätten sie sich farblich aufeinander abgestimmt, was Sandra an die Farbwahl der Gräfin erinnerte. Und an Beatrice Franz, zu der sie Hubert später befragen wollte. Möglichst unauffällig, als würde sie dies aus privatem Interesse tun. Ehrlicherweise traf auch das ein wenig zu.

Hubert zog Sandra an der Hand in die Wohnung und küsste sie leidenschaftlich auf den Mund, was augenblicklich ein Kribbeln in ihrem Unterleib auslöste und nach mehr verlangte. Doch er ließ von ihr ab.

»Zeig mir dein Auge«, sagte Sandra. Auf den ersten Blick war ihr nichts aufgefallen.

Hubert wandte sein Gesicht der Vorzimmerlampe zu und beugte die Knie, um auf Augenhöhe mit Sandra zu kommen.

»Kaum etwas zu sehen«, stellte sie fest.

»Das hat am Vormittag noch ganz anders ausgeschaut«, sagte Hubert und richtete sich wieder auf. »Ich zeig dir dann ein Selfie. Kommst du mit mir in die Küche? Als Vorspeise habe ich uns eine Gurkenkaltschale vorbereitet. Passt das?«

»Und wie! Ich bin hungrig wie ein Wolf.« Ausgerechnet. Ob sie ihm erzählen sollte, dass sie Bergmann gestern mit einem vermeintlichen Wolf auf die Schaufel genommen hatte? Auch das verschob sie auf später.

»Ich muss das Gurkensüppchen nur noch aufmixen und anrichten«, sagte Hubert in der Küche.

Einige Zutaten für das Hauptgericht standen beim Herd bereit. Hubert nahm das Mixerglas mit der kalten Suppe und reichte Sandra eine Flasche Weißburgunder aus dem Kühlschrank. »Du weißt ja, wo die Weingläser sind. Kannst du den Wein öffnen und uns einschenken?«

Während der Mixer auf höchster Stufe surrte, füllte Sandra Wein in ein Glas und stellte die Weinflasche zurück in den Kühlschrank. Anschließend nahm sie die Sodaflasche heraus und schenkte sich selbst Wasser ein.

Hubert seufzte, als sie mit Sodawasser anstieß, sagte aber nichts. Stattdessen verteilte er die kalte Gemüsesuppe in die vorbereiteten weißen Schalen und garnierte sie mit Gurkenwürfeln. »Magst du Dille?« Er griff abermals zu seinem Weinglas und leerte es beinahe.

Sandra verneinte. Dille zählte nicht zu ihren bevorzugten Kräutern.

Hubert garnierte die eigene Kaltschale damit und schenkte sich selbst Wein nach. Dann drückte er Sandra sein Glas in die Hand und trug beide Schalen ins Wohn- und Esszimmer.

Seine Wohnung war beinahe gleich geschnitten wie ihre. Nur dass es in seiner einen Raum mehr gab, der zum Hof hinausschaute und den er als Arbeitszimmer nutzte.

»Lass es dir schmecken«, sagte Hubert.

Sandra wünschte ihm ebenfalls einen guten Appetit. Beim Essen schilderte sie ihm das Inferno in der schaukelnden Gondel, nachdem die Schöckl-Seilbahn eingestellt worden war. »So schmähstad habe ich Sascha in all den Jahren noch nicht erlebt«, erzählte sie schmunzelnd und gab zu, dass auch ihr mulmig zumute gewesen war. Angst habe sie jedoch keine verspürt, versicherte sie. Ihr Leben sei ja nicht in Gefahr gewesen.

»So ungefährlich ist ein Gewitter in der Seilbahn gar nicht«, entgegnete Hubert, während er den Löffel in die Schale tauchte. »Sollte ein Blitz in das Seil einschlagen, könnte es reißen.«

»Ist das schon einmal passiert?« Sandra konnte sich an keinen Seilbahnunfall erinnern, der durch einen solchen Blitzschlag verursacht worden war.

»Ich glaube nicht«, pflichtete Hubert ihr bei. »Was aber nicht heißt, dass es nicht irgendwann passieren könnte. Das ist wie in der Lotterie.«

»Ein Lotto-Sechser wäre mir dann schon lieber«, sagte Sandra. Allerdings hätte sie dafür Lotto spielen müssen.

Hubert stimmte ihr zu, dass die Wahrscheinlichkeit eines Seilrisses ausgesprochen gering war. Außerdem wurden an der Schöckl-Seilbahn zweimal im Jahr Revisionen durchgeführt. »Hat es dir geschmeckt?«, erkundigte er sich, als sie den Löffel in die leere Schale legte.

»Wunderbar«, lobte Sandra die erfrischende, feinwürzige Gurkenkaltschale und stand mit Hubert auf, um ihn in die Küche zu begleiten.

Die entgräteten Filets von der Lachsforelle aus einer Weizer Fischzucht waren rasch abgebraten, die Polenta gerührt, mit Kresse verfeinert und der gewaschene Pflücksalat bereits mariniert.

Kochen konnte Hubert. Das musste man ihm lassen. Doch er hatte auch noch andere Talente, wusste Sandra. »Wie ist denn der Abend am Funkhausteich weiter verlaufen? Habe ich etwas versäumt?«, erkundigte sie sich, zurück am Esstisch.

»Du hast Beas Romanlesung versäumt«, sagte Hubert mampfend.

Sandra sparte sich eine Antwort, die möglicherweise zu einer literarischen Diskussion geführt hätte, bei der sie sowieso den Kürzeren zog. Stattdessen genoss sie lieber die cremige Kressepolenta zu der köstlichen Lachsforelle.

»Bea hätte dir danach auch noch gerne die Leviten gelesen, weil du dein Handy nicht ausgeschaltet hast«, sagte Hubert. »Was das betrifft, ist sie ziemlich humorlos.«

Ansonsten wahrscheinlich auch, dachte Sandra. Das ließen zumindest ihre Texte vermuten. »Sie hätte das Publikum vorher daran erinnern können, die Handys auszuschalten.« Sandra hatte es ja nicht absichtlich angelassen, sondern schlichtweg vergessen.

»Wenn überhaupt, wäre das die Aufgabe des Moderators gewesen«, sagte Hubert und griff zu seinem Weinglas. »Grundsätzlich sollten Handys bei Lesungen immer ausgeschaltet sein oder sich im Lautlos-Modus befinden«, dozierte er. »Man könnte das auf die Tickets drucken.«

Als ob das jemand lesen würde, dachte Sandra. »Warum hast du mich Bea als deine Nachbarin vorgestellt?«, fragte sie.

»Na, das bist du doch.«

Sandra hielt mit dem Kauen inne und sah Hubert mit schmalen Augen an.

»Und mehr als das«, fügte er sanfter hinzu und blickte ihr tief in die Augen.

Dieser Blick zog bei ihr meistens. Deshalb schaute Sandra weg und aß weiter, um nicht gleich wieder schwach zu werden. »Wart ihr nachher noch wo?«, fuhr sie nach einer kurzen Schweigepause fort.

»Wir waren noch was trinken, warum?«

»Nur so. Es interessiert mich halt. Wie lange kennt ihr euch eigentlich schon?« Wie gut sie sich kannten, fragte Sandra lieber nicht. Sonst glaubte er noch, dass sie eifersüchtig war.

»Seit vier, fünf Jahren«, antwortete Hubert und widmete sich wieder seinem Fisch.

»Hat sie einen Freund?«, wollte Sandra wissen.

Genervt legte Hubert sein Besteck auf den Tellerrand und wischte sich mit der Serviette über den Mund. »Weshalb fragst du mir Löcher in den Bauch wegen Bea? Bist du etwa eifersüchtig auf sie?«

»Nein, nur interessiert.« Sandra trank einen Schluck Sodawasser, um zu verbergen, dass sie nicht ganz ehrlich war.

»Dein Interesse an ihr ist mir gestern aber nicht besonders groß vorgekommen«, wandte Hubert ein.

Zu diesem Zeitpunkt hatte Sandra auch noch nicht gewusst, dass Beatrice Franz möglicherweise in einen Mordfall verwickelt war. »Sollte ihr letzter Roman nicht verfilmt werden?«, fragte sie.

Hubert runzelte die Stirn. »Das hat sie mir nach der Lesung unter dem Siegel der Verschwiegenheit erzählt. Aber woher weißt *du* das?«, fragte er irritiert.

Sandra zuckte mit den Schultern und schob sich ein weiteres Stück Fisch in den Mund.

»Ach so«, fiel bei Hubert der Groschen. »Dein neuer Mordfall. Du hast im Zuge der Ermittlungen herausgefunden, dass Oskar Schneeberger an einer Verfilmung interessiert war.«

Sandra sah ihn kauend an. Dass Hubert nicht dumm war, hatte sie von Anfang an gewusst. Jetzt war ihr auch klar, dass er nicht über Beatrice Franz sprechen wollte. War ihre Eifersucht etwa doch berechtigt?

»Möchtest du sonst noch etwas von Bea wissen? Soll ich sie anrufen?«, fragte Hubert sarkastisch.

Bloß das nicht. Sandra verneinte und trank noch einen Schluck Wasser. Hubert zu löchern, führte zu nichts außer zu schlechter Stimmung. Ohnehin würde sie die Schriftstellerin demnächst offiziell befragen. Ob sie ihm sagen sollte, dass seiner Autorenfreundin demnächst eine Zeugenladung der Kriminalpolizei ins Haus flattern würde? Lieber nicht.

Es ging ihn nichts an. Also wechselte Sandra das Thema. »Du hast wieder einmal ganz fantastisch gekocht«, lobte sie ihn.

»Zeigst du mir jetzt das Foto von deinem Auge?«

Hubert trank sein Glas aus und holte das Smartphone von der Anrichte. Hinter ihrem Rücken stehend beugte er sich über ihre Schulter, um ihr das Selfie unter die Nase zu halten.

»Das schaut ja voll arg aus«, sagte Sandra überrascht. »Wie hast du es geschafft, dass dein Auge so schnell wieder abschwillt?«

»Kalter Schwarzteebeutel und darüber ein *Coolpack*.«

»Das muss ich mir merken.«

Seine freie Hand wanderte von hinten über ihre Schulter auf ihre Brust, um diese sanft zu kneten.

»Zwischen dir und Bea läuft doch nichts, oder?«, platzte es nun doch aus ihr heraus. Diese Frage musste geklärt werden, bevor sie sich Hubert unbeschwert hingeben konnte.

Schweigend brachte er sein Handy zum Sideboard zurück, um es weiter aufzuladen.

Sandra beobachtete ihn aufmerksam, während ihr Herz bis zum Hals schlug.

Hubert lehnte sich an die Anrichte, kreuzte die Arme vor der Brust und schaute sie mit ernster Miene an. »Na schön, Sandra ...«, begann er.

Ihr stockte der Atem. Der Zeitpunkt für diese Gewissensfrage war wohl nicht der richtige. Aber gab es den überhaupt?

»Wir haben ausgemacht, uns nicht gegenseitig auszufratscheln. Und du weißt, dass ich mich nicht gerne einschränken lasse. Aber wenn du es unbedingt wissen möchtest ...«

Sandra war sich nicht mehr sicher, ob sie die Wahrheit überhaupt hören wollte. Das Abendessen drehte sich ihr im Magen um.

»Ja, ich habe ein paarmal mit Bea geschlafen«, eröffnete Hubert ihr. »Das ist aber schon eine Weile her. Sie war in einer

Beziehung, und ich war ihr Seitensprung. Vor lauter schlechtem Gewissen hat sie unsere Affäre nach wenigen Wochen beendet und ist bei ihrem damaligen Freund geblieben. Was mir nur recht war. Seither sind wir befreundete Kollegen. Weiter nichts.« Hubert hob seine Schwurfinger.

Sandra nickte, einigermaßen erleichtert.

Hubert kam zu ihr, reichte ihr die Hand. »Komm schon her«, wechselte er seinen Tonfall.

Sandra stand auf und ließ sich von ihm küssen. Sie wollte ihm ja vertrauen. Aber ob sie es auch konnte? Einen Versuch war es allemal wert, dachte sie, als er ihr unters Kleid fasste, um ihr den Slip auszuziehen. Sie half nach und ließ das weiße Spitzendessous auf dem Parkettboden liegen, während Hubert die Kordel an seinem Hosenbund mit einem Griff löste.

Er stand im Hemd vor ihr, ebenso erregt wie sie. »Bereit fürs Dessert?«, fragte er und knöpfte sein Hemd auf. Er fasste abermals unter ihr Kleid und fand ihre nackte Scham.

Sandra verlor sich in seinen Augen, gab sich ihm und ihrer Lust hin.

KAPITEL 3

Samstag, 12. August

Das Büro war mitten am Tag in düsteres Licht getaucht. Sandras Augen fanden den Chefinspektor, der im fahlen Schein des PC-Monitors an seinem Schreibtisch saß und aufblickte. »Da bist du ja endlich«, begrüßte er Sandra, als hätte sie sich weiß Gott wie viel verspätet. Dabei war sie pünktlich um 14 Uhr aus dem Dienstwagen ausgestiegen, den sie auf dem Parkplatz des Landeskriminalamts abgestellt hatte. »Griaß di«, erwiderte sie gut gelaunt, ohne auf seinen Vorwurf einzugehen. Sie wollte sich lieber gleich dem umfangreichen Fotomaterial widmen in der Hoffnung, neue Hinweise darauf zu entdecken, und dann den verbliebenen Samstag mit Hubert verbringen. Wie gewöhnlich verstaute sie ihre Handtasche im Kasten hinter ihrem Schreibtisch, bevor sie auf ihrem Drehstuhl Platz nahm und die Schreibtischlampe anknipste.

Kaum war ihr Computer hochgefahren, rollte Bergmann auf seinem Stuhl heran und platzierte sich mit seinem Kaffeehäferl neben sie.

Nach und nach klickte sich Sandra durch die Fotos, die beim Konzert in Schloss Abelsberg aufgenommen worden waren. Unter den vielen unbekannten Gesichtern entdeckte sie ein paar bekannte – wie zum Beispiel jenes von Beatrice Franz, das Bergmann noch fremd war. Sandra klärte ihn auf, wer die blonde Frau auf dem Foto war, die in die Kamera lächelte, während der ältere Mann neben ihr ins Leere stierte.

Oskar Schneeberger hatte einen grauen Dreitagebart und graue längere Haare als beim Grazer Filmfestival vor einigen Monaten.

»Hübsche Frau«, bewertete Bergmann das Aussehen der Schriftstellerin.

Sandra spürte seinen Seitenblick, ließ sein Urteil dennoch unkommentiert im Raum stehen. Ihre persönliche Meinung zu dieser Person tat nichts zur Sache. »Beatrice Franz hat Hubert am Donnerstagabend im Vertrauen erzählt, dass Oskar Schneeberger ihren Roman verfilmen möchte«, berichtete sie.

»Zu diesem Zeitpunkt war der Mann bereits tot«, merkte Bergmann an.

Sandra nickte und lehnte sich zurück. »Richtig. Seine Schwester ist jedoch der Meinung, dass die Verfilmung des Romans ein einseitiger Wunsch der Autorin war.«

»Vielleicht gab es eine Vereinbarung, die er vergessen hat«, spielte Bergmann auf die Demenzerkrankung des Regisseurs an. Tatsächlich zählten Störungen der Merkfähigkeit zu den ersten Symptomen.

»Hätte er mit seiner Schwester über den Roman gesprochen und ein Urteil abgegeben, wenn er die Verfilmung vergessen hätte?«, wandte Sandra ein.

Bergmann betrachtete das Foto der beiden auf dem Monitor, während er überlegte.

»Die Version der Schwester erscheint mir wahrscheinlicher«, fuhr Sandra fort. »Wenn Oskar Schneeberger jemandem die Wahrheit anvertraut hat, dann am ehesten ihr.«

»Von seiner Alzheimer-Erkrankung hat er ihr aber nichts erzählt«, entgegnete Bergmann, noch immer auf den Bildschirm blickend.

»Vielleicht hat er sie ja doch eingeweiht, aber sie hat davon nichts erwähnt, um sein Andenken posthum nicht zu beschädigen«, spekulierte Sandra. »Demenz ist für viele ein Tabuthema, mit Scham und Angst behaftet.«

»Oder sie wusste wirklich nichts davon, weil auch er es nicht wusste oder wissen wollte«, wiederholte Bergmann eine frühere Theorie, die noch immer ungeklärt war und vielleicht auch bleiben würde.

»Gerade seiner Schwester als seiner engsten Vertrauten müsste doch aufgefallen sein, dass er sich in letzter Zeit verändert hat«, sagte Sandra.

Bergmann zuckte mit den Schultern. »Menschen werden im Alter oft schrullig. Insbesondere, wenn sie längere Zeit allein leben. Deshalb muss man nicht gleich an eine Demenzerkrankung denken.«

»Das sind ja schöne Aussichten für uns beide«, sagte Sandra. Sie lebten beide seit geraumer Zeit alleine.

»Wir könnten ja zusammenziehen, wenn wir dann beide in Pension sind.« Bergmann grinste sie an.

»Mein schlimmster Albtraum«, stöhnte Sandra auf. »Wenn es dir recht ist, werde ich Charlotte Schneeberger-Leger morgen Früh anrufen, um ihr mitzuteilen, dass die Leiche ihres Bruders zur Bestattung freigegeben ist«, kehrte sie zum Fall zurück. »Bei der Gelegenheit werde ich sie auf seine mutmaßliche Alzheimer-Erkrankung und auf die 120.000 Euro ansprechen, die er in seinem Schreibtisch aufbewahrt hat.«

Bergmann hatte nichts dagegen. »Was ist mit der Schriftstellerin?« Er wies mit dem Kinn auf den Bildschirm, der noch immer dasselbe Foto zeigte. »Hat Anni sie schon erreicht?«

»Ich werde sie am Montag darauf ansprechen. Allerdings scheint mir meine frühere Theorie über das mögliche Tatmotiv von Beatrice Franz nicht mehr so recht plausibel.«

»Warum nicht?«, fragte Bergmann. »Die Frau war wütend, als ihr klar wurde, dass Oskar Schneeberger ihren Roman nicht verfilmen wollte, sondern sein Interesse nur vorgetäuscht hat, um ihr an die Wäsche zu gehen«, wiederholte er ihr früheres Szenario.

Sandra kräuselte die Nase. »Hätte sie Hubert von der Romanverfilmung erzählt, wenn sie den Regisseur auf dem Gewissen hat? Warum sollte sie ihre Beziehung zu ihm und ein mögliches Tatmotiv auf dem Silbertablett präsentieren und sich dadurch verdächtig machen?«

Bergmann fuhr sich über die Bartstoppeln, während er nachdachte. »Das sehe ich anders«, entgegnete er. »Wenn sie die Täterin ist, hat sie vielleicht genau deshalb darüber geredet. Sie könnte die bevorstehende Verfilmung vorgetäuscht haben, als wüsste sie nicht, dass der Regisseur bereits tot ist, um sich als Unschuldsengel zu präsentieren.«

»Das klingt für mich ziemlich kompliziert und riskant«, fand Sandra.

»Aber auch clever. Sie musste doch sowieso damit rechnen, dass wir ihre Verbindung zum Regisseur im Nu aufdecken.« Bergmann zeigte erneut auf das Foto.

Sandra stimmte ihm zu, wandte jedoch ein, dass die Schriftstellerin den Regisseur auch zufällig beim Konzert hätte treffen können, wiewohl sie nunmehr wussten, dass dies nicht zutraf.

»Was hat dir Hubert noch über sie erzählt?«, wollte Bergmann wissen,

»Nichts weiter.« Jedenfalls nichts, was den Chefinspektor etwas anging. »Wenn tatsächlich eine Romanverfilmung geplant war, müsste die Filmproduzentin doch auch Bescheid wissen«, sagte Sandra.

»Wir werden sie danach fragen«, sagte Bergmann. »Und jetzt mach weiter.«

Sandra klickte sich durch die nächsten Fotos, bis sie abermals bei einem Bild von Oskar Schneeberger und Beatrice Franz hängen blieb. Auf diesem waren sie mit Marlene Lichtenegger, Stella Muchitsch und einem stattlichen unbekannten Mann an einem der Stehtische vor dem Schloss abgelichtet. Sandra vergrößerte die Ansicht, um den ungefähr 60-Jährigen genauer zu betrachten. »Das müsste Martin Lichtenegger sein«, nahm sie an. Morgen würden sie den Jagdpächter persönlich kennenlernen.

Bergmann streckte sich durch und stand auf, um kurz auszutreten, bevor sie die Schrankenfotos durchschauten. In der fraglichen Zeit hatten mehrere Paketdienste und ein paar unbekannte Leute den Schranken passiert. Charlotte Schneeberger-Leger war am 7. August um 11.57 Uhr fotografiert worden, als sie ihren Bruder besucht hatte, was eine weitere Aussage von ihr bestätigte.

Einige Fotos später stutzte Sandra. »Moment mal«, sagte sie und vergrößerte das Gesicht. »Marlene Lichtenegger hat doch behauptet, vor dem Donnerstag zuletzt am Sonntag davor in Abelsberg jagen gewesen zu sein.« Das Foto war jedoch am Montag um 18.17 Uhr aufgenommen worden, als sie beim Hausmeister angeklingelt hatte. Der Beifahrersitz war nicht besetzt, bemerkte sie ebenfalls.

»Bist du sicher, dass sie das ausgesagt hat?«, fragte Bergmann.

»Ziemlich sicher. Aber lass mich die Tonaufzeichnung schnell überprüfen.« Sandra griff zu ihrem Handy.

»Hat Anni die Aufnahmen noch nicht transkribiert?«

»Bestimmt hat sie das. Aber die Originale auf meinem Handy finde ich schneller.«

Ihre Erinnerung hatte Sandra nicht getäuscht. Marlene Lichtenegger hatte auch in diesem Punkt nicht die Wahrheit gesagt und sich dadurch noch eine Spur verdächtiger gemacht. Das Alibi, das Stella Muchitsch ihr verschafft hatte, war geplatzt und damit auch deren Alibi.

»Schauen wir uns noch den Dienstag an«, sagte Bergmann. Sandra blätterte weiter. Am 8. August um 9.23 Uhr hatte eine unbekannte Besucherin bei Adrian Szilagyi geklingelt, deren Foto sie ebenfalls markierte, um es später auszudrucken und die junge Frau identifizieren zu können. Wobei sie davon ausging, dass es sich um die Freundin des Cellisten handelte, die ihn zum Schwimmen abgeholt hatte.

»Die folgenden Tage können wir uns sparen«, meinte Bergmann und stand auf.

»Ich schau mir trotzdem die Fotos bis zum Donnerstag an«, sagte Sandra.

»Fleißaufgabe«, erwiderte Bergmann, der an seinen Schreibtisch zurückgekehrt war, um den Staatsanwalt anzurufen.

Sandra fiel kein weiteres verdächtiges Foto auf, aber Helene Kahr fehlte noch in ihrem Album. Sie fand im Internet ein aktuelles Foto der Schauspielerin, das sie mit den anderen ausdruckte, um sie anschließend ans Whiteboard zu hängen. Sie betrachtete diese, als Bergmann sie von hinten ansprach.

»Machen wir Feierabend für heute.«

Sandra hatte nichts dagegen einzuwenden. Morgen war auch noch ein Tag.

KAPITEL 4

Sonntag, 13. August

1.

»Halali«, sagte Bergmann, als Sandra auf den Parkplatz auf der Bastei von Schloss Abelsberg fuhr. Zwischen den Tulpenbäumen lagen fünf Rehböcke, dem Jagdbrauch entsprechend auf der rechten Körperseite akkurat nebeneinander im Gras aufgereiht. Die leblosen *Häupter* waren alle nach links hinten gedreht, sodass die trüben *Lichter* in dieselbe Richtung blickten – hätten die Augen der erlegten Tiere noch blicken können. In den *Äsern* der *Stücke* steckten Zweige. Mit dem sogenannten *letzten Bissen* im Maul drückten die Jäger ihre Achtung für das Tier aus.

Ein Weidmann um die 40 hockte vor der *Strecke*, um die Jagdbeute zu fotografieren, was nicht zuletzt der Dokumentation und Überprüfung der Abschusspläne diente. Seine kurze braune Hose zierten auffällige orangefarbene Außentaschen und Paspeln an den Innentaschen. In der Hocke war sie so weit hinuntergerutscht, dass seine Gesäßfalte hervorlugte. Ein zweiter älterer Jäger in kurzer Lederhose und grünem Poloshirt wandte sich ihnen zu.

Dass das *Weidwerk* für beide Männer erfolgreich verlaufen war, erkannte Sandra an ihren Jagdhüten, an denen ebenfalls Zweige steckten. Der *Schützen-* oder *Beutebruch* wurde traditionell rechts ins Hutband gesteckt und blieb dort einen Tag lang.

Ein dritter Jäger, grauhaarig, ebenfalls in kurzer Lederhose, mit khakifarbenem Shirt und ärmelloser brauner Weste, jedoch ohne Hut, lehnte am Geländer und beobachtete die Fremden.

»*Weidmannsheil*«, sprach Sandra den ältesten der drei Männer an, vor dem sie stehen blieben.

»*Weidmannsdank*«, grüßte der Jäger zurück und lüpfte seinen Hut. Seine grau melierten Haare kamen kurz zum Vorschein. Die graublauen Augen des ungefähr 60-Jährigen, den Sandra jetzt vom Foto wiedererkannte, blitzten wach und freundlich. Er maß etwa 1,90 Meter, war schlank, aber kräftig und verfügte über mehr jugendlichen Charme als so mancher deutlich jüngere Mann.

»Wir sind verabredet, nehme ich an?« Martin Lichtenegger stellte sich ihnen vor, und auch die Ermittler nannten ihre Namen und Dienstränge.

Der dunkelhaarige Mittvierziger hatte sich währenddessen aus der Hocke erhoben und zog seine verrutschte Hose hinauf. Sein Gesicht mit dem dunklen gepflegten Vollbart kam Sandra bekannt vor. Vielleicht hatte sie gestern auch von ihm ein Foto gesehen, denn der Mann machte nicht den Eindruck, als würde er sie kennen. Oder er sah jemandem ähnlich. »Doktor Thomas Enzinger«, stellte er sich vor, lüpfte jedoch nicht seinen Hut.

Bei Sandra fiel der Groschen. Der Rechtsanwalt war ihr vor Jahren einmal in einem dunklen Anzug gegenübergesessen, als sie einen Tatverdächtigen vernommen hatten. In der Jagdkleidung und mit dem Hut hatte sie den Mann nicht erkannt. Umgekehrt war sie ihm wohl nicht im Gedächtnis geblieben. Oder er ließ sich nicht anmerken, dass er sie kannte. Der dritte farblose Mann um die 50 beobachtete sie noch immer aus der Ferne.

Bergmann winkte ihn herbei.

Zögerlich folgte er der Geste des Kriminalpolizisten und stellte sich ebenfalls vor. Alle drei Männer gaben an, während des fraglichen Zeitraums bei der Arbeit gewesen zu sein, und nannten Kollegen beziehungsweise Kunden, die ihre Aussagen bestätigen konnten. Der Jagdpächter hatte das Opfer als Einziger etwas besser gekannt, jedoch kaum Kontakt zu ihm gehabt. Einige Male hatte er ihm Wildbret verkauft. Ansonsten grüßten sich die Männer, wenn sie sich in Abelsberg begegneten, und wechselten dann und wann ein paar Worte miteinander. »Small Talk, mehr nicht«, sagte Martin Lichtenegger.

»Haben Sie mitbekommen, dass Herr Schneeberger am vergangenen Sonntag den Hund Ihrer Tochter getreten hat?«, fragte Sandra.

Der Jagdpächter seufzte. »Ich war nicht dabei, aber die Marlene ist mit der Bari sofort zu mir gekommen, damit ich sie mir anschauen kann. Glücklicherweise war der Hund nicht verletzt.«

Die beiden anderen Männern, die ebenfalls an der *Blattjagd* teilgenommen hatten, bestätigten seinen Bericht.

»Warum hat Ihre Tochter diesen Vorfall nicht angezeigt?«

»Dem Hund ist ja nichts passiert«, antwortete Martin Lichtenegger. »Ich hätte Oskar ganz bestimmt zur Rede gestellt, wenn er mir das nächste Mal über den Weg gelaufen wäre.« Dazu kam es aber nicht mehr.

Sandra erkundigte sich nach den Jagdwaffen und der Munition der Männer und zeichnete ihre Aussagen mit dem Handy auf. »Können Sie mir bitte eine Liste aller Jäger zukommen lassen, die seit Beginn der heurigen Jagdsaison im Revier gejagt haben?«, fragte sie anschließend.

»Die beginnt bei uns am 1. Mai mit der Bejagung von *Rehböcken der Klasse III* und *Schmalgeißen*«, sagte der Jagdpächter und versprach ihr, die gewünschte Liste zu schicken.

»Wo bewahren Sie Ihre Waffen auf?«

Die Büchsen, mit denen sie die *Strecke* erlegt hatten, waren derzeit in ihren Autos eingeschlossen. Ansonsten verwahrten der Rechtsanwalt und der hutlose Jäger diese einbruchsicher bei sich zu Hause. Die Waffen des Jagdpächters waren in der Waffenkammer im Schloss eingesperrt, wenn sie gerade nicht gebraucht wurden. Auch die seiner Tochter und ihrer Freundin wurden in einem separaten Waffenschrank verwahrt. Dem Zentralen Waffenregister hatte Sandra entnommen, dass auf Martin Lichtenegger zwei Kipplaufbüchsen, drei Repetierbüchsen und eine Flinte für die *Niederwildjagd* registriert waren, was er bestätigte. Letztere kam selten zum Einsatz, da in Abelsberg nahezu ausschließlich Rehwild bejagt wurde, um einen gesunden Bestand zu erhalten und die Wildschäden möglichst gering zu halten, meinte der Jagdpächter. Seine Tochter besaß zwei Büchsen, ihre Freundin eine. »Als Waldbesitzer ist der Graf der Meinung, dass mehr *Stücke* abgeschossen werden sollten, um einen wirtschaftlichen Forstbetrieb zu gewährleisten«, fuhr Martin Lichtenegger fort. »Aber auch er muss sich an den Abschussplan der Behörde halten.«

Sandra bedankte sich bei den Weidmännern, die die Böcke wegschaffen und danach erneut zur *Blattjagd* wollten. Den Jagdpächter ersuchte sie, noch kurz hierzubleiben. Während die beiden anderen Jäger zwei *Stücke* schulterten, um diese in die Wildkammer zu tragen, wandte sie sich abermals an Martin Lichtenegger. »Sind das alles Ier Böcke?«, fragte Sandra, den Blick auf die erlegten Böcke zu ihren Füßen gerichtet. An ihren markanten *Häuptern* und *Muffelflecken* in den Gesichtern sowie den ausgeprägten *Pinseln* und starken *Trägern* – den Geschlechtsteilen und Hälsen – glaubte sie zu erkennen, dass es sich um ältere Tiere handelte. Anhand der Geweihe ließ sich das Alter, wenn überhaupt, nur vage bestimmen, wusste sie. *Jährlinge*, also Rehböcke im zweiten Lebensjahr, die insgesamt schmaler wirkten, waren keine darunter.

»Es sind Böcke der *Klassen I und II*«, sagte der Jagdpächter. »Wir schätzen das Alter und damit die Klasse nach dem Verhalten der Tiere. Bei den erlegten *Stücken* wird insbesondere auf die *Rosenstöcke*, das Gebiss und den Kiefer geachtet.« Er bückte sich und wies auf die Stirn eines Bocks, auf der die *Stangen* mit den *Rosen* – den kranzförmigen Verdickungen an den unteren Enden des Geweihs – aufsaßen. »Die offizielle Klassifizierung erfolgt durch die Bewertungskommission, der die Geweihe und die linken Unterkieferäste vorgelegt werden«, erklärte er.

»Haben Ihre Tochter und Frau Muchitsch Zugriff auf Ihren Waffenschrank?«, fragte Bergmann, nachdem die anderen Jäger längst außer Hörweite waren.

Der Jagdpächter verneinte. »Nur auf ihren gemeinsamen Schrank. Es gibt insgesamt vier Langwaffentresore in der Waffenkammer. Einen für mich, einen für die beiden Damen und zwei für die Grafen Abel-Abelsberg. Alle sind mit Zahlencodes gesichert.« Er kannte den Code des eigenen Waffenschranks und den seiner Tochter und bewahrte Notschlüssel für beide Tresore bei seinen Dokumenten zu Hause auf. »Ich bin mir aber sicher, dass Friedrich Abel-Abelsberg die Betriebsanleitungen noch hat und die Codes jederzeit ändern kann«, sagte er. Das hatte der Graf seit ihrer Anschaffung allerdings noch nie getan.

»Was ist mit dem Hausmeister?«, fragte Sandra.

»Simon Oswald hat mit dem Jagdbetrieb in Abelsberg nichts zu tun«, versicherte Martin Lichtenegger.

»Halten sich Ihre Tochter und Frau Muchitsch derzeit auch in Abelsberg auf? Wir hätten nämlich noch ein paar Fragen an sie.«

Martin Lichtenegger blickte sich um. »Die beiden müssten sich hier irgendwo herumtreiben«, meinte er. Der nahe Sitzplatz beim Schuppen war jedoch leer.

Sandra blinzelte in die Sonne, die demnächst hinter dem Bergrücken untergehen würde und den Schlosspark und die gräfliche Grabkapelle in goldenes Licht tauchte. Doch auch dort war niemand zu sehen.

»Unsere beiden *Küchenjägerinnen* werden wahrscheinlich im Wildkammerl beschäftigt sein«, vermutete der Jagdpächter. Sein ausgestreckter Arm wies auf das Stallgebäude, hinter dem ein grauer Geländewagen mit offener Heckklappe stand.

»*Küchenjägerinnen?*«, hakte Bergmann nach. »Jagen sie auch Küchenschaben?«

Der Jagdpächter lachte. »So bezeichnen wir Jägerinnen, die vor allem fürs Wildbret jagen.«

Gab es eine bessere Motivation für die Jagd, fragte sich Sandra. Immerhin hatte die Ernährungsfrage die Menschheit ursprünglich dazu gebracht, Tiere zu erlegen.

»Das war nicht böse gemeint«, fuhr Martin Lichtenegger lächelnd fort. »Den Damen geht es bei der Jagd auch um das Naturerlebnis.«

Die beiden Jäger kehrten zurück, um die nächsten Böcke abzuholen.

»Habt ihr die Marlene oder die Stella gesehen?«, sprach der Jagdpächter sie an. »Die Kriminalpolizei hat noch einige Fragen an sie.«

»Sie sind beide im Wildkammerl«, erwiderte der hutlose Weidmann.

»Soll ich bei der Befragung anwesend sein?«, bot der Rechtsanwalt seinem Jagdfreund an.

»Das wird nicht nötig sein, oder?« Martin Lichtenegger blickte von Sandra zu Bergmann. »Sie nehmen doch bestimmt nicht an, dass meine Tochter oder ihre Freundin den Oskar erschossen hat, nur weil ihr Hund zufällig seine Hand und die Leiche aufgestöbert hat.«

Bergmann zuckte mit den Schultern. Dass sie eine richterliche Bewilligung erwirkt hatten, um den Waffenschrank seiner Tochter zu überprüfen, musste er dem Vater nicht erklären.

Jeder der drei Jäger schulterte einen Bock, um die Beute in die Wildkammer zu tragen.

»Kommen Sie mit!«, sagte der Jagdpächter, nichts Böses ahnend, während sich Sandra fragte, wo der Leiter der Tatortgruppe so lange blieb.

Möglicherweise parkte er bereits vor dem Schloss, obwohl der Graf und die Gräfin das nicht gerne sahen.

2.

Im geöffneten Laderaum des Jeeps, der Marlene Lichtenegger gehörte, saß ihre Gebirgsschweißhündin in einem geschlossenen Hundekäfig. Bari reckte schnuppernd den *Fang* in die Höhe, während die drei Rehböcke an ihr vorbeigetragen wurden. In der Kühlzelle würden diese einige Tage abhängen, bis sie *zerwirkt* und direkt verkauft oder im Ganzen abgeholt wurden, um in einer Fleischerei zu Wildbret verarbeitet zu werden. Ein Teil ging an Gastronomiebetriebe, die daraus Wildgerichte zubereiteten. Im Lebensmittelhandel wurde Wildbret selten angeboten, höchstens in Fleischereien, auf Märkten oder in Webshops.

Martin Lichtenegger verließ das Wildkammerl als letzter Weidmann und verabschiedete sich in den Wald. »Sollten Sie etwas brauchen, rufen Sie mich bitte an. Meine Nummer haben Sie ja.«

»*Weidmannsheil*«, wünschte Sandra ihm abermals.

»*Weidmannsdank*«, folgte die Antwort. Dazu lüpfte der Jagdpächter erneut seinen Hut.

Als die Ermittler die Wildkammer betraten, schloss Marlene Lichtenegger gerade die Edelstahltür der Kühlzelle. ›4,2 Grad Celsius‹, verriet die rote Digitalschrift am Display.

Bergmann blieb hinter Sandra in der offenen Tür stehen und blickte ihr über die Schulter.

Stella Muchitsch begrüßte die Ermittler mit blutiger Schürze am Spülbecken stehend, wo sie gerade das *Geräusch* eines Rehbocks säuberte – dazu zählten die edlen Innereien des *Schalenwildes*: Lunge, Herz, Leber und Nieren. Der kopflose Bock, den sie gerade *aufgebro-*

chen hatte, war hinter ihr an seinen Hinterläufen an zwei Haken aufgehängt.

Marlenes flüchtige Blicke ließen Sandra vermuten, dass sie allzu forschenden Blicken ausweichen wollte. Das schlechte Gewissen schien sie zu drücken. Doch auch wenn sie gelogen hatte, war sie als Täterin längst nicht überführt.

»Darf ich Sie bitten, uns die Waffenkammer im Schloss zu zeigen, Frau Lichtenegger? Wir haben die Bewilligung, Ihre Waffen zu überprüfen«, sprach Sandra sie direkt an und hielt das Papier hoch.

Stella drehte den Wasserhahn auf, um sich die Hände zu waschen, als wollte sie ihre Freundin begleiten.

»Sie können gerne hier weitermachen«, hielt Sandra sie davon ab. »Mit Ihnen unterhalten wir uns zu gegebener Zeit.«

Die blonde Frau stutzte und drehte den Hahn wieder zu. Auch sie hatte ihnen einiges verschwiegen, vor allem aber die Falschaussage ihrer Freundin bestätigt. Diesmal sollte sie nicht mitanhören können, was Marlene Lichtenegger ihnen erzählte.

»Befinden sich Waffen in Ihrem Auto?«, fragte Sandra.

Marlene verneinte. »Ich habe unsere Büchsen schon in den Waffenschrank eingesperrt. Darf die Bari mitkommen?«

Die Ermittler hatten nichts dagegen einzuwenden, dass der Jagdhund sie begleitete.

3.

Am Vorplatz wurden sie von Jörg Schöffmann und Laura Magnoli erwartet, die sie in den Schlosshof begleiteten. Marlene Lichtenegger öffnete eine unversperrte Tür, hinter der fünf Stufen ins Souterrain des Schlosses führten. Sie befanden sich in einem alten Waschraum mit einem ausladenden Marmorwaschtisch, zwei WCs und einer Duschkabine. An einer Wand wartete eine ganze Reihe von Gummistiefeln auf Regenwetter. An der Garderobe hingen ein Wetterfleck und zwei Lodenhüte, daneben einige Warnwesten in leuchtendem Orange, die vor allem bei *Drückjagden* über den Jacken getragen wurden, damit ein Jäger den anderen nicht übersah. Besonders die *Treiber*, die das Wild möglichst langsam in die Richtung der aufgestellten Jäger drückten, um es nicht in Panik zu versetzen, gerieten leicht in die Schusslinie. Im Gegensatz dazu konnten Wildtiere die Rottöne nicht wahrnehmen, da sie aus menschlicher Sicht farbenblind waren.

Marlene befahl Bari, bei den Gummistiefeln Platz zu machen. Anschließend sperrte sie die Tür zur Waffenkammer auf, in der vier schulterhohe, grafitgraue Waffentresore standen. Sandra und Bergmann blieben an der offenen Tür stehen, während die beiden Kollegen in Schutzkleidung mit Marlene hineingingen. »Sperren Sie uns bitte den Tresor auf«, forderte Jörg Schöffmann sie auf.

Marlene gab den Zahlencode ein, der die Schließbolzen der massiven Tür entriegelte. Der Waffenschrank war für fünf Langwaffen ausgelegt, enthielt jedoch nur vier. Im obersten Fach lagerte schachtelweise Munition.

Der Kriminaltechniker prüfte eine Büchse nach der anderen, während ihm die Tochter des Jagdpächters erklärte, wer üblicherweise mit welchem Gewehr schoss. Ballistik-Experte war er zwar keiner, doch hatte er sich inzwischen schlaugemacht, welche Munition der tödlichen Kugel entsprach, die dem Leichnam in der Gerichtsmedizin entnommen worden war, und aus welchen Waffen diese abgefeuert worden sein konnte. Eine einzige in diesem Schrank kam infrage.

»Das ist die alte Hahnkipplaufbüchse meines Vaters, die er selten verwendet«, erklärte Marlene. »Sein Schrank ist voll, daher ist sie in unserem untergebracht.«

»Sind Ihnen die Codes der anderen Waffenschränke auch bekannt?«, fragte Sandra in den Waffenraum hinein.

Marlene verneinte. Umgekehrt glaubte sie auch nicht, dass jemand anderer als sie, Stella und ihr Vater, der auch einen Notschüssel für ihren Waffentresor aufbewahrte, die Kombination kannte.

»Das ist die Munition für diese Waffe?«, vergewisserte sich Jörg Schöffmann und präsentierte Marlene eine Schachtel.

»Das sind *Försterpatronen*«, bestätigte ihm die Jägerin.

Der Kriminaltechniker beschlagnahmte alle Schachteln derselben Munition und die Hahnkipplaufbüchse, um vor Ort Spuren abzunehmen. Gleich morgen in der Früh wollte er sie zu ballistischen Untersuchungen ins Bundeskriminalamt nach Wien schicken. Marlene bat er, den Waffenraum zu verlassen, damit Laura die Spuren vom Tresor abnehmen konnte.

Bari begrüßte Marlene schwanzwedelnd und ließ sich von ihr den Kopf tätscheln.

»Sie waren nicht ehrlich zu uns, Frau Lichtenegger«, sagte Bergmann. »Und wir fragen uns, weshalb.«

»Was meinen Sie?«, fragte Marlene und schaute den Chefinspektor an, der am Marmorwaschtisch lehnte.

Sich dumm zu stellen würde der jungen Dame nicht weiterhelfen, dachte Sandra.

»Sie hatten letzten Sonntag einen heftigen Streit mit Oskar Schneeberger, nachdem er Ihren Hund getreten hat«, sagte Bergmann ihr auf den Kopf zu.

Marlene schluckte. Ihre Augen füllten sich mit Tränen. »Dieser Unmensch hat die Bari getreten. Dabei hat sie doch nur ihre Notdurft verrichtet. Wer macht so etwas?« Tränen der Wut rollten über ihre Wangen, die sie mit der Hand wegwischte. »Das ist doch voll abartig! Ich habe immer alle Hundehaufen weggeräumt«, sagte sie, während Bari die Tränen von ihrer Hand ableckte.

»Sie sollen ziemlich wüste Drohungen gegen Herrn Schneeberger ausgesprochen haben«, fuhr Bergmann fort und behielt die Jägerin weiterhin im Auge. »Vielleicht haben Sie diese ja wahr gemacht ...«

»Unsinn! Wenn jemand meinen Hund misshandelt, zucke ich halt aus. Aber deswegen bringe ich noch lange niemanden um.«

»Sollten Sie Ihre Drohung doch wahr gemacht haben, wäre es jetzt an der Zeit, ein Geständnis abzulegen«, sagte Bergmann streng.

Marlene schaute ihn erschrocken an. »Nein, nein! Ich war das nicht!«, rief sie aufgebracht. »Ich schwöre es Ihnen.«

»Warum haben Sie uns nichts von diesem Vorfall erzählt?«

»Weil ich befürchtet habe, dass Sie mich dann verdächtigen werden. Und das tun Sie ja auch«, erwiderte Marlene weinend.

»Und deshalb haben Sie auch noch falsch ausgesagt«, fuhr Bergmann gnadenlos fort. »Sie waren am Montag gar nicht den ganzen Abend mit Ihrer Freundin zu Hause, wie Sie beide behauptet haben, sondern hier in Abelsberg«, wurde er lauter.

Marlene biss sich auf die Lippen, nickte und fuhr sich erneut über die tränennassen Wangen.

»Warum haben Sie gelogen?«, fragte Bergmann.

Marlene schluchzte. »Zuerst habe ich mich geirrt und wollte dann im Nachhinein nicht etwas anderes sagen, um mich nicht verdächtig zu machen.«

Sandra war geneigt, ihr zu glauben.

Doch Bergmann dachte nicht daran lockerzulassen. »Was ist zwischen Ihnen und dem Mordopfer noch alles vorgefallen? Vielleicht war der tätliche Angriff auf Ihren Hund ja nur der letzte Tropfen, der das Fass zum Überlaufen gebracht hat. Haben Sie auf Oskar Schneeberger geschossen?«

»Nein! Ich bin unschuldig! Das müssen Sie mir glauben.«

»Ich muss gar nichts. Was hatten Sie am Montagabend in Abelsberg zu tun?«, fragte Bergmann weiter.

»Ich wollte nach der Arbeit an die frische Luft und war mit der Bari im Wald spazieren.«

»Und wie lange waren Sie spazieren?«

»Kurz vor 20 Uhr habe ich mich ins Auto gesetzt und bin heimgefahren. Fragen Sie die Stella. Sie war schon von ihrem Termin zurück, als ich nach Hause gekommen bin.«

Die Freundin würde ihre Angaben so oder so bestätigen, nachdem sie sich bereits mit einer falschen Zeugenaussage strafbar gemacht hatte, stand zu befürchten. »Warum haben Sie überhaupt am Schranken angeläutet?«, fragte Sandra. »Sie haben doch bestimmt einen Öffner.«

»Ich habe eine App am Handy«, sagte Marlene. »Aber die hat an diesem Abend nicht funktioniert. Vielleicht war der Handyempfang so schlecht, weil vorher ein Gewitter war. Beim Heimfahren hat sie dann wieder funktioniert.«

Alle drei blickten zum Waffenraum, den die beiden Tatortermittler soeben mit der beschlagnahmten Waffe und den

Patronenschachteln verließen. »Sie können wieder absperren«, sagte Laura. »Wir sind hier fertig.«

»Der Oskar ist ganz bestimmt nicht mit dieser Büchse erschossen worden«, schluchzte Marlene den Kriminaltechnikern hinterher, die mit ihren Asservaten abzogen. »Sie glauben doch nicht ernsthaft, dass das einer von uns war?«

»Wir glauben gar nichts, wir ermitteln«, sagte Bergmann und warf Sandra einen kurzen Blick zu, der ihr signalisieren sollte, dass er es vorerst dabei belassen wollte.

»Noch eine letzte Frage«, sagte sie, nachdem Marlene den Waffenraum abgesperrt hatte. »Warum haben Sie nicht erwähnt, dass Herr Schneeberger und Frau Doktor Sokol Streit wegen eines Autounfalls hatten? Wollten Sie auch vermeiden, dass Ihre Freundin unter Verdacht gerät?« Und hätte umgekehrt die Zahnärztin den Streit um den Jagdhund für sich behalten sollen?

Marlene schaute sie aus rot geweinten Augen an, als ihr Handy klingelte. »Das ist mein Papa. Darf ich bitte rangehen?«

Mit einer Geste erteilte ihr Sandra die Erlaubnis.

»Papa, die Polizei verdächtigt mich, den Oskar ermordet zu haben. Sie haben deine alte *Ferlacher* mitgenommen.« Marlenes Stimme überschlug sich. Dann hörte sie zu, was ihr Vater sagte.

»Ja, gib mir bitte den Thomas.« Offensichtlich folgte sie dem Rat ihres Vaters, mit dem Anwalt über den Verdacht zu sprechen. »Ich habe den Oskar nicht erschossen«, versicherte sie ihm. »Kannst du bitte mit der Polizei reden?«, fragte sie und streckte dann der Ermittlerin ihr Handy entgegen.

Sandra lauschte den geschliffenen Worten des Rechtsanwalts.

»Selbstverständlich haben wir Ihrer Mandantin die richterliche Bewilligung vorgewiesen«, antwortete sie nach seinem Sermon. »Sie können gerne den Staatsanwalt kontaktieren.« Doktor Thomas Enzinger legte abermals los.

»Frau Lichtenegger hat eine Falschaussage getätigt, was ihren Aufenthaltsort im Tatzeitraum betrifft«, erklärte Sandra ruhig. »Außerdem hat sie uns mutmaßlich tatrelevante Fakten verschwiegen.«

Wieder folgte ein Wortschwall.

»Nein, wir haben zurzeit nicht vor, Frau Lichtenegger festzunehmen. Wir ermitteln weiterhin in alle Richtungen.«

Marlene hing mit bangem Blick und feuchten Augen an Sandras Lippen.

»Wir müssen aber die Fingerabdrücke Ihrer Mandantin und ihres Vaters nehmen.« Einen Schmauchspurentest bei den Jägern durchzuführen, erübrigte sich. »Frau Lichtenegger sollte bis auf Weiteres keine längeren Auslandsreisen unternehmen und sich zu unserer Verfügung halten«, fügte Sandra hinzu, den Blick auf Marlene gerichtet, als der Anwalt erneut das Wort ergriff.

»Morgen um 17.30 Uhr geht in Ordnung«, sagte sie, bevor sich der nächste Wortschwall über sie ergoss.

»Ja, ich gebe Ihnen jetzt Ihre Mandantin wieder. Guten Abend!« Sandra gab Marlene das Handy zurück.

»Ich war es nicht, Thomas! Ich bin keine Mörderin ... Nein, ich sag ihnen eh nichts mehr ohne dich. Ja, gut, hol mich morgen ab. *Weidmannsheil!*«

»Dann bis morgen, Frau Lichtenegger«, sagte Bergmann und wandte sich den Stufen zu, die zur Tür hinaufführten.

Sandra folgte ihm in den Schlosshof.

»Was hältst du von ihren Aussagen?«, fragte Bergmann auf dem Weg zum Stallgebäude.

»Ich glaube, dass sie uns jetzt die Wahrheit gesagt hat. Aber lass uns gleich noch ihre Freundin befragen.«

Stella telefonierte, als sie die Wildkammer betraten, und beendete das Gespräch, sobald sie die Ermittler bemerkte. Sandra hätte wetten können, dass Marlene sie angerufen hatte. Besonders überrascht schien sie jedenfalls nicht zu sein, dass ihrer beider Alibi geplatzt war, und tischte ihnen prompt ein neues auf.

»Am Montagnachmittag habe ich für einen Kunden einen Hochzeitsantrag gefilmt, den er später für seine Verlobte auf *Instagram* gepostet hat. Wollen Sie ihn sehen?« Sandra schüttelte den Kopf, ließ sich aber die Kontaktdaten des Bräutigams geben.

»Und wann waren Sie und Ihre Freundin dann zu Hause?«

Stella war ungefähr um 18 Uhr daheim, Marlene kam gegen 20.30 Uhr nach Hause, während sie sich einen *Steirerkrimi* im Hauptabendprogramm anschaute.

Sandra bat Stella, am nächsten Tag mit ihrer Freundin ins LKA zu kommen, damit sie auch ihre Fingerabdrücke nehmen konnten. Dann verabschiedeten sie sich.

»Die haben sich doch schon wieder abgesprochen«, meinte Bergmann, als sie wenig später im Auto saßen.

Sandra nickte. »Anzunehmen. Aber das neue Alibi von Stella lässt sich ja überprüfen.«

Bergmanns Handy klingelte. Er aktivierte den Lautsprecher, damit Sandra mithören konnte.

»Ich wollte euch noch informieren, dass sich auf der sichergestellten Büchse keine brauchbaren Fingerabdrücke befinden«, sagte Jörg Schöffmann. »Aber von den Patronenschachteln und vom Waffenschrank haben wir einige Prints, die zum Abgleichen taugen.«

»Du kannst uns morgen um 17.30 Uhr einen Kollegen schicken, der Fingerabdrücke der Jägerinnen und des Jagdpächters nimmt. Und dann bin ich auf die Auswertung der Wildkameras gespannt«, sagte Bergmann.

Sandra nickte, den Blick auf die Straße gerichtet. »Das bin ich auch«, murmelte sie.

KAPITEL 5

Montag, 14. August

1.

Als die Abteilungsinspektorin um 8 Uhr das Büro betrat, saß ihre Kollegin bereits am Schreibtisch und telefonierte. Der Arbeitsplatz des Chefinspektors war nicht besetzt. Sandra stellte ihren Pfefferminztee auf dem Schreibtisch ab und nickte Anni Thaler zu. Nachdem sie ihre Handtasche verstaut hatte, fiel ihr Blick auf das Whiteboard mit den Fotos. Darum wollte sie sich gleich kümmern.
»Guten Morgen, Sandra!« Anni hatte ihr Telefongespräch beendet.
Sandra wandte sich um und grüßte zurück. »Wo ist Sascha?« Sie setzte sich an ihren Schreibtisch, um den Computer hochzufahren.
»Er wollte zu Jörg und anschließend zur Chefin, um ihr zu berichten. Die Presseabteilung wollte ihn auch dringend sprechen.«
Dann würde er eine Weile beschäftigt sein, wusste Sandra aus Erfahrung. Vor 10.30 Uhr rechnete sie nicht mit ihm,

eher später.«Lass uns zuerst die Aufgaben verteilen«, schlug sie der Kollegin vor.»Wir haben jede Menge Bürokram zu erledigen.«
»Den kannst du ruhig mir umhängen«, bot Anni ihr an, was Sandra sehr gelegen kam.
»Ich lade dir gleich einmal die letzten Tondateien zum Transkribieren hoch.« Früher hätten sie diese alle anhören und abtippen müssen. Diesen Aufwand ersparte ihnen das Transkriptionsprogramm. Dennoch mussten alle Texte redigiert und richtig zugeordnet werden, damit jeder im Team jederzeit den aktuellen Ermittlungsstand in der digitalen Akte vorfand. Schlampereien und Fehler konnten zu Versäumnissen führen, die schlimmstenfalls ein Ermittlungsergebnis null und nichtig machten, was unter Umständen dem Täter zugutekam.»Nimm dir bitte zuerst die letzten Aufnahmen von Marlene Lichtenegger und Stella Muchitsch vor«, fuhr Sandra fort.»Sie sind heute um 17.30 Uhr mit Martin Lichtenegger und Doktor Enzinger zur erkennungsdienstlichen Erfassung und Protokollunterzeichnung einbestellt.«

Anni nickte und notierte sich den Termin.

»Gibt es sonst noch neue Termine?«, erkundigte sich Sandra.

»Gabi Del Medico erwartet euch am Mittwoch um 10 Uhr in der *ADM Filmproduktion*«, antwortete Anni, noch bevor sich der Kalender auf Sandras Monitor öffnete.

»Passt. Haben wir die Stabliste schon bekommen?«

»Die hat sie mir für heute versprochen«, antwortete Anni.

Sandra überflog den Onlinekalender, fand jedoch nicht, wonach sie suchte.»Was ist mit Beatrice Franz und Helene Kahr? Sascha möchte die beiden zeitnah befragen.«

»Ich habe weder die eine noch die andere erreicht. Beatrice Franz habe ich auf ihre Mobilbox gesprochen und sie um Rückruf gebeten, aber sie hat sich noch nicht gemeldet. Helene Kahr hat keine Mailbox.«

»Ich probiere es später selbst bei Helene Kahr. Kannst du es gleich noch einmal bei Beatrice Franz versuchen?«, fragte Sandra.

»Aber es ist noch nicht einmal 9 Uhr«, gab Anni zu bedenken.

»Na und?«

»Na ja, Schriftstellerinnen schlafen doch gerne etwas länger, oder nicht?«

Wusste Anni, dass sie mit einem Schriftsteller liiert war, oder hatte sie das zufällig gefragt, wunderte sich Sandra. Hubert war tatsächlich eine Nachteule, jedoch galt das bestimmt nicht für alle Autoren. »Ich denke, du kannst es schon probieren.« Sandra stand auf und wandte sich dem Whiteboard zu, das ihnen helfen sollte, sich die Gesichter, Fakten und Zusammenhänge zwischen den Personen einzuprägen und den Überblick über den Ermittlungsstand zu bewahren. Fotos der Filmproduzentin und der beiden Jagdfreunde des Jagdpächters fehlten, fiel ihr auf. Sie wählte verschiedenfarbige Marker aus und zeichnete ein Smiley in Pink und zwei weitere in Blau an die entsprechenden Stellen.

Danach schrieb sie die Namen, Berufe, möglichen Tatmotive und Alibis darunter. Die in grüner Schrift waren bereits überprüft, die roten noch nicht bestätigt, einige fehlten überhaupt. Es standen ihnen noch unzählige Telefonate und Befragungen bevor.

Während Anni mit den Protokollen beschäftigt war, griff Sandra zum Festnetzapparat, um Charlotte Schneeberger-Leger anzurufen.

Die Schwester des Opfers klang erleichtert, als sie ihr mitteilte, dass der Leichnam nunmehr zur Bestattung freigegeben war und sie alles für eine würdige Verabschiedung in die Wege leiten konnte.

»Darf ich Sie noch etwas fragen?«, hakte Sandra nach.

»Bitte.« Die Frau seufzte gequält.

»Kann es sein, dass Ihr Bruder an Alzheimer-Demenz in einem frühen Stadium erkrankt war?« Sandra erntete Schweigen. »Frau Schneeberger-Leger? Ist alles in Ordnung? Hören Sie mich?«

»Ja, ja, ich höre Sie. Ich habe nur nachgedacht. Oskar hätte mir doch bestimmt erzählt, dass er Alzheimer hat.«

Vielleicht hatte er seine Schwester mit dem Wissen um seine Erkrankung nicht belasten wollen. Oder er hatte selbst nichts davon gewusst, rief Sandra sich abermals die naheliegenden Theorien in Erinnerung. Was, wenn er sich absichtlich hatte erschießen lassen, um seinem unausweichlichen Schicksal zu entrinnen, kam ihr eine weitere Möglichkeit in den Sinn. Aber von wem? Von einem Auftragskiller? Einem Jäger? Oder einer Jägerin? Hatte er Marlene Lichtenegger absichtlich provoziert, indem er ihren Hund getreten hatte? Nein, das war viel zu weit hergeholt. Es gab einfachere und sicherere Wege, aus dem Leben zu scheiden, wenn man keinen Suizid begehen wollte. Passive Sterbehilfe war unheilbar kranken Personen mit einer Sterbeverfügung auch in Österreich erlaubt und sicherte dem Sterbehelfer Straffreiheit zu.

»Sind Sie noch dran, Frau Mohr?«

»Ja, ich war kurz abgelenkt«, entschuldigte sich Sandra.

»Hat sich Ihr Bruder zuletzt anders verhalten als früher?«

»Nun ja, er war ein wenig unkonzentriert, zerstreut und hat Dinge verlegt. Vor unserem letzten Spaziergang hat er sein Handy nicht mehr gefunden. Dabei hatte er es beim Mittagessen noch«, erzählte Charlotte Schneeberger-Leger. »Ich habe ihn angerufen, damit wir es finden, aber es war nicht zu hören.«

Weil es im Kühlschrank gelegen war, erinnerte sich Sandra.

»Alzheimer, sagen Sie? Wie schrecklich«, meinte die Frau bestürzt.

»Hat er Ihnen von dem Blechschaden erzählt, den er mit seinem Auto verursacht hat?«

»Meinen Sie den Unfall auf dem Parkplatz in Kumberg?«

»Ganz genau.«

»Der ist schon einige Wochen her. Außerdem hat Oskar von einer Fahranfängerin gesprochen, die ihm ins Auto gekracht ist«, sagte Charlotte Schneeberger-Leger.

»Haben Sie eine Idee, warum er eine sechsstellige Geldsumme in seinem Schreibtisch aufbewahrt hat?«

Die Frau am anderen Ende der Leitung verneinte.

»Könnte er erpresst worden sein?«, fragte Sandra, was ihr gerade in den Sinn gekommen war.

»Von wem denn? Andererseits hat er in der letzten Zeit einen recht nervösen Eindruck auf mich gemacht. Wenn wir zusammen unterwegs waren, hat er sich andauernd umgeschaut, als würde er verfolgt oder beobachtet werden. Ich habe ihn darauf angesprochen, aber er hat mich beschwichtigt. Möglicherweise waren das die ersten Anzeichen von Alzheimer.«

Oder jemand hatte ihn tatsächlich verfolgt, überlegte Sandra. Dass seine Schwester sein Verhalten letztens nicht erwähnt hatte, schrieb sie ihrem psychischen Ausnahmezustand nach der Todesnachricht zu, auch wenn sie diese vergleichsweise gefasst aufgenommen hatte.

»Gibt es schon einen Tatverdächtigen?«

Danach hatte sich Charlotte Schneeberger-Leger schon einmal erkundigt. »Es tut mir leid, darüber darf ich aus ermittlungstaktischen Gründen nicht sprechen«, sagte Sandra und bedankte sich für das Gespräch. »Sollte Ihnen noch etwas zum Verhalten Ihres Bruders oder irgendwas anderes einfallen, rufen Sie mich bitte an. Es könnte wichtig sein.

Einen schönen Tag noch!« Sandra legte auf, lehnte sich auf ihrem Stuhl zurück und dachte nach. War Oskar Schneeberger von seinem Mörder verfolgt oder erpresst worden? Oder hatte er umgekehrt jemanden erpresst? Sie griff zu ihrer Maus und rief die Asservatenliste in der digitalen Akte auf, um nach den Bankdaten des Regisseurs zu suchen. Vielleicht ließ sich daraus eine Erpressung ableiten. Allerdings waren die Kontoauszüge zwar verzeichnet, aber noch nicht gescannt, stellte sie fest. Sie schrieb ein E-Mail an Stefan Baumgartner, dass er ihr die Bankdaten des Opfers möglichst rasch zukommen lassen sollte. Kaum hatte sie auf Senden geklickt, sprach Anni sie an.

»Ich habe Beatrice Franz erreicht, während du telefoniert hast«, berichtete sie. »Sie fährt morgen für drei Wochen ins Ausland, könnte aber heute Nachmittag herkommen. Ich habe ihr einen Termin um 15 Uhr vorgeschlagen. Kann ich ihr den bestätigen?«

Sandra nickte und rang sich ein Lächeln ab. »Ja, danke, Anni. Sie soll dann beim Portier nach Chefinspektor Bergmann fragen.«

Anni fragte nicht nach, warum Sandra ihren Vorgesetzten vorschob, sondern schickte ein SMS an die Zeugin. Anschließend klemmte sie sich wieder hinters Telefon, um weitere Alibis zu überprüfen.

Sandra war es nur recht, dass das Gespräch mit Beatrice Franz schon heute stattfinden würde. Dann hatte sie es wenigstens hinter sich und konnte Huberts ehemaliges Gspusi endgültig vergessen. Sofern diese Dame nicht Oskar Schneeberger auf dem Gewissen hatte, was sie für unwahrscheinlich hielt. Auf ihren Namen waren keine Schusswaffen registriert, was nicht ausschloss, dass sie Zugriff darauf haben und damit umgehen konnte. Dennoch hielt Sandra es für wahrscheinlicher, dass die Autorin ihren Kollegen mit einer vermeintlichen Romanverfilmung hatte beeindrucken wollen – nicht wissend, dass der Regisseur, den sie dafür gewinnen wollte, zu diesem Zeitpunkt schon verstorben war.

Sie griff noch einmal zum Telefon, um seine Ex-Frau anzurufen, aber erreichte sie nicht. Das Handy würde Helene Kahr anzeigen, dass die Landespolizeidirektion Steiermark angerufen hatte. Ob die Schauspielerin zurückrufen würde, war eine andere Frage. Sogenannte *Spoofing*-Anrufe, die von vermeintlich vertrauenswürdigen, aber gefälschten Rufnummern kamen, und *Ping-Calls*, die neugierige Leute zu einem kostspieligen Rückruf verleiten sollten, häuften sich. Deshalb vermieden immer mehr Leute, einen Anruf anzunehmen oder zurückzurufen, wenn die Nummer nicht in ihren Kontakten gespeichert war. Die Kriminalstatistik gab den vorsichtigen Zeitgenossen recht. Die Internetkriminalität wuchs dermaßen rasant, dass die Kollegen den Cyber-Kriminellen stets einige Schritte hinterherhinkten.

2.

Sandra studierte die Stabliste der letzten Dreharbeiten im Mai und Juni, die ihr auf den ersten Blick nicht weiterhalf. Der Film war seit über zwei Monaten abgedreht, stellte sie fest. Sollte es am Set Streitigkeiten gegeben haben, lagen diese eine Weile zurück. Wahrscheinlich zu lange, um die Bluttat ausgelöst zu haben. Allerdings waren Regisseure auch in die Fertigstellung ihrer Filme eingebunden. Vielleicht war dabei etwas vorgefallen. Sandra wollte sich vorerst auf jene Personen beschränken, die zuletzt Kontakt mit Oskar Schneeberger gehabt hatten. Diese konnte ihr am ehesten die Filmproduzentin nennen.

Pling! Die Meldung auf ihrem Monitor verriet Sandra, dass ein neues Dokument in die digitale Akte hochgeladen worden war. Gespannt öffnete sie die Datei mit den Kontoauszügen des Opfers.

Der aktuelle Kontostand war sechsstellig. Geldsorgen schien der Regisseur wahrlich keine gehabt zu haben. Die Schuldentheorie hatte sie ohnehin schon für sich abgehakt. Sie überflog die regelmäßigen monatlichen Abbuchungen – Miete, Leasingraten, Versicherungen, Kreditkarten, die üblichen Verpflichtungen. Sparsam hatte der Mann jedenfalls nicht gelebt. Warum auch? Und für wen? Er hatte keine Kinder, die sein Erbe antreten würden. Nur eine Schwester, die selbst vermögend war. Es sei denn, er hätte in seinem Testament anders verfügt.

Sandra blätterte immer weiter zurück, fand jedoch keine auffälligen Abbuchungen oder regelmäßigen Überweisungen an fremde Konten, die auf eine Erpressung hinwiesen.

Auch keine Eingänge, aus denen sie umgekehrt hätte schließen können, dass der Regisseur jemanden erpresst hatte. Der letzte größere Betrag war im Juli von der Verwertungsgesellschaft zur Wahrnehmung von Urheberrechten an Sprachwerken eingegangen. Abseits dieser Tantiemenausschüttung war im Jänner eine größere Summe von der *ADM Filmproduktion* überwiesen worden. Das war beinahe ein halbes Jahr her. Im Herbst des Vorjahres war eine weitere Tantiemenzahlung von der Verwertungsgesellschaft der Filmschaffenden erfolgt. Oskar Schneeberger hatte viel zu viel schlecht verzinstes Geld auf seinem Girokonto gehortet. Darüber hinaus besaß er Wertpapiere, Fonds und ein Sparkonto in beträchtlicher Höhe.

Sandra streckte den Rücken durch, trank einen kalten Schluck Tee und stand auf, um sich die Beine zu vertreten. Vor dem Fenster blieb sie stehen und blickte auf den Parkplatz hinunter, ohne dort bewusst etwas wahrzunehmen. Wofür waren die 120.000 Euro im Schreibtisch bestimmt, grübelte sie. War dieses Geld der Schlüssel zur Aufklärung des Mordfalls? Oder war es belanglos? Während sie nachdachte, betrat Bergmann das Büro.

Vermutlich wusste auch er keine Antwort auf ihre Fragen. Aber vielleicht hatte er andere Neuigkeiten zu berichten, die sich in der blassrosa Kartonmappe unter seinem Arm befanden. Er nahm an seinem Schreibtisch Platz, setzte seine Lesebrille auf und öffnete die Akte.

»Hat die Auswertung der Wildkameras einen brauchbaren Hinweis ergeben?«, fragte Sandra, am Fensterbrett lehnend.

»Ja, aber keinen Wolf«, sagte Bergmann, ohne aufzublicken.

Dass Sandra ihn auf den Arm genommen hatte, trug er wohl noch immer nach. »Und sonst?«, fragte sie.

»Rehe, Füchse, Waldmarder«, las Bergmann aus der Akte vor.

»Keine Menschen?«, unterbrach Sandra ihn ungeduldig.

Bergmann lehnte sich auf dem Chefsessel zurück und verschränkte die Arme hinter seinem Kopf. Zumindest legte er seine Füße nicht mehr auf den Tisch, wovor er früher nicht zurückgeschreckt war. In all den Jahren hatte Sandra ihm doch ein paar schlechte Angewohnheiten austreiben können – bei Weitem nicht alle. Immerhin hatte er aber sein schlimmstes Laster aufgegeben. Dass er nicht mehr rauchte, freute sie am allermeisten, nicht nur für seine Gesundheit. »Jetzt mach es nicht so spannend!«, forderte sie ihn zum Reden auf.

Auch Anni wartete auf seine Antwort.

»Auf den Speicherkarten der Wildkameras ist der Jagdpächter einige Male zu sehen, während er diese überprüft und justiert. Die Wildkamera, die am Weg zur Absturzstelle liegt, hat sein Töchterchen aufgenommen.«

»Schon wieder Marlene Lichtenegger«, sagte Sandra.

Bergmann nickte. »Sie hat die Speicherkarte am Montag vor einer Woche um 18.47 Uhr formatiert. Wenn das nicht verdächtig ist, weiß ich auch nicht.«

Sandra stimmte ihm zu und ging zum Whiteboard hinüber. »Sie war nach der Arbeit mit ihrem Hund im Wald spazieren«, wiederholte sie die letzte Aussage der Jägerin.

»Und dabei hat sie alles, was diese Kamera zuvor aufgezeichnet hat, gelöscht«, sagte Bergmann.

Sandra setzte sich an ihren Schreibtisch. »Marlene hat gewusst, dass sie auf der Speicherkarte zu sehen ist«, sagte sie. »Deshalb war sie so konsterniert, als wir sie nach Kameras gefragt haben.«

»Sie wusste, dass sie durch diese Fotos unter Tatverdacht gerät«, ergänzte Bergmann.

»Andererseits geht sie ihrem Vater im Revier zur Hand«, sagte Sandra. »Das entlastet sie wiederum.«

»Warum hat sie dann nur diese eine Speicherkarte formatiert und nicht auch alle anderen?«, wandte Bergmann ein.

»Das können wir sie heute Nachmittag fragen«, schlug Sandra vor.

Bergmann dachte nach. »Warten wir lieber den Ballistikbericht ab und behalten uns dieses Ass solange im Ärmel«, entschied er. »Wenn der richtige Moment gekommen ist, machen wir den Stich und drehen zu.«

»Wie du meinst«, sagte Sandra.

»Habt ihr die Alibis der Jäger schon überprüft, insbesondere die von Martin Lichtenegger und Stella Muchitsch?«

Anni, die mit einigen Zeugen telefoniert hatte, nickte. »Sie wurden mir bestätigt.«

»Hast du sonst noch Neuigkeiten für uns?«, fragte Sandra.

»Das Bewegungsprofil von Oskar Schneebergers Handy zeigt, dass er seit Freitagnachmittag vor seinem Tod ausschließlich bei Sendemasten in und rund um Abelsberg eingeloggt war«, berichtete der Chefinspektor. Die Anruflisten und Nachrichten im Handy belegten, dass er einige Male mit seiner Schwester telefoniert hatte. »Am Donnerstag nach seinem Tod sind ihr letzter Anruf und eine Nachricht auf der Mobilbox eingegangen, die sich um ihre gemeinsamen Wochenendpläne drehen.«

Dasselbe hatte Charlotte Schneeberger-Leger ausgesagt, erinnerte sich Sandra.

»In der Woche vor seinem Tod hat Schneeberger einige Male mit der Filmproduzentin kommuniziert«, fuhr Bergmann fort. »Außerdem hat er mit einer Handynummer telefoniert, die einem Markus Suppan gehört. Mit ihm hatte er auch E-Mail-Verkehr, der die Nachbearbeitung der letzten *Jagdschloss Wolfenau*-Staffel betrifft.«

»Markus Suppan?«, hakte Sandra ein. »Der Name steht auf der Stabliste«, erinnerte sie sich und öffnete die Datei noch einmal. »Markus Suppan ist Regieassistent«, stellte sie fest.

»Kannst du mir diese Stabliste auch ausdrucken?«, fragte Bergmann.

»Müsste die nicht auch bei seinen E-Mails dabei sein?«, überlegte Sandra laut.

»Wahrscheinlich. Du kannst sie dir dann gerne alle durchlesen«, schlug Bergmann vor.

Das hätte Sandra sowieso getan. Im Hintergrund hörte sie den Drucker surren.

»Deine Stabliste kommt«, sagte Anni.

Bergmann erhob sich, um den Ausdruck aus dem Drucker zu holen und die Kontakte auf den Listen abzugleichen. Anni trug er auf, den Briefträger auszuforschen, der in der vergangenen Woche die Post in Abelsberg zugestellt hatte, um zu eruieren, wann Oskar Schneeberger seinen Briefkasten zuletzt geleert hatte. Anhand des sichergestellten Inhalts ließ sich das nicht so konkret feststellen, wie er es sich erhofft hatte.

Mit dem richtigen Postboten persönlich zu sprechen, würde kein leichtes Unterfangen werden, ahnte Sandra. Dass im Sommer meist Ferialpraktikanten für urlaubendes Stammpersonal einsprangen, würde diese Aufgabe zusätzlich erschweren. Aber Anni war mit Geduld und guten Nerven ausgestattet.

»In der Woche vor seinem Tod hat Oskar Schneeberger außerdem mit dem Kameramann telefoniert«, stellte Bergmann nach dem Abgleich der Stabliste und der Telefonliste fest. »Und mit Beatrice Franz.« Wenngleich sich die Autorin nicht auf der Stabliste befand.

»Sie kommt heute um 15 Uhr ins LKA«, sagte Sandra. Bestimmt war es schlauer, Bergmann ihre Befragung zu überlassen. Aber das konnten sie sich ja später noch ausmachen.

Der Chefinspektor legte die Listen in der Mappe ab und brachte sie Sandra, auf deren Schreibtisch sich bereits einige stapelten.

Nachdem Anni sich in die Mittagspause verabschiedet hatte, berichtete Sandra dem Chefinspektor, was sich in der Zwischenzeit bei ihnen ergeben hatte, bevor sie sich den neuen Unterlagen zuwandte. Die Nachrichten auf dem Handy des Regisseurs gaben nicht viel her, stellte sie fest. Termine hatte er zuletzt keine gehabt oder diese nicht in seinen Kalender eingetragen. Die Daten aus seinem Computer, den die IT-Experten überprüften, waren noch ausständig.

Sandra knurrte der Magen, als Anni aus der Mittagspause zurückkehrte. Es war Zeit für ein leichtes Mittagessen in der Kantine.

3.

Nachdem Anni einige Male im Kreis verbunden worden war, hatte sie endlich eine Handynummer erhalten, die sich tatsächlich als Treffer herausstellte, erzählte sie Sandra und Bergmann nach dem Mittagessen. Die Briefträgerin war sich sicher, dass das Brieffach von Oskar Schneeberger am Dienstag nicht geleert worden war. Auch am Mittwoch hatte sie die Post wie gewöhnlich gegen 10.30 Uhr zugestellt, als ihr das große Kuvert aufgefallen war, das seit dem Vortag aus seinem Brieffach ragte. Immer wieder ärgerte sich die Postangestellte darüber, dass diese Fächer zu klein bemessen waren. Wenn es regnete und eine Sendung nass wurde, beschwerten sich die Leute darüber. Abgesehen von diesem Ärgernis sprach ihre Aussage einmal mehr dafür, dass die Tat am Montag zwischen 15 und 21 Uhr geschehen war – nach dem letzten Besuch von Charlotte Schneeberger-Leger und vor dem Einbruch der Dunkelheit. In diesem Zeitraum hatte Marlene Lichtenegger die Speicherkarte der Wildkamera gelöscht.

Sandra konzentrierte sich wieder auf die Akte, als Bergmanns Telefon klingelte. »Führt sie in einen freien Vernehmungsraum«, antwortete er dem Anrufer, dem er kurz zugehört hatte. »In Ordnung, wir kommen gleich.«

Sandras Herz schlug schneller, als sie Bergmann über die Stiege zum Vernehmungsraum ins Erdgeschoß folgte, was nicht an den Stufen lag, sondern an der bevorstehenden Begegnung mit der Zeugin.

Die Tür war sperrangelweit geöffnet.

Sandra suchte Deckung hinter Bergmanns Rücken, als dieser den fensterlosen, spärlich möblierten Raum betrat, der kaum größer als ein Besenkammerl war. In der Mitte stand ein runder Tisch mit vier Sesseln, auf dem ein Festnetztelefon und ein Mikrofon platziert waren. Darüber hing eine Videokamera an einem Schwenkarm, die bei Bedarf die Vernehmungen aufzeichnete. In diesem Fall genügte eine Tonaufnahme.

Der Chefinspektor begrüßte die blonde Frau, die ihre Locken, anders als bei ihrer Lesung, heute hochgesteckt trug. Während er auf einen freien Sessel zuging und sich vorstellte, erkannte Beatrice Franz die Frau, die mit ihm gekommen war.

Nichtsdestotrotz stellte sich auch Sandra offiziell vor. Die Autorin war noch blasser als zuvor. »Könnten Sie bitte die Tür offen lassen?«, bat sie und fuhr sich mit der Hand über den Nacken. »Es ist so stickig hier drinnen.«

Sandra bot ihr ein Glas Wasser an, das sie ablehnte. »Ich kann ohnehin nicht sehr lange bleiben. Ich muss noch ein paar Dinge besorgen, bevor ich morgen für drei Wochen nach Venedig fahre.«

Ausgerechnet zu Ferragosto, wenn ganz Italien Urlaub machte und das Verkehrsaufkommen und die Preise am höchsten waren, wunderte sich Sandra. Aber jeder, wie er wollte, und manche, wie sie konnten. Sie legte die Akte vor sich hin und ihr Smartphone mitten auf den Tisch, nachdem sie die Aufnahme gestartet hatte. Vorab hatten Bergmann und sie vereinbart, dass er die Befragung führen würde, was Sandra mehr als recht war.

»Sie haben am Samstag, dem 5. August, mit Herrn Oskar Schneeberger das Kammerkonzert auf Schloss Abelsberg besucht. Ist das richtig?«, kam er nach den üblichen Erläuterungen gleich zur Sache.

»Ja, das stimmt.« Die Blondine strich sich eine kürzere lose Locke aus dem Gesicht.

»Waren Sie mit ihm befreundet?«

»Wir hatten beruflich miteinander zu tun.«

»Inwiefern?«

»Wir standen in Verhandlung über die Verfilmung meines Romans«, wurde die Schriftstellerin deutlicher. Dabei blickte sie von Bergmann zu Sandra und wieder zurück.

»Sie verhandeln bei einem Konzert?«

»Natürlich nicht während des Konzerts. Aber man kann doch das Angenehme mit dem Nützlichen verbinden, nicht wahr?« Sie schenkte Bergmann dasselbe Lächeln, das sie Hubert und dem Kulturredakteur gezeigt hatte.

»Dann haben Sie Ihre Verhandlungen also nach dem Konzert geführt?«, erwiderte Bergmann unbeeindruckt.
»So ist es.«
»Sie sind ja ledig«, bemerkte der Chefinspektor provokant.
»Wollen Sie mir etwas unterstellen?«, echauffierte sich die Blondine. Ihr Lächeln war dahin.
Bergmann zog eine Augenbraue hoch. »Vielleicht hat das Interesse des Regisseurs ja vielmehr Ihnen als Ihrem Roman gegolten.«
»Wie kommen Sie darauf?«
»Sein bevorzugtes Genre war doch eher der Unterhaltungsfilm, wenn ich mich nicht irre.«
Beatrice Franz funkelte den Chefinspektor an. »Sie irren sich. Er hat lange vor dieser *Jagdschloss Tralala*-Serie auch anspruchsvolle Kinofilme gedreht.«
»Dann sind Ihre Verhandlungen also nicht gescheitert?«
Die Schriftstellerin verneinte empört.
»Und wie lange haben Ihre Verhandlungen nach dem Konzert noch angedauert?«
»Ich habe mich gegen 23 Uhr von Herrn Schneeberger verabschiedet.«
»Und Sie sind unverrichteter Dinge nach Hause gefahren.«
Die Schriftstellerin bestätigte zähneknirschend.
»Hatten Sie danach noch einmal Kontakt mit ihm?«
»Nein, das war das letzte Mal, dass ich Oskar gesehen habe.«
»Und gesprochen?«
»Zwei oder drei Tage später habe ich ihn angerufen, aber nicht erreicht. Soll ich auf meinem Handy nachschauen, wann das war?«
»Nicht nötig.« Die Telefonlisten des Opfers belegten ohnehin, dass Beatrice Franz ihn am Dienstagnachmittag angerufen hatte.
»Sie könnten aber nachschauen, wo Sie am Montag vor

einer Woche zwischen 15 Uhr und 21 Uhr waren«, sagte Bergmann.

»Das weiß ich auch so«, erwiderte Beatrice Franz spitz. »Ich erinnere mich ganz genau, wo ich war und was ich getan habe.« Sie warf Sandra einen eisigen Blick zu, der dieser selbst in dem warmen, stickigen Verhörzimmer einen kalten Schauer über den Rücken jagte. »Ich war zu Hause und habe mich auf meine Lesung vorbereitet. Gegen 19 Uhr hatte ich Besuch.«

»Hat dieser Besuch einen Namen?«, fragte Bergmann ungeduldig.

Sandra hielt den Atem an.

»Müllner Hubert.« Beatrice Franz hatte den Namen geradezu genüsslich ausgesprochen und dabei Sandra beobachtet. »Er ist der Nachbar von Ihrer Kollegin«, fügte sie hinzu, um möglichen Missverständnissen vorzubeugen.

Eben hatte Sandra noch gefröstelt, nun spürte sie die Hitze aus ihrem Bauch bis in ihre Wangen kriechen.

»Herr Müllner war bis zum Morgengrauen bei mir«, folgte der nächste Schlag in Sandras Magengrube. »Bis wann genau, kann ich nicht sagen. Ich habe nicht mehr auf die Uhr geschaut.«

Auch Bergmann hörte wie erstarrt zu.

Konnte ihre Aussage überhaupt stimmen? Sandra überlegte fieberhaft, was sie am Montagabend gemacht hatte. Nach der Arbeit war sie joggen, anschließend allein zu Hause gewesen. Hatte sie später noch mit Hubert telefoniert? Im Moment konnte sie keinen klaren Gedanken fassen. Ihr war zum Heulen zumute. Aus der Ferne hörte sie Bergmann nach der Telefonnummer des genannten Zeugen fragen, der ihre Aussage bestätigen sollte. Als hätte Sandra Huberts Nummer nicht in ihrem Handy gespeichert. Ihre Gedanken drehten sich im Kreis. Hatte die Frau ihnen eine Lüge aufgetischt, um Sandra eins auszuwischen? Viel wahrscheinlicher war es doch, dass sie der Kriminalpolizei die Wahrheit sagte. Der Gedanke ließ den Thunfischsalat in Sandras Magen wieder hochkommen. Sie schluckte.

»Können Sie mit Schusswaffen umgehen?«, fragte Bergmann weiter.

Die Schriftstellerin verneinte. Zuletzt hatte sie als Jugendliche beim Kirtag an der Schießbude geschossen und wie meistens das Ziel verfehlt.

Bergmann bedankte sich bei der Zeugin. »Können wir Sie in Venedig erreichen, falls es notwendig sein sollte?«

Beatrice Franz lächelte wieder. »Sie können mich jederzeit auf meinem Handy anrufen, Herr Chefinspektor. Sollte ich nicht abheben, rufe ich sobald wie möglich zurück. Die meiste Zeit werde ich an meinem nächsten Roman schreiben – in der Wohnung, die mir für einen kostenfreien Arbeitsaufenthalt zur Verfügung gestellt wird.«

»Dann wünsche ich frohes Schaffen.« Bergmann und die Schriftstellerin erhoben sich. »Könnten Sie noch warten, bis wir Ihre Aussage protokolliert haben und diese dann unterschreiben? Es dauert nicht lange.«

»Kann man hier irgendwo Kaffee trinken?«, fragte Beatrice Franz.

»In der Kantine. Links und dann rechts bis zum Ende des Gangs. Ich rufe Sie an, wenn das Protokoll fertig ist«, sagte Bergmann.

Sandra blieb sitzen und verabschiedete sich wortkarg. Noch immer fühlte sie sich wie erschlagen und wusste nicht, was sie denken sollte. Kaum hatte Beatrice Franz den Raum verlassen, ließen sich die Tränen nicht mehr aufhalten. Dieser miese Weiberer hatte sie betrogen und ihr mitten ins Gesicht gelogen!

Bergmann schaute von der Tür aus auf sie herab. »Vergiss ihn, Sandra. Der Typ passt eh nicht zu dir.«

Sollte sie sein Ratschlag etwa trösten? »Lass mich in Ruhe, Sascha«, schluchzte sie. »Es ist auch ohne deine Kommentare schon schlimm genug.«

»Soll ich dich nicht lieber von diesem Fall abziehen?«, fragte er.

Sandra schaute ihn durch ihren Tränenschleier an. »Ja – nein. Ich weiß es nicht, Sascha. Ich weiß überhaupt nichts mehr.« Weinend verbarg sie ihr Gesicht in den Händen.

»Vielleicht sollten wir beide diesen Fall abgeben«, murmelte Bergmann. »Geh jetzt nach Hause, Sandra. Anni wird das Aussageprotokoll fertig machen, und ich kümmere mich um den Termin mit den Jägerinnen. Wir reden morgen, ach nein, übermorgen im Büro weiter. Morgen ist ja ein Feiertag.«

Sandra wischte mit dem Handrücken ihre Tränen ab und nickte matt. »Ich lasse Anni noch die Tonaufnahme zukommen«, sagte sie mit erstickter Stimme und brach erneut in Tränen aus.

»Er ist es nicht wert«, sagte der Chefinspektor und verließ den Raum.

KAPITEL 6

Dienstag, 15. August
Mariä Himmelfahrt

1.

Sandra erwachte im Morgengrauen. Dabei hätte sie sich heute endlich wieder einmal ausschlafen können. Sie spürte den Muskelkater in ihren Beinen. Gestern Abend hatte sie sich beim Joggen geschunden, um später verausgabt und erschöpft einschlafen zu können.

»Er hat dich betrogen«, sagte die quälende Stimme in ihrem Kopf, als hätte sie über Nacht vergessen, was geschehen war. Dieser verlogene Schürzenjäger! Wie gewohnt tastete Sandra nach ihrem Handy auf dem Nachtkästchen, um nach der Uhrzeit zu sehen. Es lag ausgeschaltet im Wohnzimmer, damit Hubert sie nicht erreichen konnte, fiel ihr ein. Die Wut, die in ihr hochkochte, würde sie ganz bestimmt nicht mehr einschlafen lassen.

Also stand Sandra auf, öffnete den Kasten und zog das nächstbeste Jogginggewand an, um abermals loszurennen, bis Wut und Trauer verraucht waren und nur mehr ihr Körper schmerzte.

In der Küche trank sie ein kleines Glas Wasser. Nicht zu viel, damit ihr beim Laufen nicht übel wurde. Die Digitaluhr am Backrohr zeigte 5.50 Uhr an. Normalerweise war das überhaupt nicht ihre Zeit, um Sport zu treiben oder irgendetwas anderes zu tun, als zu schlafen. Aber heute war nichts so, wie es sonst war. Auch ihr Frühstückstee musste warten.

Im Vorzimmer zog Sandra ihre Joggingschuhe an, die noch etwas feucht von der letzten Abendrunde waren. Außer ihren Schlüsseln nahm sie nichts mit. Schon gar nicht ihr Handy. Sie vermied das Stiegenhaus, um nicht an Huberts Wohnungstür vorbeilaufen zu müssen, und nahm den Aufzug. Obwohl um diese Uhrzeit kaum damit zu rechnen war, ihm zu begegnen. Bestimmt schlief er tief und fest in seinem Bett. Oder in einem fremden – mit seiner ach so guten Kollegin oder mit irgendeiner anderen Frau. Sandra hätte schon wieder losheulen können. Doch sie ließ es bleiben. Gestern hatte sie genug Tränen vergossen, und Hubert war sie nicht wert. Bergmann hatte recht.

Im Fahrstuhl fiel Sandra ein, dass Hubert und sie heute Nachmittag bei Andrea und Robert zum Grillen eingeladen waren. Ob sie ihrer Freundin absagen sollte? Oder sie allein besuchen und sich von ihr trösten lassen? Im Erdgeschoß angekommen, beschloss sie, sich später zu entscheiden, und lief aus dem Haus.

Die aufgehende Sonne versteckte sich noch hinter dem Schloßberg, als sie an der Keplerbrücke die Stufen zum Murradweg hinunterlief. Sandra rannte in Richtung Norden, vor ihren Gedanken und dem Liebeskummer davon. Plötzlich fuhr ihr ein klammernder Schmerz in die Wade, der sie jäh stoppte. Sie hätte vor dem Laufen dehnen und mehr trinken sollen. Fluchend streckte sie das schmerzende Bein aus, stellte die Fußspitze auf und zog diese in gebückter Haltung mit der Hand nach oben, bis der Wadenmuskel nicht mehr krampfte. Dann humpelte sie mehr als sie lief zurück. Fast fünf Kilometer bis nach Hause.

Dort angekommen, löste sie eine Magnesiumtablette in Wasser auf und stürzte das Getränk durstig hinunter. Sie hatte viel zu wenig getrunken und nichts mehr gegessen, seit sie von Huberts aufgewärmter Affäre erfahren hatte. Oder was immer es war. Vor dem Frühstück wollte Sandra noch duschen. Warum geriet sie immer wieder an die falschen Männer? Während das warme Wasser über ihren Körper lief, kochte erneut die Wut hoch. Sie senkte die Wassertemperatur – nicht allzu kalt, damit sich der Wadenmuskel nicht wieder schmerzhaft verkrampfte.

Beim Frühstückstee und einem Butterbrot entschied sich Sandra, Andrea anzurufen, um anzukündigen, dass sie ohne Hubert zum Grillen kommen würde. Den Feiertag allein in ihrem Gefühlschaos zu verbringen, hielt sie für keine gute Idee. Vor 9 Uhr wollte sie die Freundin an einem Feiertag aber nicht stören, obwohl Andrea vermutlich schon wach war. Sandra spülte das wenige Geschirr, das sie benutzt hatte, mit der Hand ab und ließ es zum Trocknen auf einem ausgebreiteten Geschirrtuch stehen.

Dann holte sie den Glasfisch aus dem Abstellraum, um ihn in buntes Geschenkpapier zu verpacken, das noch von Weihnachten übrig war. Ein anderes hatte sie nicht gefunden und auch keine Lust, in ihrem Kellerabteil zu suchen. Womöglich würde ihr Hubert über den Weg laufen, obwohl es für ihn noch immer zu früh war. Außerdem fand Andrea die poppigen Weihnachtsmänner auf ihren Schlitten, die mitten im August von Flamingos in Winterstiefeln gezogen wurden, bestimmt originell.

Sandra schaltete ihr Handy ein und fand zwei verpasste Anrufe und eine Textnachricht von Hubert vor. »Wann genau sind wir heute bei Andrea und Robert eingeladen?«, hatte er sich um 1.31 Uhr mit einer Voicemail erkundigt und Sandra eine gute Nacht gewünscht.
»Du bist gar nicht mehr eingeladen«, zischte sie, als ob Hubert sie hätte hören können. Und genau das schrieb sie dann auch. »Es ist aus ...«, tippte sie weiter und hielt mitten im Satz inne. So konnte sie ihre Beziehung doch nicht beenden. Schließlich war sie kein Teenager. Sie schaute auf die Uhrzeit am Handy. 9.09 Uhr. Dann rief sie Andrea an.

2.

Andrea hatte recht. Sandra musste mit Hubert reden und ihm zumindest die Chance geben, die Situation klarzustellen, je früher, desto besser. Vielleicht hatte Beatrice Franz doch nicht die Wahrheit gesagt. Sollte er ihre Aussage bestätigen, konnte Sandra immer noch einen Schlussstrich ziehen, von Angesicht zu Angesicht. Wenigstens hatte sie damit gleich das Alibi seiner mutmaßlichen Geliebten überprüft.

9.32 Uhr. Sandra schlug das Herz bis zum Hals, als sie an

Huberts Wohnungstür läutete. Vielleicht war er gar nicht zu Hause. Sie wollte schon kehrtmachen, als sich die Tür doch noch öffnete.

Hubert stand mit zerzausten Haaren und einem zerknautschten Gesicht in weißem T-Shirt und schwarzen Slip-Boxershorts vor ihr. »Guten Morgen«, begrüßte er sie trotz der für ihn frühen Uhrzeit erfreut.

Was für ein Heuchler!

»Das ist aber eine nette Überraschung. Möchtest du mit mir frühstücken?« Er nahm ihre Hand, führte sie ins Vorzimmer und wollte sie küssen.

Mit versteinerter Miene entzog Sandra ihm ihre Hand und trat einen Schritt zurück.

»Was ist denn?«, fragte Hubert erstaunt. »Ist etwas passiert?«

»Allerdings.« Sandra kreuzte ihre Arme vor der Brust und verlagerte ihr Gewicht auf das schmerzfreie Bein, wobei sie auch in diesem einen Muskelkater spürte.

»Ja und? Jetzt sag schon …«

»Ich bin dienstlich hier«, erwiderte Sandra.

Hubert hatte Fragezeichen in seinen schönen blauen Augen. »Ist schon wieder jemand gewaltsam zu Tode gekommen?«

»Es geht um eine Zeugenaussage«, sagte Sandra. Jeden anderen hätte sie jetzt aufgefordert, sich etwas anzuziehen, bevor sie ihn befragte. In diesem Fall verzichtete sie darauf.

»Aha …« Hubert legte den Kopf schief.

»Wo warst du am Montag, dem 7. August, ab 15 Uhr bis zum darauffolgenden Morgen?« Sandra hatte den mutmaßlichen Tatzeitraum absichtlich auf die Nacht erweitert.

Hubert blies Luft aus. »Und das soll ich dir stante pede beantworten können? Lass uns doch erst einmal ins Wohnzimmer gehen, Frau Inspektor«, witzelte er.

»Abteilungsinspektorin«, korrigierte Sandra ihn trocken und folgte ihm ins Wohnzimmer.
»Bist du aber heute streng. Setz dich doch.«
Sandra ließ sich kommentarlos auf das Sofa fallen, auf dem sie unzählige amüsante und leidenschaftliche Stunden miteinander verbracht hatten. Doch sie war wohl nicht die einzige Frau, die er hier oder auch woanders beglückte.
»Darf ich mir vorher einen Kaffee machen, damit ich klar denken kann?« Hubert schaute stehend auf sie herunter.
»Von mir aus.«
»Magst du auch etwas? Einen Tee? Oder Grapefruitsaft?«
Sandra schüttelte den Kopf. »Nein danke. Ich warte hier auf dich.«
Während Hubert sich in die Küche zurückzog, fiel ihr Blick auf sein Handy, das auf dem Couchtisch lag. Wie gern hätte sie es überprüft, aber das wäre definitiv zu weit gegangen. Beruflich wäre das ohne richterliche Bewilligung oder Gefahr in Verzug ein No-Go, privat sowieso. Immerhin lag das Telefon vor ihr, sodass er sein Gspusi nicht heimlich anrufen konnte, um sich abzusprechen. Das hatten die beiden höchstwahrscheinlich ohnehin längst getan, und er spielte ihr den Ahnungslosen vor. Womöglich lag Beatrice Franz nebenan in seinem Bett, kam Sandra in den Sinn. Ihr Puls beschleunigte sich. Ob sie aufstehen und im Schlafzimmer nachschauen sollte, solange Hubert noch in der Küche war? Lieber nicht. Eine solche Konfrontation wäre höchstens peinlich.
Hubert kehrte mit seinem Kaffee zurück und setzte sich etwas abseits aufs Sofa, noch immer in der Unterhose. Nach einem kräftigen Schluck Kaffee tauschte er das Häferl gegen sein Smartphone aus. »Montag, 7. August, hast du gesagt?«, wiederholte er das Datum. »Ab 15 Uhr bis zum nächsten Morgen?«
Sandra nickte mit versteinerter Miene. Während Hubert

durch seinen Kalender wischte, beschleunigte sich ihr Puls noch weiter. Sein Gesichtsausdruck sprach Bände. Zweifellos hatte er die Nacht mit Beatrice Franz verbracht – dieser Weiberer! Ob er es wagen würde, erneut alles abzustreiten? Vor einer Polizistin?

»Das wirst du mir vermutlich nicht abkaufen ...« Hubert suchte den Augenkontakt mit ihr.

Sandra hielt seinem Blick mit aller Mühe stand und rechnete mit der nächsten Lüge. »Ich darf dich noch einmal darauf hinweisen, dass ich als Kriminalpolizistin vor dir sitze. Also sag jetzt besser die Wahrheit.«

Hubert fuhr sich nervös über die unrasierten Wangen. »Ich war am fraglichen Montag um 14.30 Uhr beim *Krainer-Verlag*, um mit Antonia die nächsten Projekte zu besprechen. Gegen 16 Uhr war ich zu Hause und habe an einem Text gefeilt, bis mich Bea angerufen hat.« Er öffnete die Telefonliste und zeigte Sandra das Handy.

Verwundert stellte sie fest, dass die beiden danach nicht mehr miteinander telefoniert hatten.

»Bea war sich unsicher, welche Textpassagen sie für ihre Lesung auswählen sollte, und wollte meinen professionellen Ratschlag«, fuhr Hubert fort. »Also bin ich gegen 19 Uhr kurz entschlossen zu ihr gefahren.«

Sandra lachte gekünstelt auf. »Kurz entschlossen hingefahren und dann umso länger geblieben.«

Hubert zuckte mit den Achseln. »Das ist die Wahrheit, Sandra«, sagte er, während sein ernster Blick auf ihr haftete.

»Und für deinen professionellen Ratschlag habt ihr dann die ganze Nacht gebraucht«, meinte sie spöttisch.

»Nur die halbe«, erwiderte Hubert. »Wir haben uns verplaudert und über alles Mögliche unterhalten. Unter anderem über ihre Romanverfilmung.«

Die ohnehin nur in ihrer Einbildung existierte, dachte Sandra und biss sich auf die Lippen, um ihren Gedanken nicht auszusprechen.

»Ich war gegen 4 Uhr zu Hause – ungefähr.«

»Ungefähr«, wiederholte Sandra.

»In meinem Kalender habe ich es nicht eingetragen. Frag doch Bea.«

Das hatte Bergmann bereits getan. »Willst du mir weismachen, dass ihr in dieser Nacht nicht miteinander geschlafen habt?«

Hubert fiel seufzend auf das Sofa zurück. »Fragst du mich das jetzt als Ermittlerin oder als meine Freundin?«

Beides, dachte Sandra, behielt aber auch das für sich. Schweigend blickte sie ihn an.

»Ich habe in dieser Nacht nicht mit Bea geschlafen. Es ist Jahre her, dass wir Sex miteinander hatten«, versicherte Hubert abermals.

Sandra lachte ungläubig auf. »Aber ihr wart in der fraglichen Nacht bis ungefähr 4 Uhr Früh zusammen. Kann ich das so ins Protokoll aufnehmen?«

Hubert nickte mit traurigem Blick.

»Danke für die Auskunft.« Sandra erhob sich und wandte sich zum Gehen.

»War's das jetzt?«, fragte Hubert hinter ihrem Rücken. Sandra drehte sich noch einmal um. »Fürs Erste, ja.«

»Du glaubst mir nicht«, meinte Hubert enttäuscht.

Sandra zuckte mit den Schultern. »Es gilt die Unschuldsvermutung«, erwiderte sie eisig. Sie konnte ihm nicht so mir nichts, dir nichts glauben. Plötzlich kam ihr eine andere Theorie in den Sinn. Was, wenn er und Bea unter einer Decke steckten? Und er ihre Aussage bestätigte, um ihr ein Alibi zu verschaffen? Das war zwar absurd, aber nicht ausgeschlossen. Um wieder klar denken zu können, benötigte Sandra Abstand. Sie wandte sich abermals um.

»Alles Gute, Sandra«, sagte Hubert, bevor sie aus seinem Wohnzimmer verschwand. Und vorerst auch aus seinem Leben.

Während Sandra die Treppe in den nächsthöheren Stock nahm, füllten sich ihre Augen mit Tränen. Vielleicht war es wirklich besser, wenn Bergmann sie von diesem Fall abzog. Ohnehin wollte er morgen mit ihr darüber reden.

KAPITEL 7

Mittwoch, 16. August

1.

Der Nachmittag bei ihren Freunden hatte Sandra gutgetan. Sie hatte Andrea ihr Herz ausgeschüttet, freilich ohne die Zusammenhänge mit dem Mordfall zu erwähnen. Heute Morgen war Sandra mit klarem Kopf aufgewacht und erkannte, dass sie gestern überreagiert hatte. Hubert hätte sie möglicherweise als eifersüchtige Freundin belogen, jedoch nicht als Ermittlerin, war sie überzeugt und beschloss, ihn später um Verzeihung für ihr Misstrauen zu bitten. Kurz nach 8 Uhr traf sie im Büro ein und erklärte dem Chefinspektor den Stand der Dinge.

Bergmann nahm diesen zur Kenntnis und wollte sie weiter ermitteln lassen, solange sie ihr Privatleben aus dem Spiel ließ, was Sandra ihm versprach.

Dann verfasste sie eine Aktennotiz zu Huberts Aussage und lud diese hoch. Die beiden Jägerinnen hatten ihre Aussagen unterschrieben, stellte sie anschließend fest und las sich diese noch einmal durch. Das Protokoll, das Beatrice Franz unterfertigt hatte, blieb ungelesen. Es war ohnehin an der Zeit aufzubrechen.

2.

Sandra parkte den Dienstwagen acht Minuten zu früh im Hinterhof der *ADM Filmproduktion*, der an diesem Vormittag verlassen wirkte wie die Stadt selbst. Beim Aussteigen fiel ihr das braune welkende Laub des Kastanienbaums im Hof auf. Nicht der bevorstehende Herbst war daran schuld, sondern die Miniermotten, deren Larven sich durch seine Blätter gefressen hatten. Wenngleich das Licht schon härtere, längere Schatten warf als im Hochsommer.

Ein Schild wies den Weg zum Büroeingang der Filmproduktion, die in einem ehemaligen Fabrikgebäude firmierte. Sie kamen am geöffneten Rolltor eines Filmstudios vorbei, dessen Raumhöhe Sandra auf acht Meter schätzte. Hinter einer verglasten Galerie lagen Büros im ersten Stock, die über die Gitterstufen einer freitragenden Treppe zu erreichen waren. Beim Stiegensteigen meldete sich Sandras Muskelkater, den sie auch morgen noch, wenn auch nur mehr leicht, spüren würde.

Am Gang des Bürotrakts blickten sich die Ermittler um, als eine geschäftige dunkelhaarige Frau in Sandras Alter auf sie zueilte, die eine lange Korallenkette über ihrem schwarzen Leinenkleid und schwarze Lederpantoletten mit Plateausohlen trug.

Gabi Del Medico führte sie in ihr Büro, dessen Glasfront den Blick auf das Filmstudio freigab, und bot ihnen Platz an ihrem Besprechungstisch im 50er-Jahre-Retrostil an. »Möchten Sie einen Kaffee?«

Sandra lehnte ab und bediente sich stattdessen bei den Mineralwasserflaschen und Gläsern, die am Tisch standen, während die Produzentin Espressi für Bergmann und sich selbst mit einer kleinen ferrariroten Siebträgermaschine zubereitete.

»Was kann ich für Sie tun?«, fragte Gabi Del Medico, nachdem sie den Kaffee serviert und sich zu ihnen an den Tisch gesetzt hatte.

Sandra startete die Tonaufzeichnung mit ihrem Handy und stellte ihr einige Routinefragen, die den verstorbenen Regisseur betrafen.

Der letzte Termin mit Oskar Schneeberger hatte am 4. August stattgefunden, gab die Produzentin an. Sie hatten die letzten Änderungen für die nächsten *Jagdschloss Wolfenau*-Folgen besprochen, die im Herbst ausgestrahlt werden sollten. Nach seinem Verhalten befragt, erzählte Gabi Del Medico, dass der Umgang mit dem Regisseur zuletzt immer schwieriger wurde.

»Inwiefern?«, hakte Sandra nach, während Bergmann zufrieden an seinem italienischen Espresso nippte.

»Oskar war unkonzentriert und vergesslich«, sagte die Frau, deren glatte Haare von einer schwarzen Klammer am Hinterkopf zusammengehalten wurden. »Früher hat er die Drehbücher für die *Jagdschloss Wolfenau*-Serie selbst verfasst.

Für die zuletzt abgedrehte Staffel haben wir einen Drehbuchautor engagiert, der seine Bücher komplett umgeschrieben hat. Vor allem die Hauptdarstellerin hat sich über die banalen Plots und Dialoge beschwert, was zu heftigen Streitereien am Set und schließlich zum Ausstieg von Helene Kahr aus der Serie geführt hat.« Seufzend schenkte sich Gabi Del Medico ein Glas Wasser ein.

»Helene Kahr ist freiwillig ausgestiegen?«, fragte Sandra.

»Ja, leider. Vielleicht kann ich sie überreden, dass sie wieder einsteigt, nachdem Markus Suppan die Regie übernimmt.«

»Der Regieassistent von Herrn Schneeberger?«

Die Produzentin nickte. »Genau.«

»Gab es zwischen den beiden Herren ebenfalls Streit?«, wollte Sandra wissen.

»Mit dem Markus kann man nicht streiten«, meinte die Filmproduzentin. »Er ist die Ruhe und Gelassenheit in Person. Außerdem wäre Oskar ohne ihn gar nicht mehr zurechtgekommen. Die meisten anderen Leute haben entweder einen Bogen um Oskar gemacht oder ihn behandelt wie ein rohes Ei, um ja keinen Streit zu provozieren.«

Das typische Verhalten eines Demenzkranken, dachte Sandra, erwähnte es jedoch nicht.

»Es war für mich höchste Zeit, Konsequenzen zu ziehen«, fuhr Gabi Del Medico fort. »Markus hätte die Regie bei der nächsten Staffel auch dann übernommen, wenn Oskar nicht verstorben wäre. Das hatte ich bereits mit den Redakteuren der Sendeanstalten in Wien und Frankfurt vereinbart. Ich habe viel zu lange an Oskar festgehalten und mir die Entscheidung alles andere als leichtgemacht. Schließlich hat er uns große Quotenerfolge, Auszeichnungen und einige Folgeaufträge beschert.«

»Hat Herr Schneeberger gewusst, dass Sie ihn ersetzen wollten?«, fragte Sandra.

»Ja, freilich. Ich habe immer mit offenen Karten gespielt und sogar schon seine Regiegage für die letzte Staffel bezahlt, die er unbedingt noch selbst finalisieren wollte.« Gabi Del Medico trank einen Schluck Espresso.

Oskar Schneeberger hatte also seinen Job verloren. Davon hatte seine Schwester nichts erwähnt oder nichts gewusst. Finanziell hatte er längst ausgesorgt und hätte jederzeit seinen wohlverdienten Ruhestand antreten können, überlegte Sandra, als die Produzentin fortfuhr.

»Er hat darauf bestanden, dass wir ihm die Gage diesmal in bar auszahlen, was mich gewundert hat.«

Die Ermittler warfen einander Blicke zu.

»Haben Sie ihn nach dem Grund gefragt?«, wollte Sandra wissen.

Gabi Del Medico verneinte. »Ich habe ihm den gesamten Betrag in einem Kuvert übergeben und mir die Barzahlung auf seiner Honorarnote bestätigen lassen.«

»Wie hoch war der Betrag, wenn ich fragen darf?«

»120.000 Euro.«

Bergmann zog seine Augenbrauen hoch. »Trauen Sie Helene Kahr einen Mord zu?«, fragte er geradeheraus.

Gabi Del Medico lachte tief und kehlig. »Der Helene? Um Himmels willen, nein. Sie kann nicht einmal eine Ameise zertreten.«

»Wir würden dennoch gern mit Frau Kahr sprechen. Aber sie hat uns bis jetzt nicht zurückgerufen«, sagte Sandra.

»Das wundert mich nicht. Sie ist einmal böse gestalkt worden und seither übervorsichtig. Versuchen Sie es am besten über ihre Agentin. Dann ruft sie ganz bestimmt zurück.« Gabi Del Medico ging zu ihrem Schreibtisch, um den Namen und die Telefonnummer der Schauspielagentin aufzuschreiben, die sie Sandra reichte.

»Vielen Dank für den Tipp!« Sandra steckte den Zettel

ein. »Uns ist zu Ohren gekommen, dass Oskar Schneeberger den Roman von Beatrice Franz verfilmen wollte«, sagte sie und nannte den Buchtitel.

»Davon weiß ich nichts. Wir haben ganz bestimmt keinen Optionsvertrag für diese Romanverfilmung abgeschlossen. Aber vielleicht ist eine andere Filmproduktion daran interessiert. Fragen Sie am besten beim Buchverlag nach. Der müsste Ihnen in dieser Angelegenheit weiterhelfen können.«

3.

Zurück im Büro rief Sandra ihre E-Mails ab und fand eine Nachricht des Gerichtskommissärs, der für den Wohnsitz des Verstorbenen zuständig war. Die Abfrage beim Zentralen Testamentsregister hatte ergeben, dass am 2. August dieses Jahres eine letztwillige Anordnung von Oskar Schneeberger eingetragen worden war. Sein Testament war demnach genau zwei Wochen alt. Der Regisseur hatte für alle Fälle vorgesorgt, ob er nun geahnt oder gewusst hatte, was ihn erwartete. Der Inhalt des Testaments unterlag freilich dem Datenschutz.

Sandra öffnete die digitale Akte, um ein neues Ergebnis aufzurufen, das die Kriminaltechnikabteilung hochgeladen hatte. Der Abgleich der Fingerabdrücke von den Waffenschränken und den Patronenschachteln wies Übereinstimmungen mit Stella Muchitsch, Marlene und Martin Lichtenegger auf.

Als Nächstes griff sie zum Telefon, um den Verlag anzurufen, der die Bücher von Beatrice Franz verlegte. Dieser verfügte auch über die Nebenrechte für ihre Romane, jedoch war keine Verfilmung angefragt worden. Diese Auskunft bestätigte die Aussage von Charlotte Schneeberger-Leger und Sandras Vermutung. Mit der Verfassung einer kurzen Aktennotiz legte sie das Thema Beatrice Franz hoffentlich endgültig ad acta.

Wenig später hatte Sandra die Agentin von Helene Kahr am Telefon und erfuhr, dass die Schauspielerin auf Reha war. Nach einem Bandscheibenvorfall und einer OP hielt sie sich seit zwei Wochen im Rehabilitationszentrum in Bad Aussee auf, wollte ihren Aufenthalt aber am kommenden Wochenende unterbrechen, um an der Bestattung ihres Ex-Manns teilzunehmen. Die Trauerfeier war für Freitag um 15 Uhr am Waldfriedhof in Abelsberg angesetzt.

Sandra und Bergmann beschlossen, diese Zeremonie ebenfalls zu besuchen und Helene Kahr vor Ort zu befragen. Möglicherweise befand sich auch der Täter unter den Trauergästen.

4.

Auf der Heimfahrt versuchte Sandra, Hubert anzurufen, um ihn um ein Gespräch unter vier Augen zu bitten, aber er ging nicht an sein Handy. Zu Hause angekommen, holte sie die Flasche Sekt *Reserve Extra Brut* aus dem südsteirischen Sausal aus ihrem Kühlschrank, die seit Wochen auf eine besondere Trinkgelegenheit wartete. Ihr Herz schlug bis zum Hals, als sie mit der Flasche in der Hand an Huberts Wohnungstür klingelte.

Diesmal lächelte er sie nicht an.

»Ich wollte mich bei dir entschuldigen«, sagte Sandra.

Hubert nickte wenig begeistert.

»Was hältst du von Abendessen?«, schlug sie ihm vor.

Hubert schüttelte den Kopf. »Ich habe keinen Hunger.«

»Darf ich trotzdem reinkommen? Auf ein Glas Sekt?«

Sandra reichte ihm die Flasche, die er ihr seufzend abnahm.

Mit einer halbherzigen Geste ließ er sie eintreten.

Sandra wartete im Wohnzimmer, während Hubert Gläser aus der Küche holte. Sie hatte es wieder einmal vermasselt, warf sie sich vor. Warum hatte sie Hubert nicht vertraut? In Sachen Beziehung war sie eine Totalversagerin.

Hubert brachte die Sektflasche in einem Weinkühler und zwei Weingläser. Er blieb stehen, während er die Flasche öffnete, Sekt einschenkte und Sandra ein Glas reichte, um höflichkeitshalber mit ihr anzustoßen.

»Es tut mir leid«, sagte Sandra.

Hubert stand noch immer vor ihr und führte das Glas an seine Lippen. »Mir auch«, sagte er vorwurfsvoll, nachdem er einen Schluck getrunken hatte.

Sandra nippte ebenfalls an ihrem Sekt. Schade um den guten Tropfen, den sie nicht einmal richtig genießen konnte, dachte sie und stellte ihr Glas auf dem Couchtisch ab. »Setz dich doch zu mir«, sagte sie und klopfte mit der Hand auf den freien Platz am Sofa neben sich.

Hubert folgte ihr lustlos mit seinem Glas in der Hand.

»Kannst du mir bitte verzeihen?«, unternahm Sandra einen neuen Anlauf.

Hubert trank einen weiteren Schluck, bevor auch er sein Glas abstellte. »Du weißt doch, dass ich Eifersucht und Misstrauen verabscheue.«

Sandra nickte zerknirscht. »Ich weiß, aber ich bin halt ein gebranntes Kind. Es fällt mir nicht leicht, einem Mann zu vertrauen. Aber ich verspreche dir, es ernsthaft zu versuchen.«

»Ich fahre am Samstag für zwei Wochen ans Meer, um mir über meine Gefühle klarzuwerden«, sagte Hubert.

»Aha ... Und wohin fährst du?«, fragte Sandra matt.

Hubert seufzte abermals, verdrehte genervt die Augen und trank seinen Sekt aus.

»Man wird wohl noch fragen dürfen«, rechtfertigte sich Sandra. Das war doch legitim in einer Beziehung. Nur dass ihre offenbar zerbrochen war.

»Nach Italien.«

Ihr Magen krampfte sich zusammen. Wollte er Beatrice Franz in Venedig besuchen? Sandra zweifelte schon wieder an ihm, sagte diesmal aber nichts.

»Ich melde mich, wenn ich wieder in Graz bin«, sagte Hubert.

Sandra stand wortlos auf und ließ ihr fast volles Glas stehen.

»Pass auf dich auf, Sandra«, hörte sie ihn hinter ihrem Rücken sagen.

Mit gesenktem Haupt zog Sandra sich in ihre Wohnung zurück, um dort wie ein geprügelter Hund ihre Wunden zu lecken.

KAPITEL 8

Donnerstag, 17. August

1.

Sandra und Anni blickten nacheinander von ihren Bildschirmen auf, als es an der Bürotür klopfte. Der Leiter der Tatortgruppe trat ein und begrüßte die beiden Frauen.

Die blassrosa Kartonmappe in seiner Hand passte zur Farbe seiner Wangen, fiel Sandra auf. Wenn er sich keinen Sonnenbrand zugezogen hatte, musste er wohl ziemlich aufgeregt sein.

»Wo ist Sascha?«, erkundigte sich Jörg Schöffmann.

»In der Kantine. Er müsste jeden Moment wieder zurückkommen«, antwortete Anni.

»Dann warte ich hier auf ihn, wenn es euch recht ist«, sagte er und visierte den Besuchersessel neben dem Schreibtisch des Chefinspektors an.

»Gibt es Neuigkeiten?«, fragte Sandra neugierig. Sein Verhalten deutete darauf hin, dass wichtige Informationen in seiner Mappe schlummerten.

Jörg Schöffmann wollte gerade antworten, als sich die Tür ein weiteres Mal öffnete.

»Servus, Jörg«, begrüßte Bergmann den Kollegen und schloss die Tür hinter sich.

Der Kriminaltechniker winkte ihm mit seiner Mappe zu.

»Es gibt Neuigkeiten, Sascha.«

»Schieß los.« Der Chefinspektor stellte sein Kaffeehäferl auf den Schreibtisch und setzte sich dahinter.

Jörg Schöffmann schlug bedächtig seine Mappe auf. »Genau darum geht es«, knüpfte er an Bergmanns Wortwahl an.

»Das Ballistikgutachten liegt uns vor. Die Kollegen in Wien haben unseren Fall vorrangig behandelt.« Mit einem breiten Grinsen zog er einige zusammengeheftete A4-Seiten heraus und reichte sie dem Chefinspektor über den Schreibtisch.

Bergmann setzte seine Lesebrille auf.

»Wir haben einen Volltreffer gelandet, Sascha«, fuhr der Leiter der Kriminaltechnik fort. »Die tödliche Kugel wurde eindeutig aus der Hahnkipplaufbüchse abgefeuert, die wir sichergestellt haben. Du brauchst dir nur die Fotos der Vergleichsproben anzuschauen. Die Kratzspurenmuster auf den Patronenhülsen sind zweifelsfrei identisch.«

Bergmann nickte zufrieden, während er die Abbildungen betrachtete. »Damit haben wir unsere Tatwaffe.«

»Und unsere mutmaßliche Täterin«, ergänzte Sandra und stand auf. Sie wandte sich dem Whiteboard hinter ihrem Schreibtisch zu, nahm einen roten Stift und zeichnete einen Kreis um ein Foto.

»Kaufen wir uns die Dame«, sagte Bergmann und warf das Ballistikgutachten auf den Tisch. »Such die Adresse von Marlene Lichtenegger heraus, Sandra.« Er griff zum Telefon, um in der Staatsanwaltschaft anzurufen.

Kaum hatte sich Sandra an ihren Schreibtisch gesetzt, klingelte ihr Telefon.

Helene Kahr meldete sich mit ihrem Namen.

Sandra bedankte sich für ihren Rückruf, obwohl dieser jetzt nicht mehr so dringend schien. Die Mörderin ihres Ex-Mannes war so gut wie überführt. Alle Indizien sprachen gegen Marlene Lichtenegger. Nichtsdestotrotz konnte die Schauspielerin vielleicht einen Hinweis liefern, der das Netz um die Tatverdächtige noch enger schnürte. Sandra griff zu einem Block und ihrem Kugelschreiber.

»Was möchten Sie denn von mir wissen?«, drang es nach einigen Routinesätzen aus dem Hörer.

Sandra stellte ihre Fragen und notierte sich die Antworten stichwortartig.

Helene Kahr bestätigte ihren Reha-Aufenthalt in Bad Aussee, den sie nicht – auch nicht für kurze Zeit – unterbrochen hatte. Der Grund für ihren Ausstieg aus der Fernsehserie *Jagdschloss Wolfenau* war Sandra bereits bekannt. Ebenso die Tatsache, dass die Schauspielerin eine erklärte Jagdgegnerin war. »Sie haben zwei Jahre lang mit Ihrem Ex-Mann auf Schloss Abelsberg gelebt?«

»In etwa«, sagte Helene Kahr.

»Dann kennen Sie die Leute, die dort ein- und ausgehen?«

»Zumindest die, die während meiner Ehe schon dort waren«, sagte die Schauspielerin. »Ich habe mich mit allen gut verstanden, außer mit meinem Mann. Am liebsten wäre es mir gewesen, wenn Oskar nach der Scheidung ausgezogen wäre und ich in Abelsberg hätte bleiben können. Aber leider hatte uns seine Schwester diese Wohnung durch persönliche Beziehungen verschafft.«

»Charlotte Schneeberger-Leger?«

»Genau. Charlotte war sehr gut mit dem Jagdpächter befreundet.«

»Mit Martin Lichtenegger?«

»Ja, sie war früher regelmäßig mit ihm auf der Jagd, damals noch als einzige Frau. Inzwischen jagen auch seine Tochter und ihre Freundin. Es ist mir völlig unverständlich, wie Frauen unschuldige Lebewesen abknallen können. Wir sind doch auf der Welt, um Leben zu schenken, nicht um zu töten.«

Auf diese Diskussion wollte sich Sandra nicht einlassen. Umso interessanter fand sie, dass die Schwester des Opfers sowohl mit Jagdwaffen als auch mit dem Jagdpächter vertraut war. Beides hatte Charlotte Schneeberger-Leger mit keiner Silbe erwähnt.

»Die Schwester Ihres Ex-Mannes ist also Jägerin?«

»Sie war es früher einmal, hat dann aber aufgehört zu jagen.«

»Wissen Sie auch, warum?« Die Witwe war zwar nicht mehr die Jüngste, jedoch wirkte sie noch immer fit genug für die Jagd. Sandra bemerkte, dass die Anruferin mit ihrer Antwort zögerte. »Es ist wichtig, dass Sie uns nichts verschweigen, Frau Kahr. Wir werden Sie höchstwahrscheinlich als Zeugin vorladen. Damit sind Sie sowieso der Wahrheit verpflichtet.«

»Na schön«, begann Helene Kahr zu erzählen. »Charlottes Mann hat ihr verboten, Martin Lichtenegger wiederzusehen. Nachdem er dahintergekommen ist, dass die beiden jahrzehntelang eine Affäre hatten. Herr Leger hat sogar auf einem Vaterschaftstest bestanden, um zu klären, ob sein mittlerweile erwachsener Sohn tatsächlich von ihm gezeugt wurde, wie ihm seine Ehefrau versicherte. Das Ergebnis hat dann bestätigt, dass er der Vater vom Florian ist und nicht der Martin.«

Sandra fand diese Geschichte hochinteressant. In ihrem Kopf formte sich allmählich eine neue Theorie.

»Hat Marlene Lichtenegger von der Affäre ihres Vaters etwas mitbekommen?«

»Das weiß ich nicht. Jedenfalls hat sie nie etwas davon

erwähnt. Ich habe auch keine Ahnung, ob ihre Mutter es wusste.«

»Aber Sie wussten es.«

»Von meinem Ex-Mann, der seiner Schwester immer sehr nahestand«, sagte Helene Kahr. »Die beiden sind in einer intakten Familie aufgewachsen, bis ihr Vater an Alzheimer erkrankte. Oskar und Charlotte waren damals Teenager. Es war schlimm für die Familie, den Verfall ihres Oberhauptes mitzuerleben, das sich schließlich erschossen hat. Die Mutter hat daraufhin durchgedreht und ist in einer geschlossenen psychiatrischen Anstalt gelandet. Oskar und Charlotte mussten in ein Heim. Das hat sie noch mehr zusammengeschweißt. Die größte Angst meines Ex-Mannes war es, so zu enden wie sein Vater. Lieber wäre er gestorben.« Helene Kahr seufzte. »Und jetzt ist er tot. Wenigstens ist ihm das grausame Schicksal seines Vaters erspart geblieben.«

Sandra sah keine Veranlassung, die Ex-Frau des Opfers über den Gesundheitszustand vor seinem Tod zu informieren. »Wie hat er sich mit Marlene Lichtenegger verstanden?«, fragte sie stattdessen.

»Er hat ab und zu Wildbret bei ihr bestellt«, antwortete Helene Kahr. »Leider hat Oskar keine Rücksicht darauf genommen, dass ich vegan lebe. Ansonsten hatte er mit Marlene kaum Kontakt, während wir verheiratet waren.«

»Eine letzte Frage noch«, sagte Sandra. »Erinnern Sie sich an die gerahmten Fotos, die in Ihrem Schlafzimmer in Schloss Abelsberg gehangen sind? Was war darauf zu sehen?«

Die Schauspielerin dachte nach. »Ich glaube, es waren Familienfotos, weiß es aber nicht mehr genau.« Sie versprach Sandra anzurufen, wenn es ihr wieder einfiel, und beendete das Gespräch.

Bergmann drängte zum Aufbruch, um Marlene Lichtenegger festzunehmen.

Sandra legte den Holster mit der Dienstwaffe an. »Wir müssen unbedingt noch einmal mit Martin Lichtenegger sprechen«, sagte sie zu Bergmann.

»Wegen der Speicherkarte in der Wildkamera, die sein Töchterchen formatiert hat?«, fragte Bergmann.

»Nicht nur deswegen. Ich erkläre es dir unterwegs.«

2.

Während der Autofahrt hörte der Chefinspektor aufmerksam zu, was Sandra ihm berichtete. »Wenn du recht hast, haben wir eine zweite Tatverdächtige«, sagte er, als sie sich vor dem Altbau im Herz-Jesu-Viertel einparkte.

Wenig später läutete Bergmann an der Gegensprechanlage. Die Haustür wurde automatisch entriegelt, ohne dass jemand nachgefragt hätte. »Welcher Stock?«, wandte er sich an Sandra.

Sie wusste es auch nicht, aber die Türnummer in der Adresse sprach für ein höheres Stockwerk.

Die Ermittler nahmen den Aufzug ins Dachgeschoss und fanden dort auf Anhieb die richtige Wohnungstür. Nicht zuletzt, weil sie dem Hundebellen folgten. Sandra wollte gerade anläuten, als sich die Tür öffnete.

Stella Muchitsch stand gebückt im Vorzimmer und hielt die Jagdhündin, die ungestüm mit dem Schwanz wedelte, an ihrem Halsband fest.

»Ist Frau Lichtenegger hier?«, fragte Sandra.

Die blonde Frau in kurzen Jeans und bunt gemustertem Tanktop war noch immer mit der aufgeregten Gebirgsschweißhündin beschäftigt. Anscheinend erkannte Bari die Besucher wieder.

»Wer ist da, Stella?«, hörten sie eine Frauenstimme aus der Wohnung rufen.

»Kriminalpolizei«, antwortete Stella. »Geh auf deinen Platz!«, befahl sie dem Hund. »Kommen Sie weiter.«

Bari lief voraus, gefolgt von Stella, die die Ermittler in ein lichtdurchflutetes, skandinavisch eingerichtetes Zimmer mit Parkettboden und einigen Dachschrägen führte. Zwei schlichte Schreibtische aus hellem Holz standen jeweils unter einem gekippten Dachflächenfenster. Es war warm hier drinnen, aber nicht so heiß, wie man es im Sommer unter dem Dach erwarten würde. Ein leichter Luftzug wehte durch den Raum, was Sandra weitere geöffnete Fenster zum Innenhof hin vermuten ließ. An einer der zwei Wände ohne Dachschrägen hingen gerahmte Fotoposter, die bei Hochzeiten entstanden waren und stimmungsvolle Momente zeigten.

Marlene Lichtenegger erwartete sie, verkehrt herum am Schreibtisch sitzend, und wollte aufstehen, während sich Bari in ihr Körbchen zwischen den beiden baugleichen Tischen verzog.

»Behalten Sie doch Platz«, sagte Bergmann, ehe er die Beschuldigte mit dem Tatverdacht und ihrer Festnahme konfrontierte. »Sie haben das Recht, Ihren Anwalt hinzuzuziehen.«

Stella war entsetzt auf den zweiten Schreibtischsessel gesunken und hörte sich ebenfalls an, was der Chefinspektor sagte.

Marlene schüttelte fassungslos den Kopf. »Das gibt es nicht. Das kann doch gar nicht sein …« Die Beschuldigte wandte sich ihrer Freundin zu. »Hast du eine Erklärung, wer Papas *Ferlacher*-Büchse aus dem Tresor genommen haben könnte, um Oskar zu erschießen, und sie anschließend wieder eingesperrt hat?«

Stella sah sie mit weit aufgerissenen Augen an und schüttelte wortlos den Kopf.

Wollte Marlene ihrer Freundin die Schuld in die Schuhe schieben? Stella hatte ein Alibi, das Anni überprüft hatte.

»Wer könnte den Code von unserem Waffenschrank kennen?«, grübelte Marlene laut.

»Außer Ihrem Vater und Friedrich Abel-Abelsberg, meinen Sie?«, fragte Sandra. »Das würde uns auch interessieren.«

Die Jägerinnen sahen einander ratlos an. »Keine Ahnung, echt nicht«, schwor Marlene.

»Vielleicht kennt der Constantin den Code«, sagte Stella.

Freilich war nicht auszuschließen, dass der junge Graf die Zahlenkombination kannte.

»Constantin Abel-Abelsberg war zur Tatzeit nachweislich im Ausland«, wandte Bergmann ein.

Marlene seufzte. »Ich rufe jetzt meinen Anwalt an. Ohne ihn sage ich gar nichts mehr.«

»Nur zu. Er soll ins LKA zur Einvernahme kommen. Und Ihren Vater mitnehmen«, sagte Bergmann. »Die Adresse ist ja bekannt.«

»Kümmerst du dich um die Bari, solange ich weg bin?«, wandte sich Marlene an ihre Freundin.

Der Hund, der seinen Namen vernommen hatte, hob den Kopf.

»Ist doch klar. Muss die Marlene jetzt echt ins Gefängnis?«

»Rechnen Sie besser nicht damit, dass Ihre Freundin heute noch nach Hause kommt«, antwortete Bergmann. »Sollten Sie Medikamente benötigen, nehmen Sie diese bitte mit«, riet er der Verdächtigen.

»Mach dir keine Sorgen, mein Schatz. Der Thomas holt mich da ganz bestimmt im Nu wieder raus«, versicherte Marlene ihrer Freundin. »Ich bin unschuldig.« Sie funkelte Bergmann vorwurfsvoll an.

Stella brach in Tränen aus, während Marlene zu ihrem Handy griff.

3.

Die gesamte Fahrt über saß Marlene schweigend auf der Rückbank. Tränen rollten über ihre Wangen. Einige Male schnäuzte sie sich.

Im LKA wurden sie bereits von ihrem Vater und Doktor Enzinger erwartet, der sich die Anschuldigungen und Indizien gegen seine Mandantin anhörte und ihr bei der Vernehmung zur Seite stand. Marlene beharrte darauf, unschuldig zu sein, und machte ihre Aussage. Während Anni diese protokollierte, blieb die Beschuldigte im Verhörraum sitzen. Ihr Anwalt folgte den Ermittlern in das gegenüberliegende Vernehmungszimmer, wo sie den Vater der Verdächtigen befragten. Doktor Enzinger riet dem Zeugen, von seinem Recht, die Aussage zu verweigern, Gebrauch zu machen. Jedoch lehnte Martin Lichtenegger dies ab, um seine Tochter zu unterstützen. Ihn interessierte vor allem ihr mutmaßliches Tatmotiv. »Marlene erschießt doch keinen Menschen, nur weil er ihren Hund misshandelt. So sehr sie das auch getroffen hat.«

Dazu äußerten sich die Ermittler nicht.

Zur Wildkamera befragt, gab der Jagdpächter zu Protokoll, dass er seine Tochter gebeten hatte, die defekte Speicherkarte auszutauschen, wenn sie das nächste Mal nach Abelsberg fuhr. »Ich habe alle Karten formatiert, aber diese eine war kaputt.« Das entsprach der Aussage von Marlene, die die defekte Speicherkarte anschließend entsorgt haben wollte.

»Ist es möglich, dass Charlotte Schneeberger-Leger die Zahlenkombination des Waffenschranks kennt?«, fragte Sandra geradeheraus. »Sie waren doch früher oft zusammen auf der Jagd.«

Martin Lichtenegger sah sie überrascht an. »Sie haben recht«, sagte er nach einer kurzen Denkpause. »Der Code hat sich nicht geändert, seit Charlotte zuletzt im Waffentresor war. Sie hat häufig mit meiner alten *Ferlacher*-Büchse geschossen. Aber das ist ewig her.«

Und deshalb war es ihm nicht in den Sinn gekommen? Hatte er seine Affäre mit ihr verdrängt? Oder wollte er sie bewusst schützen? Aber wieso hatte Marlene nichts davon erwähnt? »Weiß Ihre Tochter, dass Frau Schneeberger-Leger den Waffenschrank und Ihre Büchse früher verwendet hat?«, fragte Sandra.

Der Zeuge dachte nach. »Wahrscheinlich nicht. Als wir die neuen Waffenschränke bekommen haben, hat sich die Marlene noch nicht für die Jagd interessiert. Aber Charlotte hat ihren Bruder ganz bestimmt auch nicht erschossen«, fuhr Martin Lichtenegger fort. »Sie und Oskar waren ein Herz und eine Seele. Warum sollte sie das tun?«

Die Ermittler hatten eine Theorie, die sie jedoch für sich behielten.

»Vielleicht hatten die beiden eine Auseinandersetzung«, spekulierte der Anwalt. »Das kommt in den besten Familien vor. Ich würde Charlotte Schneeberger-Leger nicht von vornherein als Täterin ausschließen. Außerdem ist sie eine zielsichere Schützin«, wusste der Jagdkamerad des Zeugen von früher. »Hat sie denn ein Alibi für die Tatzeit?«

»Das werden wir noch genauer überprüfen«, meinte Sandra vage. Wusste Doktor Enzinger von der langjährigen Affäre seines Freundes? Wenn nicht, würde er es gleich erfahren.

»Ich kann mir wirklich nicht vorstellen, dass die Charlotte den Oskar erschossen hat«, wiederholte Martin Lichtenegger. »Ihr Bruder war ihr Ein und Alles.«

»Warum nicht? War sie früher nicht Schauspielerin?«, entgegnete der Anwalt.

»Was willst du damit sagen? Sie wird uns doch nicht jahrzehntelang vorgespielt haben, dass sie ihren Bruder abgöttisch liebt, um ihn später zu erschießen«, erwiderte sein Jagdfreund.

»Charlotte Schneeberger-Leger war Schauspielerin?«, fragte Sandra nach.

»Vor einer Ewigkeit«, antwortete der Jagdpächter. »In ihren frühen 20ern war sie eine Weile am Grazer Schauspielhaus engagiert. Damals hat sie auch in einem Film ihres Bruders mitgespielt. Doch dann hat sie geheiratet und ihren Sohn zur Welt gebracht. Von diesem Zeitpunkt an hat ihr Mann ihr verboten, ihren Beruf weiterhin auszuüben. Seine Frau sollte sich ausschließlich um seinen Sohn kümmern.«

»Frau Schneeberger-Leger und Sie standen sich sehr nahe, nicht wahr?« Bergmann sah den Zeugen mit schmalen Augen an.

»Das musst du nicht beantworten, Martin«, warf der Anwalt ein.

»Wieso denn nicht? Wenn es meiner Tochter hilft. Aber bitte erzählen Sie weder ihr noch meiner Frau etwas davon.« Der Jagdpächter blickte von seinem Anwalt zu den Ermittlern.

»Das tun wir ganz gewiss nicht«, versprach Sandra.

»Charlotte war meine große Liebe«, sagte Martin Lichtenegger. »Leider haben die äußeren Umstände unser gemeinsames Leben verhindert. Zuerst wollte sie ihren Mann nicht verlassen, woraufhin ich meine Frau geheiratet habe. Dann ist meine Tochter zur Welt gekommen, und ich konnte meine Familie nicht sitzen lassen. Voneinander losgekommen sind Charlotte und ich aber auch nicht. Erst nachdem ihr Mann gedroht hat, sie aus seiner Villa zu schmeißen und zu enterben, hat sie mich aufgegeben.«

»Und mit Ihnen die Jagd«, fügte Sandra hinzu.

Der Jagdpächter nickte. »Unser Timing war immer hundsmiserabel«, seufzte er.

Der Anwalt reagierte auf die Geschichte nicht. Entweder kannte er diese bereits oder er hielt Ehebruch, der seit Langem keine Straftat mehr war, für ein Kavaliersdelikt. Beruflich war er jedenfalls Schlimmeres gewohnt und vermutlich mit allen Wassern gewaschen.

Mittlerweile wog der Tatverdacht gegen Charlotte Schneeberger-Leger ebenso schwer wie der gegen Marlene Lichtenegger, waren sich die Ermittler einig. Eine der beiden Frauen musste die Täterin sein, und Sandra glaubte zu wissen, welche.

KAPITEL 9

Freitag, 18. August

1.

»Na prack!«, kommentierte Bergmann die hohe Quote an Luxusschlitten, die den Parkplatz des Waldfriedhofs an diesem Nachmittag besetzten. »Offenbar ist auch Pamela Anderson extra aus Hollywood zur Bestattung angereist.« Er zeigte auf die zuckerlrosafarbene Stretchlimousine, die in der Nähe des Eingangs geparkt war.

»Das hättest du wohl gern«, sagte Sandra grinsend und stellte den Motor ab.

Beim Aussteigen blies ihnen ein frischer Wind um die Nase. Das Schöckl-Plateau war an diesem Tag wolkenverhangen. Es sah so aus, als ob es jeden Moment zu regnen beginnen könnte. Sandra holte ihre Regenjacke aus dem Kofferraum und zog sie an, während Bergmann vor der Schautafel stand und den Lageplan des Friedhofsareals studierte.

»Weißt du, wo wir hinmüssen?«, fragte er.

»Zum Andachtsplatz. Immer der Nase nach«, sagte Sandra und ging voraus, nachdem sie einen kurzen Blick auf die

Tafel geworfen hatte. Die Trauerfeier hatte bereits vor zehn Minuten begonnen. Anschließend würde der Trauerzug vom Andachtsplatz zum Baum des Verstorbenen schreiten, um die biologisch abbaubare Urne mit der Asche feierlich der Erde zu übergeben. Auf ihrem Weg durch den Wald hörte Sandra den Wind in den Bäumen rauschen, ansonsten war es still. Plötzlich knackte es. Von einem steileren Seitenpfad kam ein dürrer Mann in grauer Arbeitsmontur auf sie zu, der sie im Flüsterton begrüßte.

»Wie weit ist es zum Andachtsplatz?«, erkundigte sich Sandra ebenfalls leise, um die Ruhe des Waldes nicht zu stören.

»Nach der Kurvn rechts.« Der Arbeiter zeigte auf den nächsten Wegweiser, den Sandra übersehen hatte. »Dort findet grad a Trauerfeier statt.«

Sandra nickte. »Wir haben uns verspätet.«

Der Mann nickte ebenfalls, wandte sich ab und setzte seinen Weg in die andere Richtung fort.

In der Kurve hörte Sandra eine Männerstimme und erblickte die ersten Trauergäste, deren Aufmerksamkeit dem Trauerredner galt. Wie ein Priester sah der Mann im schwarzen Zwirn nicht aus. Sie zog Bergmann am Ärmel, um ihn etwas abseits auf den Hügel hinauf zu lotsen. Oben fand sie eine Stelle hinter dem Gebüsch, von der sie beinahe den gesamten Platz überblicken konnten. Sie zählte zwölf vollbesetzte Bänke. Auf jeder saßen fünf oder sechs Personen, darunter einige bekannte Schauspieler. Das *Who is Who* der österreichischen Filmbranche hatte sich hier versammelt, um Oskar Schneeberger die letzte Ehre zu erweisen. Presse war offenbar nicht erwünscht.

Sandra entdeckte Helene Kahr, die hinter der letzten Bankreihe stand. Charlotte Schneeberger-Leger saß in der ersten Reihe vor einem Altar aus Natursteinplatten, auf dem eine schneeweiße Urne stand, flankiert von Kränzen und Blumengestecken. Während der Trauerredner, den Sandra nunmehr als Schauspieler erkannte, den Verstorbenen lobpries, tupfte sich seine Schwester wiederholt mit einem Taschentuch die Augen trocken. Einige Trauergäste richteten ihre Köpfe gen Himmel. Kapuzen wurden aufgesetzt und Schirme aufgespannt. Es hatte zu nieseln begonnen. Die Ermittler blieben unter ihrem Blätterdach trocken. Vorerst musste Sandra nicht einmal ihre Kapuze aufsetzen.

Nach der Trauerfeier schlossen sich die Kriminalisten dem Trauerzug an und beobachteten, wie Charlotte Schneeberger-Leger die Urne im Erdloch vor dem Baum versenkte. Diese würde später vollständig mit Erde bedeckt werden. Die Schwester des Verstorbenen griff symbolisch zur Schaufel, die in einem Erdhaufen steckte, und ließ ein wenig Erde hinabrieseln. Ein jüngerer Mann half ihr auf und stützte sie, vermutlich ihr Sohn. Er blieb auch an ihrer Seite stehen, während kondoliert wurde. Als Letzte traten Sandra und Bergmann auf die beiden zu. Der Nieselregen hatte inzwischen wieder aufgehört.

»Herzliches Beileid«, sagte Sandra.

Bergmann nickte. »Wir müssen Sie bitten, mit uns mitzukommen, Frau Schneeberger-Leger«, sagte er, um die Verdächtige nicht in Anwesenheit des Mannes mit den Anschuldigungen zu konfrontieren.

»Jetzt gleich? Vor dem Leichenschmaus?«, fragte sie entsetzt.

Auf gesellschaftliche Verpflichtungen konnten die Ermittler keine Rücksicht nehmen.

»Wer sind Sie überhaupt?«, meldete sich der Mann zu Wort.

»LKA Steiermark.« Bergmann nannte ihm ihre Namen und Dienstränge.

»Das ist mein Sohn«, bestätigte Charlotte Schneeberger-Leger, was Sandra auf den ersten Blick vermutet hatte, wenngleich sie keine Ähnlichkeit zwischen Mutter und Sohn entdecken konnte. »Sie können ruhig offen vor ihm reden.«

»Leger Florian«, fügte der Mann seinen Namen hinzu.

Bergmann sprach den Verdacht gegen seine Mutter aus und informierte die Beschuldigte über ihre Rechte.

»Das ist doch lächerlich. Meine Mutter und ihr Bruder waren zeit ihres Lebens ein Herz und eine Seele.«

»Das bezweifeln wir gar nicht«, sagte Sandra. »Sie haben Ihren Bruder so sehr geliebt, dass Sie ihm den bevorstehenden Leidensweg ersparen wollten, den er so sehr gefürchtet hat. Sie haben ihn erschossen, nicht wahr?«

»Wovon reden Sie? Welcher Leidensweg?« Der Sohn blickte von Sandra zu seiner Mutter und wieder zurück. »Warum sollte meine Mutter ihren Bruder erschießen?«

Sandra sah der Frau an, dass sie mit ihrer Anschuldigung ins Schwarze getroffen hatte.

»Dein Onkel Oskar war unheilbar krank«, sagte Charlotte Schneeberger-Leger mit zittriger Stimme.

»Und deshalb sollst du ihn erschossen haben? Das ist doch absurd. Wozu gibt es Sterbehilfe?«

Die ältere Frau lächelte bitter und wurde gleich wieder ernst. »Glaubst du, dass es so einfach ist, hierzulande Sterbehilfe in Anspruch zu nehmen? Leidenden Haustieren gewährt man die Gnade eines würdigen Todes, aber uns Menschen nicht. Ich habe unzählige Ärzte kontaktiert, aber kein einziger Palliativmediziner war zu einem verpflichtenden Beratungsgespräch bereit. Oskar wollte diesen bürokratischen Spießrutenlauf nicht mehr mitmachen. Du hast keine Ahnung, wie tief verzweifelt dein Onkel war. Ich musste ihm helfen.«

»Aber warum hat er sich denn nicht selbst umgebracht?«, fragte Florian Leger.

Charlotte Schneeberger-Leger schüttelte den Kopf und blickte ins Leere.

»Er wird seine Gründe gehabt haben, es nicht zu tun«, antwortete Sandra an ihrer Stelle. Vielleicht hatte er dem Beispiel seines Vaters nicht folgen wollen.

Florian Leger wollte etwas erwidern, aber seine Mutter strich beschwichtigend über seinen Arm. »Lass es gut sein, Florian. Fahr du bitte zum Leichenschmaus und kümmere dich um die Gäste. Sag ihnen, ich hatte einen Schwächeanfall und wurde mit der Rettung ins Krankenhaus eingeliefert.«

»Aber Mama …«, protestierte ihr Sohn.

»Sei ein braver Bub und tu, was ich dir sage.« Die Mutter duldete keinen Widerspruch, auch wenn ihr Sohn sicher schon jenseits der 40 war.

Er nickte und nahm seine Mutter in die Arme. »Ich bin für dich da, Mama. Das weißt du.«

»Besorg mir einen guten Strafverteidiger, ja? Ganz egal, was er kostet.«

»Den besten«, versprach ihr Sohn, wandte sich ab und verschwand mit gebeugtem Haupt über den Waldweg.

2.

Im LKA gestand Charlotte Schneeberger-Leger offiziell, dass sie ihren Bruder getötet hatte. Auf keinen Fall sollte die zuvor beschuldigte Marlene Lichtenegger – die Tochter ihrer großen Liebe – zu Unrecht bestraft werden.

Die Täterin hatte gehofft, dass die Leiche ihres Bruders im Graben nicht gefunden werden würde. Wäre der Plan, den sie gemeinsam geschmiedet hatten, aufgegangen, wäre niemand zu Schaden gekommen und niemand bestraft worden. Auch sie nicht – die Erlöserin ihres geliebten Bruders.

Charlotte Schneeberger-Leger gab zu Protokoll, dass Oskar zunehmend verwirrt und mit seiner Arbeit sowie den Finanzen überfordert war. Mit der Fernsehserie nahmen sie ihm gleichzeitig den Sinn in seinem Leben. Für neue Filmprojekte reichten seine kognitiven Fähigkeiten nicht mehr aus. Das spürte er seit geraumer Weile, hielt daher auch dem Drängen von Beatrice Franz stand, die ihren Roman unbedingt verfilmt sehen wollte. Außer seiner Schwester traute der Demenzkranke niemandem mehr. Auch nicht der Bank. Das Geld in seinem Schreibtisch hatte er wohl längst vergessen. Seiner Schwester hatte er jedenfalls nichts davon erzählt.

Die Geschwister hatten gewusst, was ihm bevorstand, nachdem sie den unaufhaltsamen geistigen Verfall ihres Vaters hautnah miterlebt hatten. Damals hatte Oskar seiner Schwester das Versprechen abgenommen, ihn zu töten, sollte er an Demenz erkranken und nicht in der Lage sein, Suizid zu begehen.

Charlotte hätte lieber auf legalem Weg Sterbehilfe geleistet, doch war ihr Bruder dieser Odyssee nicht mehr gewachsen und wollte seinem Leben nicht selbst ein Ende setzen. In hellen Momenten flehte er sie an, sein Leid und seine Angst zu beenden. Und so kam es, wie es kommen musste.

Die Geschwister unternahmen einen letzten gemeinsamen Spaziergang in den Wald, der seine letzte Ruhestätte werden sollte. Zu einer Zeit, in der ihnen kaum jemand begegnen würde. An einen Ort, den kein Spaziergänger, höchstens ein Jäger betrat. Allerdings war an diesem Montag keine Jagd angesetzt und Regen vorhergesagt, der alle Spuren vernichten sollte.

Oskar stellte sich am Rand des Grabens auf, breitete seine Arme aus, bereit, den Gnadenschuss aus der alten Büchse zu empfangen, die der Jägerin stets gute Dienste geleistet hatte. Charlotte zögerte und traf dennoch ihr Ziel. Sie hatte ihr Versprechen eingelöst, jedoch befürchtete sie, dass ihr Bruder schwer verletzt im Graben liegen und leiden könnte. Sie entfernte die leere Hülse aus dem Lauf, legte eine neue Patrone ein, die sie möglicherweise benötigen würde, um ihn mit einem *Fangschuss* zu töten.

Sie fand ihn mit verrenkten Gliedern regungslos im Graben liegend und stellte von oben fest, dass ihr Schuss tödlich gewesen war. Dass sie die erste Patronenhülse unterwegs verloren hatte, fiel ihr erst später auf, als sie ins Schloss zurückkehrte, dort die zweite Patrone entnahm, das Gewehr gründlich abwischte – obwohl sie Handschuhe trug, während sie damit hantierte – und alles wieder in den Waffenschrank einsperrte. Den Schlüssel zur Waffenkammer besaß sie noch, der Code am Waffenschrank war unverändert. Es war ein Leichtes gewesen, die Büchse und ein paar *Försterpatronen* in ihre Sporttasche zu packen, die ihr nach der Tat dazu diente, Hinweise wie das Foto aus seinem Schlafzimmer fortzuschaffen, das sie bei der Jagd zeigte. Oskars Handy konnte sie nicht finden, sonst hätte sie auch dieses wegen möglicher Spuren mitgenommen und entsorgt. Ansonsten klappte alles wie geplant. Der Schranken stand offen, als Charlotte wegfuhr. Sie brauchte nicht einmal seinen Funkschlüssel zu entwenden, nur mehr zu hoffen, dass die Leiche ihres Bruders nicht gefunden werden würde, solange sie lebte. Doch war zuletzt auch diese Hoffnung gestorben.

Sandra schloss die Akte. Wenn nur ihr Liebesleben ebenso klar gewesen wäre wie der Mordfall, den sie gelöst hatten.

ENDE

HERZLICHEN DANK FÜR DIE UNTERSTÜTZUNG UND INSPIRATION

Sabine Flieser-Just, Autorin, Genusscoach, Sommelière und Jägerin; @ Die Steirische Jagd
Mag. Marion Kranabitl-Sarkleti, GFin @ Steirische Landesjägerschaft, www.jagd-stmk.at
Johanna Legenstein @ Kärntner Jägerschaft
Gerhard Priebernig, Jagdausübungsberechtigter und Jagdaufseher in Kärnten
Bernadette vom Töllerwald aka Sunny
Baronesse vom Stoariegl aka Bari

Den Besitzern von Schloss Kainberg, allen Mitarbeitern, Mitbewohnern und Jägern

Hannes Rossbacher

Schöckl Seilbahn – Holding Graz

GLOSSAR DER ÖSTERREICHISCHEN UND STEIRISCHEN AUSDRÜCKE, ABKÜRZUNGEN UND JÄGERBEGRIFFE

Ier-Bock Rehbock der Klasse I – fünfjährig und älter

aka alias, vulgo; im Internet verbreitete Abkürzung (*also known as* – auch bekannt als) für Pseudonyme und Spitznamen

Ansitz, der Meistens wartet der Jäger auf dem Hochstand auf das Wild, *spricht es an* und erlegt es gegebenenfalls.

ansprechen das Wild beobachten und bestimmen (Geschlecht, Alter, Verhalten, Lautäußerungen, Konstitution)

Äser, der Maul beim Haarwild (außer Schwarzwild und Raubwild)

APA, die Austria Presse Agentur; nationale Nachrichtenagentur in Österreich

aufbrechen Öffnen der Bauchhöhle und Entfernen der Innereien (auch: *ausweiden*)

auffi hinauf

ausfratscheln	ausfragen
Baba	österreichischer Abschiedsgruß
Bergbauernbuam, die	(Mz.) Söhne von Bergbauern; »*I steh auf Bergbauernbuam*« war einer der ersten Hits der Kärntner Volks- und Schlagersängerin Melissa Naschenweng, die häufig in einer pinkfarbenen Lederhose, stets jedoch in Tracht auftritt.
Blatter, der	spezielle Pfeife für die *Blattjagd*, früher wurde ein Buchenblatt verwendet.
Blattjagd, die	Mit einem *Blatter* werden die Laute der brunftigen Rehgeißen imitiert, um Rehböcke anzulocken. Gelingt das, dann *springt der Bock auf das Blatt*.
Brunftzeit, die	Paarungszeit, beim Rehwild auch *Blattzeit*
DDDr.	Abkürzung für dreifachen Doktortitel
derrisch	taub
Detschn, die	Ohrfeige
Fang, der	hier: Hundeschnauze
Gelse, die	Stechmücke
Gelsendippel, der	durch einen Mückenstich verursachte juckende Beule

Gspusi, das	intime Affäre
Hangerl, das	Geschirrtuch
Heast	wörtlich »Hörst du«, flapsige Ansprache
heimlich	Wild ist *heimlich*, wenn es sehr scheu und vorsichtig ist und sich selten sehen lässt.
Hochwild, das	Wild, das einst dem hohen Adel vorbehalten war. Dazu zählen *Schalenwild* – teilweise Rehwild, Auerwild, Bär, Luchs, Trappe, Stein- und Seeadler. Mancherorts wird *Hochwild* mit *Rotwild* gleichbedeutend verwendet.
Jährling, der	auch *Jahrling*: Rehbock der Klasse III im zweiten Lebensjahr
KIT, das	Abkürzung für Kriseninterventionsteam
Kerzerlschlucker, der	abwertender Begriff für bigotte, scheinheilige Katholiken, die häufig die Kirche besuchen (und Kerzen anzünden)
Kren, der	Meerrettich
Lichter, die	Augen beim *Schalenwild* (siehe weiter unten)
Mulbratl, das	*mul* bedeutet umgangssprachlich mürbes Fleisch; Schweinskarree wird drei Wochen lang über Buchenholz kalt geräuchert und luftgetrocknet. Hauchdünn aufgeschnitten wird es mit *Kren* serviert.

Na prack!	von *pracken* = schlagen, Ausdruck der Überraschung
Niederwild, das	Wildarten, die nicht zum *Hochwild* gehören
Orangewein, der	Weißwein, der wie ein Rotwein auf der Maische (Beerenschalen) vergoren wird, dadurch eine dunklere bis orange Farbe annimmt und meist trüb ist
resch	Gebäck: frisch und knusprig; Wein: herb, säuerlich
Rotwild, das	Rothirsch, auch Edelhirsch; größte heimische *Schalenwild*art
Schalenwild, das	alle Paarhufer unter den Wildtierarten, deren Fußskelett mit Horn überzogen ist, unter anderem Rehwild
schmähstad	sprachlos
Schmalgeiß, die	auch *Schmalreh,* weibliches Reh im zweiten Lebensjahr
Sechsender, der	Bock mit Geweihstangen, die jeweils drei Verzweigungen aufweisen
Strecke, die	Jagdbeute innerhalb eines bestimmten Reviers und Zeitraums

umi	hinüber
verknöcheln, sich	mit dem Fuß umknicken
verkutzen, sich	sich verschlucken
Weiberer, der	Frauenheld
Weiße Mischung, die	auch *Weißer Spritzer*, Weißweinschorle
Wiederlader, der	jemand, der aus einer leeren Patronenhülse, Anzündhütchen, Pulver und einem Geschoss eine neue Patrone für eine Feuerwaffe herstellt
Wildbret, das	Fleisch von jagdbaren Wildtieren
zerwirken	Wild zu küchenfertigem *Wildbret* zerteilen
zuwi	zu etwas hin

*Weitere Titel finden Sie auf den
folgenden Seiten und im Internet:*
WWW.GMEINER-VERLAG.DE

LKA-Ermittler Sandra Mohr und Sascha Bergmann ermitteln:

1. Fall: Steirerblut
ISBN 978-3-8392-1136-6

2. Fall: Steirerherz
ISBN 978-3-8392-1243-1

3. Fall: Steirerkind
ISBN 978-3-8392-1396-4

4. Fall: Steirerkreuz
ISBN 978-3-8392-1536-4

5. Fall: Steirerland
ISBN 978-3-8392-1683-5

6. Fall: Steirernacht
ISBN 978-3-8392-1926-3

7. Fall: Steirerpakt
ISBN 978-3-8392-2044-3

ISBN 978-3-8392-2264-5

8. Fall: Steirerquell
ISBN 978-3-8392-2265-2

ISBN 978-3-8392-2441-0

9. Fall: Steirerrausch
ISBN 978-3-8392-2414-4

10. Fall: Steirerstern
ISBN 978-3-8392-2593-6

11. Fall: Steirertanz
ISBN 978-3-8392-2861-6

12. Fall: Steirerwahn
ISBN 978-3-8392-0198-5

13. Fall: Steirerwald
ISBN 978-3-8392-0511-2

GMEINER SPANNUNG

WWW.GMEINER-VERLAG.DE
Wir machen's spannend

Weitere Titel von Claudia Rossbacher:

Enter ermittelt
ISBN 978-3-8392-1371-1

Enter ermittelt in Wien
ISBN 978-3-8392-1877-8

GenussSpur Steiermark
ISBN 978-3-8392-2517-2

Wer mordet schon in der Steiermark?
ISBN 978-3-8392-1775-7

SOKO Graz – Steiermark
ISBN 978-3-8392-2078-8

Hillarys Blut
ISBN 978-3-8392-2516-5

Drehschluss
ISBN 978-3-8392-2709-1

Lieblingsplätze in der Steiermark
ISBN 978-3-8392-0387-3

WWW.GMEINER-VERLAG.DE
Wir machen's spannend

Claudia Rossbacher/
Sabine Flieser-Just
GenussSpur Steiermark
Kultur erleben
272 Seiten, 18,9 x 24,6 cm
Hardcover
€ 21,50 [D] / € 22,00 [A]

Genusscoach Sabine Flieser-Just und Autorin Claudia Rossbacher begeben sich zusammen auf die Genuss-Spur Steiermark. Zu Fuß, mit Schneeschuhen, auf dem Rad und im Genussmobil führen sie uns zu den genussreichsten Plätzen des Landes. Sie blicken in die Küchen, Weinkeller und Lebensmittelwerkstätten regionaler Leitbetriebe, stellen interessante Persönlichkeiten vor und entdecken so manchen Geheimtipp. Zudem kochen sie ihre Lieblingsrezepte mit frischen saisonalen Produkten, geben kompetente Ratschläge und servieren dazu kulinarische Krimischmankerln.

WWW.GMEINER-VERLAG.DE
Mensch, Kultur, Region

Claudia und Hannes Rossbacher
Lieblingsplätze in der Steiermark
192 Seiten, 21 x 14 cm
€ 18,00 [D] / € 18,50 [A]

Grün, so weit das Auge reicht. Dennoch könnte die Landschaft der Steiermark nicht vielseitiger sein. Hohe Berge, sanfte Hügel. Wilde Wasser, stille Seen. Dichte Wälder, satte Almwiesen. Und überall spürt man die Herzlichkeit der Menschen, die ihre Feste feiern, wie sie fallen. Menschen, die schöne Momente gerne teilen, Gäste zu Freunden machen und zum Genießen einladen. Auf dem Land, in der Natur und in den Städten, in Küchen, Kunst und Kultur. Herzlich willkommen im Paradies – „Griaß eich in der Steiermark!"

GMEINER KULTUR

WWW.GMEINER-VERLAG.DE
Mensch, Kultur, Region

DIE NEUEN Lieblingsplätze

GMEINER KULTUR

WWW.GMEINER-VERLAG.DE
Mensch, Kultur, Region